世《せ》知《ち》辛《がら》異《い》世《せ》界《かい》転《てん》生《せい》記《き》

sechigara
isekai
tenseiki

池崎数也

TOブックス

目次

sechigara
isekai
tenseiki

イラスト　そゐち　デザイン　舘山一大

プロローグ：転機

──ザクリ、ザクリと土を掘り返す音が響く。

日はとうに暮れ、半分に欠けた月が空へと昇って地表を仄《ほの》かに照らす刻限。墓標代わりの枯れ木が乱立する人気の乏しい墓地で、一人の少年が地面を掘り起こしていた。

先端を尖らせただけの木の枝を地面に突き刺し、土を掘り返しては脇に寄せていく。

「やっと……できた……」

三時間ほどかけて人ひとりが入れそうな穴を掘り終えると、木の枝を地面に突き刺してからため息を吐いた。冬の寒さで吐いた息が白く染まり、暗闇に消えていく。

今日のところは作業を始めて三時間だが、ここ三日ほどは毎晩のように穴掘りに精を出していたのだ。溜まった疲労は色濃く、気を抜けば倒れそうである。

少年──この世界ではレウルスと呼ばれている彼は、色濃い隈《くま》が浮かんだ目元を煩わしそうに指で掻く。

「あー……腹ぁ減ったなぁ……」

空腹で思考の回転が鈍りつつあることに気付いたレウルスだが、まともな食べ物など持ち合わせていない。着ている衣服もボロボロで、真冬の寒さが身に堪える。

何かを食べなければ今しがた掘った墓穴に自分が入ることになりそうだ。そう判断したレウルスは腰を下ろすと、冬でも元気に育っている雑草を引き抜いて口に放り込む。

土ごと口に放り込んでしまったが、構うことはない。それもまた慣れた味である。レウルスは雑草を食んで飲み込むと、近くに生えている雑草を片っ端から口に放り込んでいく。

口の中に広がる青臭さと土の香り。栄養価はどんなものかと首を捻るが、十年以上付き合いのある味だ。栄養は足りないだろうが、死んでいない以上は問題ないと割り切る。

「今の時期は虫もいないしな……」

心底口惜しそうに呟いたレウルスは、雑草を食べ終えるなり立ち上がった。そしてフラフラな足取りで歩き出し、墓地から僅《わず》かに離れた場所を流れる小川へと進む。続いて冬の冷たい水を両手で掬《すく》って飲み干すと、満足そうに息を吐いた。

できるならば家に帰って眠りたい。そんな欲求を抑え込んで墓地へと戻るレウルスの外見は、二十歳と言っても通じるだろう。だが、実際は本日を以《も》って十五歳になったばかりで、この世界においてはようやく成人を迎えた程度の若年である。

農作業用の鎌《かま》で切ったボサボサな赤茶色の髪に、髪と似た色合いの瞳。身長は百七十センチに届くかどうかといったところだが厚みはなく、ひょろりと細長い印象がある。顔立ちはそれなりに整っているが、それを打ち消して余りある疲労の色が台無しにしていた。

麻《あさ》に近い質感を持つ布で作られたシャツとズボンを身に付け、足元には粗末な造りの革靴を履いているが、服は着古した上にところどころ穴が開いてボロボロになっている。

己を客観的に見た場合、枯れ木のようだとレウルスは思う。長年に渡る過酷な労働で多少の筋肉がついているが、底を突き抜けた劣悪な食生活が原因で脂肪はゼロに等しい。

それでもレウルスは生きている。疲労が溜まり過ぎて今にも倒れそうだが、体は自分の意思通りに動いている。そうであるならば動く必要があった。

今晩中に作業を終えなければどんな目に遭《あ》わされるかわからない。そんな危機感からレウルスは墓地へと戻ると、今しがた掘り終えた穴の傍へと戻った。

そして穴の中に飛び込むと、穴の傍に置いてあった何かに両手を伸ばす。それはレウルスほどではないがそれなりに大きな物体で、ピクリとも動かない。

「よい……しょっと！」

気合いを入れるように声を発し、レウルスは全力でその物体を持ち上げた。そして穴の中へと引きずり込み、穴の底へと下ろす。その際少しばかり異臭がしたものの、レウルスにそんなものを気にする余裕はなかった。

レウルスは穴の中から這《は》い出ると、最後の確認として穴の中を覗き込んだ。すると、月明かりに照らされて穴の内部が仄かに映し出される。

掘り返されないよう一メートル近く掘った穴の中、そこにレウルスが寝かせたのは物言わぬ死体だ。それもレウルスと似たような立場の、されど年下の少女の死体である。

仄かな月の光が照らした少女の死に顔は、苦痛と絶望に満ちた形容しがたい形相だった。できれば死化粧を施してやりたかったが、レウルスにそんな余裕はない。

墓地は村の中にあるため野犬などに掘り返されることはないだろうが、この世界には野犬など話にならないような生き物が存在する。せめてこの少女が安らかに眠れることを祈りつつ、レウルスは穴を掘る際に出た土をかぶせ始めた。

そして一時間ほどかけて墓穴を埋め終え、最後に遺体が埋まっていることを示すために木の枝を地面に突き刺す。何の効果もないとわかっているが両手を合わせて黙祷《もくとう》すると、供える花もないことを思い出して苦笑を零した。

「……よし……とりあえず、これで終わりだな……」

疲れが滲《にじ》んだ、老人のような声。それが自分の発した声だと思えなかったレウルスは再度苦笑して小川に向かい、手を洗い始める

今回はこれで終わりだが、いつまた同じようなことをする羽目になるかわからない。これまで何度も、それこそ数えきれないほど行ってきた作業だが、今年の冬は特に酷かった。

それもこれも今年の収穫が少なかったからだが、レウルスが愚痴《ぐち》を零しても現実は変わらない。明日に備えて眠り、少しでも体力を回復させるべきだろう。

「しかし……いつまでこんなことが続くんだか……」

意味がないとわかっていても自然と愚痴が零れたレウルスを、小川に映った幽鬼のような顔が見つめていた。

翌朝、レウルスは日の出と共に目を覚ました。

昨晩の作業で体は疲れ果てているが、長年の習慣で自然と目が覚めるのだ。

藁《わら》を敷いただけの寝床から起き上がり、眠気を覚ますように周囲を見回すと自宅の内装が目に映る。その粗末さは長年住んでいるレウルスとしても乾いた笑いすら出ないほどだ。

広さは三メートル四方程度で、壁は土を突き固めて作った薄い土壁である。床と呼べる上等なものはなく、土が剥き出しで冬の寒さが身に堪える。見上げると細い木材による梁《はり》と藁葺《ぶ》きの屋根が視界に入った。

家の中にレウルス以外の姿はない。家具の類《たぐい》も見当たらず、当然のように風呂やトイレ、キッチンなども存在しない。

レウルスは家の隅に置かれた小さな水瓶に近づくと、水を一掬いして喉を潤す。続いて玄関傍に立てかけておいた農作業用の鍬《くわ》を手に取って外へと足を踏み出すと、なんとなく後ろ髪を引かれるような感覚を覚えて振り返った。

そこにあるのは、強い風が吹くだけで倒壊しそうなあばら家である。レウルスが知る住居とは比べ物にならないほど粗末だが、生まれてからこれまで、十五年に渡って住んでいる我が家だ。

自分が何故振り返ったのか、それはよくわからない。レウルスは首を傾げて視線を戻し――その表情を引き締める。

レウルスが住んでいる村はシェナ村という名前で、五百人ほどの人口から成る入植地である。村長や豪農といった上層部、職人を含めた普通の村人、そしてレウルス達農奴《のうど》の三階級から構成されていた。

レウルスの表情が引き締まったのは、普段ならばレウルス達農奴が住む村の一角に現れることのない、シェナ村の村長が姿を見せたからである。そして、村長の背後に見知らぬ複数の男達が続いていたことがレウルスの警戒心を引き上げた。

少なくとも村の人間ではない。革でできていると思しき鎧で身を包み、腰元には抜き身の剣を下げている。身長はレウルスと大差ないが、体付きには雲泥《うんでい》の差があった。

「ああ、アレだ。アレを持って行ってくれ」

そして何を思ったのか、村長がレウルスを指さしながら男達に告げる。アレとはなんだ、と困惑する暇もない。

(あー……嘘だろ、オイ……)

良からぬことが起こっているのは理解できるが、抵抗する体力などない。握っていた鍬を放り出して無抵抗を示すように両手を上げ、ついでに太陽が昇り始めた空を見上げる。

今の生活がいつまで続くのかと愚痴を吐いて一日と経たない内に、レウルスは鉱山向けの奴隷《どれい》として売り飛ばされることになったのだった。

第1章：世知辛い異世界

レウルスと呼ばれる少年は十五歳である。これは間違いのないことであり、それが事実であることはレウルス自身が一番理解していた。

――そんなレウルスだが、彼には前世の記憶があった。

それは平成と呼ばれる時代の日本で生きた記憶であり、レウルスとして生きた十五年よりも更に昔の記憶だ。

普通の家庭に生まれ、普通に育ち、公立の高校を卒業した後は専門学校に進学。卒業後はＩＴ企業に就職し――二十代半ばに死亡した。

プログラマーとして働いていたのだが、度重なる休日出勤とサービス残業で体を酷使し続けたのがまずかったのだろう。最期の記憶にあるのは、会社に向かう途中で急に体が動かなくなり、目前に迫るアスファルトの地面を呆然と眺めていた記憶である。

それは突然死や瞬間死と呼ばれる死に様だった。過労に睡眠不足、さらには栄養失調が重なった結果、前世の彼は本当に僅かな時間で死を迎えたのである。

いくら若いといっても限界が存在し――そして、彼は生まれ変わった。

前世では様々な宗教で語られていた輪廻転生《りんねてんせい》。昨今ではサブカルチャーでも頻繁《ひんぱん》に見聞きするその現象に自分が陥ったと悟ったのは、生まれ変わって一年の月日が経った頃。

正直なところ、当初は自分の頭がおかしくなってしまったのかと思った。

自分は病室に寝かされ、植物人間になってずっと夢を見ているのだろう、と。あるいは倒れた際に頭を打ち、今までとは違う認識を得てしまったのだろう、と。

同僚や先輩の中にはストレスと激務で体を壊す者も珍しくなく、脳卒中で倒れた者も存在し、自分もまたそうなったのだとレウルスは思った。自分は病院のベッドの上で眠り続けており、現在の意識は夢の中にあるのだろうと思ったのである。

倒れた状況が状況だけに、死んで転生したなどとは思えなかった。倒れる前は精神が壊れかけている自覚もあったため、自分はベッドの上で夢でも見ていると判断したのだ。

もっとも、夢と表現するにはあまりにも現実味があり、その上退屈かつ屈辱と恥辱にまみれた拷問にも等しい時間だったのだが。

赤ん坊として空腹や尿意、便意を感じたら泣き声を上げる日々。体を満足に動かすこともできず、母親の母乳を飲んでは涎糞尿《よだれふんにょう》を垂れ流すしかないというのは最早拷問だろう。

恥辱と屈辱に塗《まみ》れた赤ん坊生活を送る羽目になったが、倒れたことで中断する羽目になった仕事について考えてしまったのは日本人としての気質だろうか。

自分が入院したことで職場にどれほどの迷惑をかけたのか。復帰しても自分の席が残っているのか。クビを切られたとして退職金は出るのか。その場合次の職はどうするのか。

好きな時間に好きなだけ眠ることができるのは幸せだったが、目が覚めた後のことを考えると不安に思ってしまう。

そんな彼が現実に適応していった理由は、一年もすれば自らの意思で体を動かせるようになったからだ。自らの意思通りに動けるようになり、そこでようやく疑問に思う。

――いくらなんでも夢にしては現実味がありすぎるのではないか？

自分の意思通りに体を動かせる段階になり、そこに至ってようやく疑問を覚えた。夢の中の出来事と片付けるにはあまりに鮮明ではないか、と。

赤ん坊の体というのはとにかく不便で、飲む出す泣くを除けば大抵の時間は寝ている。現代人としての理性を上回る赤ん坊としての本能が、長時間起きていたくても強制的に眠りへと叩き落とすのである。

それでも、ある程度体が動かせるようになると活動時間も伸びた。夢か現実か悩んだレウルスは、そこに至ってようやく周囲の情報を集められるようになる。しかし、すぐさま目論見《もくろみ》がとん挫することになった。

赤ん坊である以上、両親が存在するのは当然の話だ。コウノトリが運んできたわけでもキャベツ畑で収穫されたわけでもなく、レウルスの記憶にもそのような記憶はない。

その両親だが、レウルスを放置していることが多いのだ。育児を放棄しているわけではなく、純粋に育児を行う時間と体力的な余裕がないらしい。いつ見ても疲れた顔をしており、目の下には濃い隈が浮かんでいる。

それは毎朝鏡の前で見ていたかつての自分の疲れ顔にそっくりで、なるべく両親の手をかけないようにと決意したのは余談だ。情報を集めることは諦めないが、夜泣きなどはしないよう己を戒めたのである。

父親も母親も若く、現代日本で考えれば高校生と呼べるかどうかという外見だった。そんな両親が頬をこけさせ、目の下に色濃い隈を作りながら働いているのだ。

言葉や常識を学びたかったレウルスだが、なるべく手間をかけさせないよう大人しくしているべきだと判断したのは両親への愛情か、それとも同情か。状況はよくわからないものの、時間をかけて少しずつ情報を集めれば良いと思ったのだ。

両親が自宅に戻り、眠りにつくまでの僅かな時間。その間に両親の会話に耳を傾けて言葉を聞き取り、自分なりに噛み砕いて記憶していく。絵本でもあればもっと簡単に言葉を覚えられたのだろうが、レウルスの家にはそんな上等なものは存在しない。

絵本どころか家具すらほとんどないのだ。後々知ることだが、レウルスは両親の置かれた立場、ひいては自分の置かれた立場がどれほど劣悪なものかを予感した。

これはまずいのではないか、と危惧《きぐ》したレウルスは両親から言葉を学ぶだけでなく自分から動いて情報を集めようとも思った。両親が家を出ている間に、せめて家の周囲の環境だけでも確認しようと考えたのである。

（これは……どういうことだ？）

壁に手をつきながら歩いて玄関に向かい、家と外界を隔てる目の粗い簾《すだれ》を押しのけて外の様子を確認したレウルスは内心で困惑する。

家を出てすぐさま気付いたのは、豊潤な土の匂い。アスファルトが敷き詰められた日本の都市部では感じられない、濃い自然の匂いが鼻を突いた。

それだけならばまだ良いだろう。自然豊かな場所など、日本という国にはいくらでもある。問題があるとすればそれ以外の全てだ。

アスファルトどころか煉瓦《れんが》などですらない、土がむき出しの小道。電柱も見当たらず、目につくのはレウルスの家と同じように粗末な掘っ立て小屋の群れ。遠くには二メートルほどの壁が存在し、見える範囲ではずっと壁が続いているようだ。

レウルスが知識として知る田舎よりも遥かに前時代的な光景がそこにはあった。

近くの畑で農作業をしている人々もいるが、着ている服はレウルスの両親と同じようにボロボロで、生気のない顔をしている。見た限り女性しかおらず、男性の姿が見えないのは他の場所で仕事をしているからだろうか。

(もしかして、とは思っていたけど……)

これが夢でないのならば、何かしらの奇跡でも起こって生まれ変わったというのならば、自分は一体どんな時代に生まれたというのか。

電気もガスも水道もなく、車もテレビもラジオもない。レウルスとしてはどんな時代なのか推測するのも難しい。

両親が話している言葉は日本語ではなく、英語や中国語といった使用人口が多い言語でもないようだった。外国語に明るいわけではないが、少なくともレウルスがどの国の言語か即座に理解できるものではない。

（いや、待てよ……ここが田舎なだけで、都会に出れば現代と変わらないとか……）

次々に飛び込んでくる情報を必死に受け止めながら思考するレウルス。しかし、そんなレウルスの耳に聞き慣れない音が飛び込んできた。

ガシャガシャ、あるいはガチャガチャと。金属が擦れ合うような音に興味を惹かれて視線を向けると、そこには鎧姿の何かがいた。

「――――」

ソレは重苦しい金属音を立てて歩き、手には長柄の槍を持ち、腰には鞘《さや》に収められた剣らしき物体を下げていたのだ。

頭から爪先まで金属の鎧に身を包んでいたのは男性のようで、おそらくは兵士なのだろう。レウルスに気付かなかったのか、気付いても無視したのか足を止めることはない。

耳障りな足音が遠ざかり、兵士の姿が見えなくなったところでレウルスは我に返る。

（鎧？　えっ、鎧⁉　なんで⁉）

少なくとも現代で目にすることはないだろう。仮に鎧を着込んだ人物が徘徊していたら即座に通報される。だが、農作業をしている女性達が騒ぐ様子はなかった。

レウルスはおぼつかない足取りで家に入ると、藁が敷き詰められた自分の寝床に飛び込む。夢ならば覚めるようにと願って眠ってみるが、現実が変わることはなかった。目が覚めてから再度確認しても、鎧姿の人物を見かけたのである。

――どうやら自分が生まれ変わったのは鎧姿の兵士が闊歩《かっぽ》する世界らしい。

それも、時代劇で見たような日本の甲冑ではない。レウルスの知識が正しい保証はないが、それは板金鎧《ばんきんよろい》と呼ばれるものだった。物語の中で騎士が着ていそうな鎧である。

（……俺が生きてた時代よりも過去なのか？　コスプレ？　そもそも何で鎧？）

思考が混乱していることを自覚するレウルスだが、目の前の事実を飲み込まなければ前には進めないだろう。まさか鎧を着て出歩くのが趣味というわけでもないはずである。

それからは時折家の外の様子を確認するようになったが、どうやら自分がいるのは村と表現すべき共同体の中らしいとレウルスは判断した。相変わらず鎧等で武装した兵士が闊歩しているが、そちらはなるべく見ないようにする。

両親に身振り手振り、あるいは覚えたての言葉を使って鎧を着た者について尋ねてはみたが、両親は共に疲れ切った笑みを浮かべてレウルスの頭を撫でるだけだった。

これもまた時間が経つにつれて理解できるのだろう。幼児どころか赤子に過ぎないレウルスでは理解できないと判断して話さなかっただけかもしれない。

そうやって両親から言葉を学びながら情報を集める日々はあっという間に過ぎ去る。そして、三歳ほどの年齢になった時、レウルスにとって初めてとなる転機が訪れた。

――両親の死亡。

拙《つたな》いながらも辛うじて簡単な日常会話が可能になったレウルスが知ったのは、両親が魔物と呼ばれる生き物に襲われ、命を落としたという凶報である。

それまで知らなかったことだが、どうやらこの世界にはゲームに登場するような生き物が生息しているらしい。生後三年にしてそれを知ったレウルスは、己の両親が殺されたという衝撃もあって気絶した。

一日経って目を覚ましたレウルスが知ったのは、父親は農作業のために村の外へ出ていたこと。そして、父親のもとに食事を運んだ母親諸共魔物に殺されたことだった。

レウルスが住んでいるシェナ村は村の周囲を土塀でグルリと囲み、なおかつ水堀が設けられた防衛力の高い村である。

家から出たレウルスも遠目に塀が築かれていることは知っていたが、魔物や野盗から身を守るために造られたらしい。ただし、五百人もの人間が生活を送るには莫大な量の食糧が必要で、村の内部だけでなく周囲にも畑が作られていたようである。

作物を荒らされないよう木の柵《さく》などが設けられていたが、レウルスの両親は運悪く魔物に襲われたそうだ。村を守る兵士が駆け付けたものの間に合わず、命を落としたらしい。

以前見かけた全身鎧の男性はシェナ村付きの兵士らしく、危険な魔物が出ればその討伐を行うのが仕事だったようだ。魔物退治が間に合わずにレウルスの両親が死んだことに関しては、運が悪かったの一言で済ませられたが。

両親を失ったレウルスだったが、悲しんでいる暇はなかった。両親を失って三日と経っていない三歳児だというのに、死亡した両親の分の労働を言い渡されたからである。

体が出来ていない、などと主張する以前の問題だ。働かざるもの食うべからずとは言うが、三歳児にまで農作業をさせるのはどう考えても無理がある。

しかし、村の上層部からすればそんなレウルスの考えはどうでも良い。言われた通りに働くか、飢《う》えて死ぬかの二択を迫ったのだ。むしろ働き手である両親を失った幼児など食料を浪費するだけで、死んだ方が都合が良いと思われている節さえあった。

魔物が存在する以上、この世界は地球ではない。それでも村社会の恐ろしさというのは変わらないようだ。少なくともシェナ村においては労働基準法など存在せず、両親を失った子どもだろうと容赦なく働かせようと考えるぐらいには情が乏しかった。

シェナ村において、農奴というのはただの労働力でしかない。村を治める一部の人間に管理され、生まれてから死ぬまで畑を耕し続けるだけの存在である。

それを考えれば住居の粗末さや家具の少なさも納得だった。与えられるのは最低限の生活環境だけで、その〝最低限〟もレウルスからすれば底を突き抜けた劣悪さだった。

だが、そんな劣悪な環境がレウルスの認識を変えた。毎日の農作業による疲労や理不尽な要求が、生まれ変わった当初に考えていた夢や幻ではなく、実際の現実での出来事だとレウルスに悟らせたのである。

村の上層部もさすがに三歳児が鍬を振るうのは難しいと理解していたのか。レウルスに与えられた仕事は村の外れに流れる小川から水を汲み、畑まで運ぶという単純作業だった。

――朝から晩まで水が入った木桶を抱えて歩き回るなど、村の上層部が遠回しに殺そうとしていたに違いない。

レウルスはそう考えたが、幸か不幸かレウルスはただの子供ではなかった。ある程度の作業効率を保ちつつ、適度に手を抜くことで必要以上に疲れることを避けたのである。

頑張って働き続けても、更なる仕事が積み重なる。手を抜き過ぎれば容赦なく食事を抜かれ、運が悪ければ殺される。

前世の過労死した経験と村の雰囲気から、間違いなくそうなるとレウルスは判断した。

現代日本で培った知識を基に行動を起こそうと考えないでもなかったが、この世界は魔物が存在するような世界だ。魔物だけでなく魔法も存在するらしく、兵士が何もない場所から炎を生み出した瞬間を目撃した時、手に持っていた水桶を落としてしまった。

初めて見た魔法に童心《どうしん》が刺激された——などという平和ボケした理由ではない。魔物の存在もそうだが、前世で培った知識が何の役にも立たないと気づいたからだ。

元々農業に関する知識も乏しく、学校の授業で習ったことも前世の社畜生活でほとんどが忘失している。その上で魔法や魔物が存在するとなれば、前世の情報を当てはめようと考える方がおかしいだろう。

重力や物理法則すら異なり、下手すると土の中には微生物や栄養なども存在せず、魔法を基礎とした不思議な力で作物が育っている可能性もある。

頭の中にインターネットの某百科事典が常設されているわけでもなく、完全記憶能力なども持ち合わせてもいないため、現代で培った知識は年月の経過と共に薄れるばかりである。

それに加え、自身の知識が正しいという保証はどこにもない。一度忘れれば思い出す手段もなく、中途半端な知識で厄介事を招くより何もしない方が安全だった。

そもそもの問題として、何かを試そうにもその余裕がなく、恐ろしいことに農奴の動きは常に監視されている。狭い村の中ではどこにいようと他人の目があり、少しでも妙なことをすれば十分と経たずに村の上層部が飛んでくるのである。

下手をすれば魔女狩りのように火炙《ひあぶ》りにでも遭うかもしれない。火を焚《た》くのもタダではないため、村から放り出して魔物に食わせる可能性の方が高いという笑えない環境である。

さらに困ったことに、自分で考え出したという言い訳も使えなかった。シェナ村においては上層部の人間だけで知識が独占されており、文字や計算などの文明社会で必要不可欠な要素すら学ぶことができないからだ。

彼らとしては農奴に余計な知恵をつけさせたくないのだろう。盗み見て密かに習得しようとしたレウルスだったが、収穫した農作物を数えている彼らに近づこうとしただけで睨まれ、追い払われた。

一度子どもらしい無邪気さと無遠慮さを前面に出して近づいたものの、何の躊躇《ちゅうちょ》もなく蹴り飛ばされたためそれ以来近づかないようにしている。

そのためレウルスは頭の中では物を数え、四則演算に留まらない計算を行えるが、その結果を日本語以外で何かに書いたり言葉にすることができなかった。

そんな状況に置かれること十二年。体が成長するにつれて与えられる仕事が増え、疲労と危険も増えたが、レウルスは辛うじて生き延びていた。常に空腹で疲労も溜まっていたが、生きることだけはできていたのである。

畑に撒くための水を汲み、鍬を振るって土を耕し、村全体の収穫量を増やすために未開墾の土地を切り拓く。他の農奴と比べて体力が余っていると判断されたのか、自身と似たような境遇の者達の埋葬まで押し付けられたが、何とか生き延びていた。

前世での人生経験がなければ早々に体を壊し、人生二度目の過労死という笑えない状況に陥っていただろう。しかし農作業中にこっそりと雑草や虫を食べ、時には木の根を掘り出して齧《かじ》り、更には適度に手を抜くことで何とか命を保つことに成功していた。

父親と同じように村外で農作業を行うよう命令された時は遠からず死ぬかと思ったが、嫌な予感を覚える度に村の中に引っ込むことで危機を乗り切ることができたのである。

それは虫の知らせなのか第六感なのか、あるいは人間が元々持つ危険を察知する力なのか。レウルスは勘という確証のないものに命を預けることを忌避《きひ》していたが、今のところ外れたことがないためある程度は信用している。

農作業で村の外に出る度、いっそのこと村から逃げ出そうと考えることもあった。だが、逃げ出しても飢え死にするか魔物に殺されるかの二択であり、大人しくするしかない。

シェナ村は山間部を切り拓いて造られたらしく、周囲には山林が存在する。近隣にも村や町があるのだろうが、どの方向にどれだけ歩けば到着するかもわからないのだ。

また、近隣といっても徒歩で数日かかることもあるため、何の準備もなく飛び出せば魔物に殺される以前に飢えて死ぬだろう。

当然ながらレウルスが地図を持っているはずもなく、近隣の町や村の正確な位置を知る者は村の上層部だけで聞き出すのは不可能だ。かといって当てもなく逃げ出せばそれは迂遠な自殺に過ぎず、レウルスに二の足を踏ませていた。

そして両親の死から十二年後。本日を以って十五歳を迎えるレウルスにとって今世二度目となる転機が訪れた。

それは十五歳という節目を迎えて成人として認められたことだ。これによってレウルスは一人前の大人と見做《みな》され——すぐさま今世三度目となる転機が訪れる。

奴隷として売り飛ばされるという、笑い話にもならない転機が。


ガタゴトと響く音と同時に、座り込んだ幌馬車《ほろばしゃ》の荷台から大きな振動が伝わってくる。それは膝を抱えて座り込んだレウルスの体を跳ねさせ、眉を寄せさせる程度には痛い。だが、痛みに呻くよりも先に心の中に浮かぶ言葉があった。

（成人したと思ったら農奴から鉱山用の奴隷に転職か……あの村滅びねぇかな）

抱えた両膝に頭をつけ、深々とため息を吐く。半日以上揺られ続けたせいで尻が痛い。

それまでレウルスが知る由もなかったが、シェナ村が属するのはマタロイと呼ばれる国である。マタロイの法律で成人を迎えた者に関しては追加で人頭税がかけられ、その負担を嫌ったシェナ村上層部の判断でレウルスは売り飛ばされる羽目になったのだ。

当然ながら、レウルスの意思など関係ない。シェナ村の持ち物であるレウルスは村の上層部の意思一つで出荷されることとなった。商人の護衛と思しき男達に刃物をチラつかされ、幌馬車に乗り込むよう言われたのである。

その際に村長と商人らしき男性が金と思しきものをやり取りしていたが、商人が渡していたのは金貨一枚だった。どれほどの価値があるかわからないが、数十グラム程度の金貨一枚で売られるのだからレウルスとしては笑う気力もわかない。

幌馬車には木箱に詰められた野菜も積み込まれており、端に空いていた狭い空間がレウルスという荷物の座る場所である。人ではなく物として、鉱山へと運ばれるのだ。

（やっぱりどこかで逃げるべきだったか……いや、逃げても死ぬだけだしな……）

これまでの人生を振り返り、どこかで博打《ばくち》を打つべきだったかと思考する。

この世界における知識も常識もほとんどなく、周辺の地理もわからず、鎧で身を固めた兵士が村の防衛に配置されるような世界で、当てもなく逃げ出すべきだったのだろうか。

無謀な行いは若者の特権だろうが、無謀な行いが死亡とイコールで紐付いている環境である。問題を先送りにした結果が今の状況なのだが、鉱山に到着すれば逃げ出すことは不可能だろう。

転職先では畑で振るった鍬を鶴嘴《つるはし》に変え、死ぬまで鉱山を発掘するだけの簡単なお仕事をすることになる。

労働条件は教えてもらえないが、年中無休で給料は簡素な食事のみ。ボーナスも有給も社会保険もないが、命の危険は盛り沢山という素敵極まりない環境だろうと予測できる。

過労で死ぬか、肺をやられて死ぬか、ガスを吸って死ぬか、落盤に巻き込まれて死ぬか。死亡理由と危険性については農作業以上で、レウルスは深々とため息を吐いた。

シェナ村で生まれ育ったレウルスだが、出荷されるに当たって人別帳《にんべつちょう》らしき書類からもその存在を削除されていた。あとは死ぬまで鉱山で働けということなのだろう。

一縷《いちる》の望みに賭け、鉱山に押し込まれるまでに逃げ出すことが可能だろうか。頭の片隅でそんなことを考えるレウルスだが、それも難しい。

レウルスを買ったのは商人だが、他の商品共々輸送するための護衛を雇っている。幌馬車を操るのは商人だが、幌馬車の前後を固めるために武装した男達が雇われているのだ。

村で見かけた兵士と異なり、個々で身に纏《まと》っているものが違う。身に纏うのは部分的な金属鎧や革鎧、手には槍や剣、弓などを携えており、荒事に慣れた雰囲気が漂っている。

レウルスも年中農作業に従事していただけあり、ある程度の体力と筋力があった。しかし、荒事を生業とする者達に素手で勝てると考えるほど能天気でも無鉄砲でもない。

幌馬車に積み込まれる際、手枷《かせ》や足枷を嵌《は》められなかったのはどう足掻いても逃げられないと判断されたからだろう。

だから、仕方がない。ここは大人しくしておこう。鉱山に放り込まれたとしても、運が良ければ生きていけるかもしれない。今までだって生きてこられたのだ。運の良さにはそれなりに自信がある。

そう自分に言い聞かせるレウルスだったが、心の底から現状に甘んじているわけではなかった。雑草を食《は》み、虫を喰らい、泥水を啜《すす》ってでも生き延びてきたのだ。

諦めるしかない状況とは裏腹に、レウルスには現状に対する憤りと切っ掛けさえあればと願う心があった。

逃げ出す切っ掛けさえあれば、どんなに少ない可能性だろうと迷わず逃げを打つだろうと。

鉱山奴隷として死ぬぐらいなら、野垂れ死にした方が余程マシだ。少なくとも己が選択した決断の末に死ねる。それだけで十分な価値がある。

どのような因果かわからないが、せっかく訪れた二度目の人生。それが粗食と重労働に耐えただけで終わるなど、何の意味があるというのか。

そう思うが故に切っ掛けさえあればと願い――そんなレウルスの願いは叶えられる。


それは突然の出来事。それまでガタゴトと一定の速度を保って動いていた幌馬車が急停車し、悲鳴のような声が進路上から上がったのだ。

驚愕と恐怖が込められた絶叫。その声を聞いた瞬間、レウルスは全身を貫くような悪寒を覚える。これまで感じたことがないほどに強烈な嫌な予感。生存本能がこの場から逃げ出すよう騒ぎ立てるが、レウルスはその警鐘に逆らってこの場から動かなかった。

何かが起こったのは確実だが、今はまだ動くべき時ではないと咄嗟《とっさ》に判断したのである。現に、幌馬車の後方には護衛がまだ残っているのだ。革鎧に身を包んだ男性は幌馬車の前方を見やり、続いて幌馬車の中にいるレウルスへと視線を向ける。

その視線を感じ取ったレウルスは膝を抱えたままで表情を殺し、悲鳴が聞こえなかったように振る舞った。喜び勇んで幌馬車から逃げ出せば、即座に捕まっていただろう。

今だけは自分が物だと言い聞かせ、置き物のように不動を貫く。護衛の男性は無表情で座り込むレウルスを数秒観察すると、視線を外して幌馬車の前方へと向けた。

レウルスも何が起こっているのか確認したかったが、幌馬車から身を乗り出して確認するわけにもいかない。そのため耳を澄ませて少しでも情報を得ようとする――と、獣の唸り声と苦痛に濡れた護衛の悲鳴が飛び込んできた。

聞こえる唸り声の数は一つだが、護衛が手を焼くほどに厄介な魔物が出たらしい。

組織立った野盗ではないようだ。それをレウルスは幸運に思う。相手が人間の場合、捕まって売り払われる可能性が――。

「うぉっ⁉」

思考を遮るように幌馬車が大きく揺れ、レウルスは思わず声を漏らしていた。それと同時に馬を操っていたはずの商人から悲鳴が上がり、幌馬車の屋根が豪快に吹き飛ぶ。

それなりにしっかりした造りの幌馬車を一撃で半壊させた相手――二つの頭が生えた巨大な獅子《しし》らしき生き物と目が合い、レウルスの口から呆然とした呟きが零れる。

「……は？」

――さすがに、コ、コレは、予想外に過ぎる。

内心でそう呟くレウルスだったが、呟きとは裏腹に余裕は一切ない。

大型車並に巨大な体。二つの頭に生えた角から何故か三本生えている尻尾まで含めれば、その体長は三メートルを超えるだろう。幌馬車の屋根を殴り壊した前腕は如何《いか》なる進化を遂げてそうなったのか、黒曜石のような鈍く黒光りする外殻で覆われている。

間違いなく魔物だろう。それも、生半可な存在ではない。レウルスが束になっても敵わないどころか、丸々食料にしかならないであろう威圧感があった。

「ハ――アハハハハハハッ！」

恐怖を通り越せば笑うしかないなど、長い人生で初めて知った。あまりの衝撃にレウルスは無意識の内に笑って思考を放棄する――よりも早く、体は生存のために動いていた。

最早護衛に捕まることを心配する必要はない。今、この場で逃げ出さなければ、目の前の化け物に殺される。レウルスはそれまでの大人しさが嘘のように立ち上がると、幌馬車から飛び降りて一目散に逃げ出した。

今世における一度目の転機は両親の死だった。

二度目の転機は成人を迎えたことだった。

三度目の転機は奴隷として売られたことで――四度目の転機もあっという間に訪れた。

一日の間に三回、人生の転機が訪れたのだ。それはレウルスの今後の人生を象徴しているようでもあったが、そんなことを自覚する余裕などない。

（こんなところで死ねるかっ！　せめて納得のいく死に方をさせろよクソ世界！）

内心で毒づきつつ、生存本能に従って走り続ける。それはこの世界に生まれて初めてとなる、自由を求めての逃走だ。同時に、命を永らえるための逃走でもあったが。

あんな化け物に殺されて死ぬなど、真っ平御免《ごめん》だ。止めようとする護衛の声を背中に聞きながら、レウルスは街道を外れて森の中へと逃げ込むのだった。

走る、走る、走る。

足場の悪さを気にも留めず、レウルスはひたすらに森の奥へと突き進んでいく。背後からは悲鳴と破砕音が聞こえてくるが、足を止める理由にはならない。むしろ、それらの音が聞こえる間に遠くへ逃げるべきだ。

レウルスが前世で聞きかじった程度の知識でも、素手の人間が勝てるのは精々中型犬程度。農業である程度は体が鍛えられていても、あのような化け物に勝てるはずがない。

街道から森の中へと進むと、今度は途中で進路を変える。闇雲に森の中を彷徨《さまよ》っても行き倒れるだけだ。町や村があることを祈り、街道に沿って移動するしかない。

恐怖に駆られたレウルスは森の中を可能な限り速度を出して駆けていく。走る音で他の魔物が寄ってきそうだが、今は少しでも馬車を襲った魔物から逃げることの方が先決だ。

先ほどの魔物が追ってくるとしても、森の中は木の根や張り出した枝で走りにくいはずである。そう自分に言い聞かせて走るレウルスだったが、僅かな水音を拾って急停止する。

（水……川か？　湖でも助かる！）

足を止めて意識を集中すると、聞き間違いではなかったらしく水の流れる音が聞こえた。レウルスは魔物が追いついてこないよう祈りつつも、水音がする方へ即座に駆け出す。

先ほどの魔物は周囲にいた人間を殺せばレウルスを追ってくる可能性があった。その場合逃げ切れるはずもなく、今のレウルスにとっては追跡を困難にすることが急務である。

見た目は完全に化け物だったが、先ほど遭遇した魔物は獅子に近い姿をしていた。犬や猫並に鼻が利く可能性があり、その場合はレウルスの臭いを追うのも容易だろう。

自分で言うのも嫌な話だが、風呂などには入れないため臭いがきつい自覚があった。それ故にレウルスは逃走の一助として川や湖を求めたのである。

化け物の嗅覚が抜群に鋭かった場合、川などに飛び込んで臭いを消しても追跡してくるかもしれない。だが、少なくとも今の状況で森の中を走り続けるよりは欺《あざむ》きやすいはずだ。

今の体では水泳の経験がないが、泳ぎ方は知っている。ある程度の速さの流れならば溺れることもないだろう。流れが速すぎる場合、木を圧し折って掴まり、浮き輪代わりにして一緒に流されても良い。

焦燥と恐怖の裏側でそんなことを考えるレウルスだったが、水の音が近づいてきたため気を引き締めた。水辺というものは野生動物が近づきやすく、先ほど見た魔物ほどでなくとも厄介な魔物に遭遇する可能性もあるからだ。

だが、どうやら今日は運に恵まれているらしい。到着した場所にはレウルスが見た限り魔物の姿がなく、それなりの水量が流れる小川があったのだ。これならば、臭い消しにも移動にも利用できそうだった。

（これぐらいなら……木を折ったら痕跡になりそうだし……）

水深は深い場所で一メートル程度。流れはそこまで急ではなく、溺れる危険性は少ないだろう。そう判断したレウルスは化け物の追跡を警戒し、すぐさま川へと飛び込む。

「っ……つ、つめてぇ……」

いくら春先といえど、水浴びをするには早すぎる季節だ。水は氷のように冷たく、レウルスは体を震わせながら川の中を進み始める。

気を抜くと全身が震え、歯がぶつかり合って音を立てそうなほど寒い。できればすぐにでも陸地に上がりたいが、それでは匂いを消すこともできないだろう。

一時の寒さと命の危険を秤にかければどちらに傾くかなど論じる必要もない。

水音を立てすぎると他の魔物に気付かれる危険性もあるため、レウルスは寒さでショック死しないことを祈りながら全身を水に沈める。水深が浅い場所は仕方がないが、泳げるほどの水深がある場所は泳いで進んでいく。

時折足を止めては周囲を確認し、少しでも臭いが落ちるよう自分の体を洗う。その行いにどれほどの効果があるかわからなかったが、今は効果があることを信じるしかなかった。

（……いくら春先っていっても……長時間水に浸かったのは間違いだったかな……）

そうやって移動することしばし。さすがに疲労と寒気で辛くなったレウルスは水から上がり、己が着ていたシャツとズボンを絞りながら内心だけで呟く。

最初の内は魔物に追われているかもしれないという恐怖と興奮で気にならなかったが、このまま小川を進み続けていたらいつの間にか力尽きて水没しそうだ。

体を洗って臭いを消し、先ほどの場所から離れることができた。川に飛び込んでから一キロ以上移動しているため、先ほどの魔物に追跡される可能性も多少は下がったはずだ。

（街道は……あっちか？）

レウルスはため息を吐きつつ、太陽の方角から進んでいる方向を確認しようと空を見上げた。そして、空が茜色に染まり始めていることに気付く。

――今から街道を見つけ、日が暮れるまでに町や村に辿り着くことは可能だろうか？

そう自問するレウルスだったが、答えは明白だ。

（そこまで自分の運の良さを信じる気にはなれんなぁ……）

完全に日が暮れるまで一時間もないだろう。その短時間で人がいる場所まで辿り着けると思うのは、楽観を通り越して無謀というものである。

レウルスを買った商人達は野宿するつもりだったのか、それとも日暮れまでに目的地へ到着できるつもりだったのか。護衛がいたことから野宿も視野に入れていたのだろうが、さすがに先程のような魔物が出るとまでは予想していなかったのではないか。

（どうにか火を……って、火を焚いたら逆に危ないんだっけ？）

野生の動物に有効と勘違いされることが多いが、火を恐れるのは火で痛い目に遭ったことがある動物だけである。痛い目に遭ったことがない動物の場合、逆に興味を惹いてしまうことがあるのだ。

そもそも、森の中にいるとすれば魔物が大半だろう。火を恐れる保証がないどころか、レウルスが盗み聞きした話では火を吐く魔物も存在するらしく、焚き火を起こしても魔物を引き寄せるだけの結果に終わりそうだ。

自分の置かれた状況についてレウルスは黙考する。街道までの距離に、町や村に到着するとしてかかる時間。それらを計算しつつ周囲を窺《うかが》ってみるが、森の中は既に薄暗さが増しており、日暮れを待つことなく闇に沈むだろう。

（考えろ……日暮れまでに人がいる場所まで辿りつけるか？　いや、やっぱりどう考えても無理だ……そうなると、また運任せになるのか……今日だけで何度目だよ）

移動よりも身の安全の確保が重要だろう。そう結論付けたレウルスは水に濡れた体を見下ろした。ある程度臭いが取れたはずだが、暢気《のんき》にこの場で夜を明かそうとは思えない。

シャツやズボンは絞って極力水気を取ったが、冷え込みの酷さによっては風邪を引きそうである。ただし、これまでシェナ村のボロ家で十五年生き延びてきたのだ。凍死には至らないと判断し、レウルスは付近の木々に目を向けた。

春先だからか多くの木が葉を落としているが、中には背が高く葉を多く残している木も存在する。見た限り針葉樹らしいが、春先でも葉を残しているのは有り難かった。

レウルスは十メートルほどの高さを持つ針葉樹に近づくと、器用に登り始める。農業で強制的に鍛えられた体は軽い割にそれなりの筋力を誇り、ある程度の高さまでは枝がないにも拘らず猿のように登ることができた。

木の幹の途中から左右へと張り出している枝に足をかけ、体重をかけても折れないことを確認すると、両足をかけた上で木の幹にしがみ付く。

ついでに手が届く範囲にある木の葉を千切り、手の中で磨り潰してから体に塗り付けていく。体臭を消した上で木の匂いに同化できると思ったのだ。

あとは息を潜め、夜明けまでひたすらこの場で魔物が来ないよう祈り続けるだけである。木の幹にしがみ付いているが、眠ると落下する危険性があるため眠ることもできない。ないと思いたいが、魔物に気付かれた場合木から下りて逃げることも有り得るのだ。

——気付かれた時点で、終わりだとは思うが。

魔物が近づかないよう、仮に近づいても気付かずに立ち去るようレウルスは願う。何に願えば良いのか、神などの祈る対象がこの世界にいるのか、それすらもわからなかったが。

（……やべぇ、滅茶苦茶おっかねぇ）

完全に日が暮れて最初にレウルスが思ったのは、どうしようもない恐怖である。

電灯がないこの世界では夜は本当に真っ暗になる。何の因果か月らしきものも存在するが、雲がかかっているのか今夜の月光は弱々しく、森の中を照らすには至らなかった。

（身を隠せるから文句は言わないけど、限度があるだろ……）

針葉樹に抱き着いたまま、内心だけで呟く。森の中を照らせるほどに月明かりが強ければ、魔物が近づいてきた場合にレウルスが木の上にいると気付かれるかもしれない。

その点、目の前の木の幹が見えないほどの真っ暗闇というのは好都合だった。目視で発見される可能性は限りなく低いだろう——が、その暗闇がレウルスの恐怖心を刺激する。

春先の冷たい風が体温を奪っていくのはまだ良い。毛布どころかまともな布団すらなしで幾度も冬を越してきたレウルスからすれば、この程度の寒さは耐えられる。

空腹感についてもまだ良い。今世では満腹感を味わったことすらないため空腹には慣れている。川の中を移動する際、水をたらふく飲めたためしばらくは大丈夫だ。

しかし、である。寒さよりも空腹感よりも、恐怖感の方が耐えかねる。

暗闇の中、いつ魔物が接近してくるかわからない恐怖。

接近してきた魔物に気付かれるかもしれないという恐怖。

時折吹く風が木々を揺らし、地面に落ちた木の葉を舞い上がらせて静かな森の中に雑音を鳴らす。それらの音の中に、魔物の足音が含まれていないと誰が言えるだろうか。

気が付いた頃には木の下に魔物が陣取り、飛びかかろうとしているのではないか。気付かなかっただけで、既に周囲を魔物に取り囲まれているのではないか。

夜明けを願って時間の経過を待つレウルスとしては、一秒の経過がその何十倍もの長さに感じられた。頭の中で秒数を数えてみるが、実際に同じ時間が経っているとは思えない。

今の時期ならば、日暮れから夜明けまで十二時間近い時間が必要だ。森の中ということで日没が早く感じられた分、さらに時間は延びるかもしれない。

（は……ははっ……このまま半日以上じっとしてろってか……）

さすがにこれほどまでの恐怖感は予想していなかった。これならば地面に穴を掘って土や落ち葉を被り、夜明けまでの無事を祈りつつ眠った方が良かったかもしれない。

（いや、待て、それだと魔物に気付かれたら逃げる間もなく死ぬ……かといってこの状況じゃ眠れやしねぇ……）

一寸先すら見えない暗闇の中、魔物の襲来や些細《ささい》な音に怯えながら寝ずに過ごす。これは下手な拷問よりもきついな、とレウルスは不快そうに口元を歪《ゆが》めた。

前世でのハードワークや今世での年中無休の農作業を思えば、一晩徹夜するぐらいは何の問題もない。ただし、精神的には話が別である。

一秒ごとに精神が削れていく感覚。何か物音が聞こえる度に心臓が跳ね上がり、魂ごとヤスリ掛けされているような気分になる。

これならば僅かな望みにかけて森を走破し、日暮れまでに人里を発見する可能性に賭けた方が良かったかもしれない――楽な方へ思考が逃げようとしていることに気付き、レウルスは自制する。

精神的な恐怖や苦痛は、前世での経験を思い出せばどうにでもなる。

肉体的な疲労や辛さは、今世での経験を思い出せばどうにでもなる。

そう自分に言い聞かせ、レウルスは必死に耐える。一秒でも早く夜が明けることを願い、木の幹にしがみ付いたままでじっと耐え抜く。

（こういう時には楽しいことを考えるんだ……そうすればまだ楽になる……）

怖いと思うから怖いのだ。例え現実逃避だとしても、明るく楽しいことを思い浮かべれば少しは楽になるはずである。

（楽しいこと……楽しいこと……楽しいこと？）

妄想にでも縋《すが》りたい。そんな思いを抱えながら楽しいことを想像しようとしたレウルスだったが、一向に思い浮かばない自分に愕然とする。

（もう農業をする必要もないし、ぐっすりと眠って、腹いっぱいのメシを食べる……小さいな。美人でスタイルが良くて気立ても良い彼女を……）

とりあえずいくつか考えてみる――ザリ、と思考にノイズが走った。

（そういえば……死ぬ前に何か……）

セピア色に染まり、虫食いが目立ち始めた前世の記憶。そこに何か引っかかるものを感じた。既に十五年も前の記憶だが、何か重要なことを忘れているような――。

「っ!?」

思考を遮るようにして全身を貫く、嫌な予感。思わず息を飲んだレウルスだが、すぐさま思考を打ち切って耳を澄ました。

第六感や霊感などは微塵も信じなかった前世だが、今の体になってからというものの時折こうやって嫌な予感を覚えていた。その時は予感に従ってその場から離れるようにしていたが、今回は身動きを取ることもできない。

息を潜め、衣擦れの音にすら注意して周囲の様子を探る。相変わらず闇が濃いため聴覚のみに頼ることになるが、レウルスは必死に耳を澄まして周囲の音を拾おうと試みた。

風の音に落ち葉が動く音、風によってざわめく木々に日中移動に利用した小川の水音。それらの音の中から異物を探し出そうと集中する。

（外れろ……頼むから外れてくれ……）

その一方で、己の勘が外れていることを切に願う。幾度となく救われてきたが、この時ばかりは外れてほしかった。

――落ち葉を踏む、乾いた音が耳に届く。

ガサガサと、明らかに何かが落ち葉の上を歩く音。その音を拾ったレウルスは、口から絶望の声が漏れないようにするだけで精一杯だった。

夜間に歩き回っているということは夜行性で夜目も利くのだろう。足音はレウルスが隠れる針葉樹の方へ近づいてきており、接近に合わせてレウルスの心臓が強く脈打ち始める。

(来るな……こっちに来るなよ……)

木の幹にしがみ付いているがために、心臓の脈動が全身に伝わっているような錯覚に陥る。心臓の音で気付かれるのではないかと心配してしまう程にうるさく、全身が震えて木全体を揺らしてしまいそうだ。

徐々に大きくなる足音。音で判断する限り、近づいてきている相手は単独だろうとレウルスはアタリをつける。単独だろうと複数だろうと見つかれば危険なことに変わりはないが、相手が単独ならば見つかる可能性も少なくなると自分に言い聞かせた。

(音を聞く限り四足歩行の生き物……か？　犬みたいな魔物なら木に登ってくることはないかもしれないけど……)

相手が魔物である以上、楽観はできない。前世では木に登れなかった生き物だろうと平気で駆け登るか、跳躍だけでレウルスのところまで到達する可能性もある。

(空を飛んだりしないだろうな……ははっ、そうなったら絶対に逃げ切れねぇ)

前世を含めてもこれ以上はないほど聴覚に集中しつつも、内心では若干諦めつつあった。

接近してくる足音は最早集中せずとも聞こえるほどに大きく、レウルスが潜む針葉樹へと向かってきているようだ。

足音が大きくなる度に絶望も大きくなるが、それでもレウルスは諦めない。最悪の場合、殺されるとわかっていても抵抗するしかない。少しでも傷を負わせることができれば、相手も撤退するかもしれないのだ。

『グルルル……』

足音がさらに近づき、そして止まる。続いて聞こえてきたのは唸り声だ。レウルスの存在に気付いたのか、それとも気付きはせずとも何かしらの違和感を覚えたのか。一度止まった足音が動き出し、周囲を探るように歩き回る。

「…………………」

ここまでくればレウルスとしては無心になるしかない。息を殺し、物音を立てないよう細心の注意を払いつつ、相手が立ち去ることを静かに祈る。

そうやって一体どれほどの時間が過ぎただろうか。レウルスが潜む針葉樹の周辺を歩き回る足音が聞こえていたが、しばらくするとその足音が遠ざかり始める。

足音が遠くなっていくことにレウルスは安堵しかけるが、もしかするとこちら側の変化を狙っているかもしれない。そう考えると動くこともできず、そのままの体勢でじっと息を殺し続けた。

（……行った、か？）

頭の中で十分近い時間を数えてみると、足音は既になくなっていた。それに合わせて先程まで感じていた嫌な予感も消えており、レウルスは額に浮かんだ冷や汗を静かに拭う。

生きた心地がしないとは、まさにこのことだろう。一体どれだけの時間が過ぎたのかわからないが、レウルスの体感としては永遠に等しい地獄である。

そうして、レウルスはなんとか魔物をやり過ごすことに成功する。ただし、夜が明けるまでに三回ほど同じようなことがあり、その度に精神をすり減らすのだった。


空が白《しら》み始め、それまで真っ暗だった森の中にも少しずつ日の光が差し込み始める。徐々に明るさが増し、視界の確保も容易になったレウルスは大きく息を吐いた。

(なんとか生き延びれたか……)

レウルスが潜む針葉樹の近くまで魔物が接近してきた回数は四回。その度に嫌な汗を掻いていたが、その臭いで気付かれなかったのは僥倖《ぎょうこう》としか言えないだろう。事前に塗り付けていた木の葉の匂いが助けてくれたのかもしれない。

「ありがとな。お前さんは命の恩人……いや、木だよ」

一晩中姿を隠してくれた針葉樹に感謝し、優しく撫でる。そしてレウルスは意識を切り替えると、一晩の宿となった針葉樹を下り始めた。

視界が確保できた以上、この場に留まる理由はない。長時間寒風に晒され、一晩中動けなかったせいで体の節々に違和感があるが、己の意思通りに両手両足が動いてくれた。

なんとか落下することなく地面に降り立つと、屈伸運動を繰り返して足の筋肉をほぐす。それだけで全身の骨が小気味よい音を立てるが、その音を聞いて思わず周囲を確認してしまったのは昨晩の体験に因《よ》るものだろう。

体の調子を確認して問題はないと判断し、レウルスは移動を開始する。すぐに森から抜けたいが、最初に足を向けたのは昨日移動に利用した小川だ。

「水浴び……はさすがに寒すぎるか」

もう一度体臭を消したかったが、触れた川の水は非常に冷たかった。そのため水分補給だけをしようと考え、両手ですくって口元へと運ぶ。

「……美味い」

隠れるだけとはいえ、命がけの時間を過ごしたからか。冷え切った川の水が非常に美味く感じられ、レウルスは感嘆するように呟いていた。そのまま何度も水をすくい、喉を潤すと同時に腹を膨らませていく。

できれば何か食べたいが、周囲には落ち葉ぐらいしか見当たらなかった。雑草が生えていれば引っこ抜き、虫がいれば大喜びで食べるところだが、そのどちらも見つからない。

「川が向こうに流れてるから……街道はあっち、か？」

水辺に居続けると魔物が寄ってくるかもしれない。そう考えたレウルスは手早く水分補給を済ませ、川の流れの方向から街道の位置にアタリをつけた。

そしてすぐさま移動を開始する。なるべく音を立てないよう注意しつつ、それでいて小走りに森の中を駆けていく。

レウルスは一定の速度を保ち、なるべく枯れ葉が落ちておらず、地面が露出している場所を選んで移動していく。落ち葉の上だと走る際に大きな音が立つのもそうだが、周囲の音が聞こえなくなるのも危険だ。

己の嫌な予感にもある程度信頼を置き始めたレウルスだったが、それだけで全ての危険を回避できると考えるのは愚か者のすることだろう。嫌な予感を覚えた時には相手の索敵範囲内に入り込んでいた、ということも十分にあり得る。

(街道まであと少し……か？　そこから町か村までどれだけ走れば良い？)

最悪の場合、シェナ村に引き返した方が良いかもしれない。ただし、その場合は幌馬車を襲った獅子らしき魔物がいた場所を通る必要がある。

(あの魔物が移動していれば安全に帰れるか？　いや、帰ってもどのみち危険か)

既にシェナ村の人別帳から削除された身だ。仮に辿り着けたとしても再度売り飛ばされるか、村に復讐するべく帰ってきたと判断して殺される危険性がある。

(進むも地獄退くも地獄……この世界に地獄があるか知らないけどな)

前世で命を落としてから天国にも地獄にも行った覚えがない。それならばないのだろう、などと考えたレウルスは存外に余裕がある自分に苦笑した。それは命の危険を乗り切ったことで得た余裕――そうであったならばどれだけ良かっただろうか。

(道が見えて……っ!?)

ようやく街道が見えてきたことに安堵したレウルスだったが、全身から力が抜けて思わずよろめいてしまう。傍にあった木に手をつくことで転倒は免れたが、先ほどまで軽快に動いていた体が鉛のように重くなっているように感じられた。

さすがに一晩中夜風に吹かれ続けたのはまずかったか。最初にそう考えたレウルスだったが、己の近況を思い出して頬を引き攣《つ》らせた。

ここ数日――三日ほどは夜も死体の埋葬作業に追われていた。元々過酷な労働に比して粗末な食事で動き続けていたのである。限界を超えるとあっさりと体が悲鳴を上げた。

水分は取ることができたが、昨日から今まで食事も睡眠もなしだ。体が変調を訴えるのは当然だろう。

「はぁ、はぁ……きっつ……腹、減り過ぎて、逆に何も……わかんねぇ……」

自分を元気づけるために声を発してみるが、掠れたような声しか出なかった。川の水で腹を膨らませはしたが、根本的に栄養が足りていないのである。

見える範囲に食べられそうな野草も存在しない。今ならばどんなゲテモノでも生で食べられるほどに空腹だが、生憎と見つけることができなかった。

（やばいな……自覚したら余計にきつい……）

空腹感を飛び越えた飢餓感《きがかん》。一瞬たりとも気を抜けない緊張感を抱えながら一晩を過ごしたことによる疲労感に眠気。それらはレウルスの体から力を抜かせ、この場で倒れ伏して眠りにつかせるほど凶悪かつ強烈だ。

思わずその場に膝を突いてしまうが、このまま意識を手放せば死ぬだろう。餓死か魔物に襲われるかの違い程度だが、確実に死ぬ。

今にも止まりそうな思考の中でそう考えたレウルスは、咄嗟に頬の内側を噛み切った。そして痛みで意識をつなぎとめると、近くに生えていた明らかに食用ではなさそうな草を千切って口に放り込む。

新聞紙でも噛んでいるような食感と、噛み締めた際に溢れ出る苦み。それが今しがた噛み切った傷口に沁み、強烈な痛みとなってレウルスの脳を揺らした。

（が、く、そっ、まじい……）

レウルスは苦みと血の鉄臭さに辟易《へきえき》しながらもなんとか飲み下し、近くに生えている野草を次から次へと口に放り込んでいく。

味に期待はしない。毒さえなければ上等だ。例え栄養がなくとも、腹に何かが入ればまだ動ける。

そうやってレウルスは近場の野草を腹に詰め込むと、街道に向かって歩き出す。

ここにいても死ぬだけならば、移動するしか生きる道がない。街道を歩いていれば、運が良ければ誰か通りかかる可能性もある。

（それで助けてくれる人に出会うなんて、ありえないだろうけどな……）

平成の日本ならば、道路で行き倒れていれば大抵の人が助けるだろう。その場から立ち去るにしても、最低でも警察などに連絡するはずだ。

だが、そんな人情や常識を期待できるとは到底思えない。そのためレウルスは自らの足で歩くしかなく、街道に到達しても道沿いに進んでいくだけだ。

時折野草を摘んでは食べる道草を繰り返すが、極力足を止めずに歩き続ける。日が沈むまでに人がいる場所に辿り付けなければ、再び恐怖の夜を過ごす羽目になるのだ。

それを思えばレウルスも倒れてなどいられない。可能な限り速く、少しでも前に進み続ける。魔物への警戒は最早最低限だ。魔物の接近に合わせて騒ぎ立てる己の勘を信じ、ひらすら前進していく。

日が完全に昇り、中天を過ぎても焦らず、倒れないことにだけ注意して歩く。

そうやって歩き続けるレウルスだったが、あと一時間もすれば日が落ちるところで遠目に気にかかるものを見つけた。街道の先、まるで小山のように存在する何か。それはレウルスの目が狂ったのでなければ、何かしらの人工物に見える。

「っ！」

町か村か、どちらでも良い。人が住んでいる場所ならば、それだけで良い。砂漠で見かけるオアシスの蜃気楼《しんきろう》のように消えてなくならないか不安に思うが、何度目を擦っても遠くの光景が変わることはなかった。

「は……ははっ！　あった！　良かった！」

まだまだ距離があるが、日が暮れるまでには辿り着くことができるだろう。その事実がレウルスの体を動かし、それまで歩くのがやっとだったのが嘘のように走り始める。

最初は小走りで、数秒もすれば加速して、気が付けば全力疾走に近い速度で走っていく。遠くに見える建造物は時間を追うごとに近くなり、それがまたレウルスの足を急がせた。

（かなりデカい……城塞？　城壁？　シェナ村の土壁とは比べ物にならねえな……）

近づいたことで詳細も見えてきたが、どうやら石造りの壁で覆われているらしい。中には町か村があるのだろうが、シェナ村と比べると壁の高さや頑丈さが段違いだった。

「でけぇ……」

辛うじて日が暮れる前に到着できたが、傍で見上げてみるとその巨大さが際立つ。

石を組み上げて造られた壁に、防衛力を増すために掘られたと思しき空堀。そして空堀には城門とつながる橋がかけられており、橋の手前にはいくつかの人影があった。

橋の手前、石と木で造られた小屋。そこには鎧で身を固め、手には槍を持った兵士らしき男性達がいた。彼らは駆け寄ってきたレウルスに気付くと、即座に槍を構える。

「動くな！」

「えっ？　は、はい！」

単純かつ明瞭な命令。それを聞いたレウルスは咄嗟に走る足を止め、その場で硬直する。

たしかにみすぼらしい服装の人間が形相を変えて走ってくれば不審に思うだろう。城壁の内部へつながる橋を守る兵士からすれば、槍を向けるのは当然と言える。

「妙な動きはするなよ……身分証を呈示しろ」

「……は？　み、身分証？」

だが、兵士の言葉に困惑してしまった。レウルスは着の身着のままで呈示《ていじ》できるものなど何もなく、一向に身分証を出そうとしないレウルスに兵士達は顔をしかめる。

「身分証なし、と……どこの出身だ？」

「シェナ村……です」

続く質問に答えを返すものの、兵士達の態度は変わらない。その場にいた四人ほどの兵士の内、半分が顔を見合わせて肩を竦《すく》め合う。

「このラヴァルに何の用だ？」

どうやら目の前の城壁内にある町か村の名前はラヴァルというらしい。そんなことを頭の片隅で考えるが、何か答えなければ不審人物として殺されそうな雰囲気があった。

レウルスは即座に思考を回転させる。空腹と疲労で今にも倒れそうだが、ここが正念場だと理由を脳内で組み上げる。

「でかい……そう、でかい魔物に襲われたんです！　二本首の、これぐらいの大きさの魔物に襲われたんです！」

レウルスは身振り手振りで先日遭遇した魔物の特徴を説明していく。奴隷として運ばれている途中に逃げたと答えれば、捕まえられてシェナ村に送り返される可能性もあるのだ。

そのため、レウルスは魔物に襲われて必死に逃げてきた善良な農民を装うことにした。

だが、レウルスの説明を聞いた兵士達は胡散臭《うさんくさ》そうにレウルスを見る。レウルスの格好を頭から爪先まで確認し、兵士の一人が鼻で笑った。

「その格好……農奴だろ？　そうやって町に入ろうとする奴がたまにいるんだよなぁ」

呆れたような声色だった。レウルスの発言など最初から信じていない、信じる価値などないと言わんばかりの口調だった。

「どうせ村から逃げだしてきたんだろう？　隊長、どうします？」

「面倒だが……仕方ない、シェナ村の兵士に引き取りにこさせるか」

兵士の中でも一番偉いと思しき男性がそう呟く。だが、それを聞いたレウルスは慌てたように声を張り上げた。

「ま、魔物に襲われたのは本当なんです！ それに、逃げたんじゃなくて追い出されたんです！ 成人したから払う税金が勿体ないって！ 両親は小さい頃に魔物に殺されましたし、戻っても村の中で殺されるだけですよ！」

同情を引こうと両親の死に触れながら言葉をぶつけるが、兵士の反応は冷ややかだ。

「そうか……まったく、シェナ村の連中め。税の支払いを渋るとはな……」

既に兵士の意識はレウルスに向けられておらず、税金を払うのが勿体ないからと売り飛ばしたシェナ村に向いているらしい。加速度的に状況が悪くなっていることを悟ったレウルスは、その場に膝をついてしまった。

ようやく人里までたどり着けたというのに、現実は非情だった。シェナ村に送り返されて死ぬか、あるいはこのまま野垂れ死にか。その現実を前にレウルスは地面を掻きむしる。

「……通行税と身元保証金は払えるか？」

そんなレウルスの様子に、一番年若い兵士が若干の同情を込めて尋ねてくる。しかし金銭など逆立ちしても出てこない――この国の通貨すら知らないのだ。

「……金、持ってないです」

素直にそう告げると、若い兵士はため息を吐く。

「一応聞いておくが、このラヴァルに住んでいる親族はいるか？」

新たな問いかけに、レウルスは無言で首を横に振った。口から出まかせを言おうにも、確認を取られればすぐに嘘だとバレるだろう。そんなレウルスの様子を見た兵士は再度ため息を吐くと、野良犬でも追い払うように手を振った。

「悪いが通行は許可できんよ。さっさと消えな……隊長、良いですよね？」

「……ま、構わんだろう」

若い兵士が年嵩《としかさ》の兵士に話を振ると、やれやれと言わんばかりに肩を竦める。

この場で不審人物として捕まえず、殺すこともなく、シェナ村に送り返すこともしない。それは兵士達からすれば精一杯の温情だろう。レウルスの風体を見れば村から追い出された農奴以外に思えず、送り返す手間を考えると面倒臭さの方が勝るのだ。

だが、レウルスとしては見逃されても行き場がない。ラヴァルと呼ばれた目の前の城塞都市周辺ならば夜も比較的安全に越せるかもしれないが、このままでは餓死するだけだ。

「何か……何か仕事とかないですかね？　なんでもしますよ？　雑用でもなんでも……」

今ならばどんな過酷な仕事でも喜んで従事できる。腹いっぱいにとは言わないが、体がまともに動くだけの食事があれば喜んで働くだろう。

「シェナ村出身とは言うがその証拠もない。お前が逆の立場なら雇うか？」

ぐうの音も出ない正論だ。もしもレウルスが逆の立場なら、絶対に雇わないだろう。

「ここ何日もまともに食べてなくて……」

「そうか」

「昨晩だって、魔物に襲われるかもって思いながら木の上で過ごしたんですよね……」

「そうか」

プライドを放り投げ、同情を引こうと話をするが反応は極めて悪かった。そんな兵士達の反応に、レウルスは思わず頬を引き攣らせる。

「の、野垂れ死にしろと？」

最早遠からず訪れるであろう未来。己の死を悟ったレウルスが震える声で尋ねると、隊長らしき男性は冷徹に返す。

「その通りだ。勝手に餓えて勝手に死ね。できれば森の中でな。町の周囲で死なれると魔物が寄ってきて面倒だ」

情の欠片も存在しない返答だったが、続く言葉にレウルスは思わず納得してしまう。

「その格好と身分証の有無、体つき。お前が村から追い出されたというのは本当だろう。その上、金もない……他国の間諜《かんちょう》として捕まえないだけありがたいと思え」

それ以上のことは何もできない。レウルスが農奴だとわかっており、本当は間諜ではないと思っているが、兵士である以上は己の職務を全うするのみである。このままレウルスを見逃すのが彼らに出来るギリギリの妥協なのだ。

隊長らしき男性は興味を失ったように背を向け、部下達を連れて引き上げていく。もうじき日が暮れるということもあり、堀にかけられた橋を上げるつもりなのだろう。

レウルスは膝を突いたままで動けなかったが、先ほど比較的優しく接してくれた若い兵士が駆け寄ってくる。

「東門《ひがしもん》の方へ行ってみろ……運が良ければ死なずに済むだろうさ」

そう言って東と思われる方角を指差す若い兵士の目に浮かんでいたのは、憐憫《れんびん》の情だった。その視線を受けたレウルスは震える膝に力を入れて立ち上がる。

(東門……何かあるのか?)

野垂れ死にしろと言われるよりはよっぽどマシだ。レウルスは若い兵士に小さく頭を下げると、今にも倒れそうな体に鞭《むち》を打って歩き始めた。


日が山間に沈み始め、斜陽がオレンジ色に大地を照らしていく。

レウルスは迫りくる暗闇に怯えつつも、ロクに動かない体を必死に動かして歩を進めていた。若い兵士に聞いた東門の方向に何があるのかわからないが、せめて今夜を安全に過ごせるだけの何かがあれば、と思う。

兵士の話で知った、ラヴァルと呼ばれる城塞都市。そこからは風に乗って笑い声や夕飯と思しき匂いが届き、レウルスの精神をガリガリと削っていく。

(城壁を越えて……無理だな。見張りの兵士もいるし……)

十メートル近い石造りの城壁の上には、弓を持った兵士の姿がある。日が暮れ始めたことで篝火の用意もされており、城壁の上から周囲を監視する姿勢には微塵も油断がない。今のレウルスではどんなに運が良くても城壁を越えて侵入することは不可能だろう。

仮に侵入できたとしても、金がないため食事もできずに死んでしまうことに変わりはない。魔物に殺されることはなくとも、飢え死にする可能性はなくならないのだ。

（というか、町が大きすぎる……東門ってところまでどれだけかかるんだ……）

日暮れに焦って小走りで移動しているが、円形に近い形で城壁が築かれているラヴァルの町は非常に大きい。シェナ村も内部に畑を作っていた関係上それなりの広さがあったが、ラヴァルの町はその何倍の広さがあるか見当もつかないほどだ。

太陽の沈む方向から考えると、レウルスが先程までいたのは南門《みなみもん》だったのだろう。必死に急いで移動するレウルスだったが、最早残された時間は少ない。

それでも日が落ち切る前に視界に変化が訪れ――思わず目を見開いた。

「……は？　町……か？」

呆然とした呟きを漏らすレウルスの視線の先。そこにあったのは、城壁の外に広がる町と呼ぶべき規模の建造物の群れだった。

「なに……この、なに？　なんだアレ……」

言い様のない違和感を覚えつつも、町と思しき場所へと近づいていく。城壁の外にも町が作られていたのだろうか。だが、それにしては若い兵士から聞いた『運が良ければ死なずに済む』という言葉が気にかかる。

立ち並ぶ建造物と、その周囲を囲うようにして組まれた木の柵。ところどころ土壁で補強されているが堀の類はなく、シェナ村と比べても貧相な防衛設備だ。広さ自体はラヴァルの町よりも遥かに狭いが、そこに人の営みがあることは遠目からも窺える。

狐狸に騙されている気分だが、人がいるのならば食べ物もあるだろう。だが、レウルスが町に近づくと先ほどの兵士達と比べて貧相な装備を身に纏った男達が駆け寄ってくる。

「なんだテメェ……ここに何の用だ？」

動物の革で作られたと思しき鎧に、両刃の剣を握った男達。その中でも短い金髪の男性が声をかけてくるが、先ほどの兵士とは雰囲気が違う。

例えるなら、警察官とヤクザ並に雰囲気が違った。野卑な凶暴性を秘めた眼差しを向けられたレウルスは若干尻込みをするが、ここ以外に行く場所もないと自分を鼓舞《こぶ》する。

「シェナ村から来ました……その、南門？　の兵士の人に、ここに来ればいいと聞いたんですけど……」

それ以外に言い様がなく、取り繕う余裕もない。そのためレウルスは正直に答えると、男達はレウルスを頭から爪先まで眺め、手に持っていた剣を鞘に収めた。

「ハッ、シェナ村だぁ？　大方食い詰めて逃げてきたんだろ？」

レウルスが頷くと、男達は鼻を鳴らして背を向ける。

「ま、細かいことは聞かねえよ。入るなら好きにしな」

「あ、ちょっ、ここって一体……」

もっと何か聞かれると思ったが、あっさりと引き下がった男達にレウルスは尋ねた。ここまでたどり着いたは良いが、どんな場所かもわからないのである。

焦った様子で尋ねるレウルスに対し、声をかけてきた男は再び鼻を鳴らして答えた。

「――ラヴァル廃棄街《はいきがい》。オメェみたいな食い詰め者が集まる、クソみてぇな場所だ」


武装した男達に通されて木で造られた門を潜り、ラヴァル廃棄街に足を踏み入れたレウルスだったが、ここがどういう場所なのか理解できずに首を捻った。

（廃棄街ってことは、スラムみたいなもんか？　でも、この規模の町で廃棄街って……）

立ち並ぶ建造物や行き交う人々の数から推察する限り、シェナ村よりも多くの人が住んでいるようだ。正確な数はさすがにわからないが、少なくとも千人を超えているだろう。

区画整理などされておらず、廃棄街のど真ん中に十メートルほどの幅を持つ道があるだけで、あとは乱立する家々によって小道が形成されているようだった。廃棄街の奥までは見通すことができないが、その雑然とした様子はシェナ村よりも無秩序である。

そうやって物珍しげに周囲を見回すレウルスだったが、強烈な空腹感で現実に引き戻される。色々と気になることはあるが、まずは空腹をどうにかしなければならない。

（でも、金はないんだよな……）

働いて返すから何か食べさせてくれと頼んだとして、相手が承諾するだろうか。周囲に食事処らしき建物は見当たらず、レウルスは覚束ない足取りで廃棄街を進んでいく。

（その辺の家で何か恵んでもらう……乞食《こじき》みたいに路上で恵んでもらえるのを待つ……）

見知らぬ男が突然家を訪れ、何か食べさせてほしいと言ってきたら食事を与えるだろうか——答えは否である。

路上で乞食のように相手の善意を期待したとして、食糧なり金なりを恵んでもらえるだろうか——答えは否である。

この世界に生まれ、シェナ村という狭い環境で過ごしてきたレウルスだが、縁もゆかりもない相手に無償で何かを施すと期待するのは無理があった。行き交う人々の表情を窺うが、視線を向けるレウルスに対して胡散臭そうに表情を歪めるばかりである。

（せめて水を……）

空腹感は危険な状態に突入しており、疲労と睡眠不足から視界が霞《かす》んでいる気さえした。

それでも、水を飲んで腹を膨らませればまだどうにかなる。この場所ならば魔物が侵入する可能性も低いだろう。一晩過ごし、朝から近くの森で食べられる物を探すしかない。

そう自分に言い聞かせ、レウルスは水場を探し始める。人間が生活している以上、水は必要不可欠だ。近くに川などが存在しない以上、井戸でも掘ってあるのだろう。

そうやって水場を探すこと数分。レウルスは井戸らしきものを発見した。木で造られた井桁と簡易ながらも雨避け用に造られた屋根、さらには水を汲み上げるためのロープと桶も用意されていた。

滑車の類は見当たらず、ロープをつないだ桶を井戸に放り込んで自分の手で引き上げる必要があるようだが、現在の体調でも水桶の一つぐらいは引き上げることができる。

何はともあれ水だ。空腹もそうだが、一日中走りっ放しで喉がカラカラである。

レウルスは井戸に駆け寄り、桶を手に取る――よりも早く、その腕を誰かが掴んだ。

いつの間に近寄ったのか、見知らぬ男がレウルスの腕を掴んで動きを封じている。廃棄街に入る時に話した男達と同様に、この男も革鎧と剣を身に付けていた。

「待ちな……見ねえ顔だな。余所者か？」

「あ、ああ……今さっき着いたばかりだ」

一体何の用なのか。下手に出過ぎてもまずいと判断して怪訝そうな顔で尋ねるレウルスだったが、男はレウルスの視線など微塵も気にせず空いていた左手を差し出した。

「……その手は？」

握手でもしたいのだろうか。レウルスは反射的に手を握りかけるが、男は馬鹿にするような目付きへと変わった。

「金だよ、金。井戸を使うなら水税を払いな。桶一杯で一ユラだ」

水税、一ユラ。これまで聞いたことがない言葉だったが、それが意味するところは理解できた。そのためレウルスは呆然とする。

「……水……税？」

水を飲むのに税金を取ると言うのか。レウルスはその場で固まるが、男はレウルスの反応から金を持っていないことを察したのだろう。乱暴に突き飛ばし、唾を吐き捨てる。

「金がないならさっさと消えろ。他の奴の邪魔になる」

「す、少しぐらい……ほんの一口でも……」

ユラというのは金銭の単位だろうが、レウルスは一ユラすら持っていない。そのため何とか一口だけでもと頼み込むが、男はまったく取り合おうとしなかった。

この様子ならば、他の場所にある井戸も同じだろう。ラヴァル廃棄街においては、水を飲むだけでも金が必要なようだった。

(今から町の外に出て水源を探す？　既に日が暮れたこの状況で？)

今この町から外に出れば、昨晩同様魔物に怯えて夜を過ごす羽目になるだろう。近場に水源がある保証もなく、あったとしても真っ暗闇の中で探し出せるとは到底思えない。

目の前の男を力尽くで押し退けて水を奪うというのも論外だ。男はレウルスの態度から既に臨戦態勢に入っており、鞘から抜いてこそいないが剣の柄に手をかけている。

「どこか……近くに川はあるか？」

「……東に向かって一時間も歩けばある。自殺したいなら止めねえよ」

夜に出歩くことの危険さは、目の前の男も重々承知しているようだ。レウルスは肩を落とすと、ゆっくりと立ち上がる。

「税金の代わりに働くから……水を飲ませてくれないか？」

「お前、何ができる？　魔物を倒したことは？　剣や魔法を使えるのか？」

男性の疑問に対し、レウルスは押し黙った。その全てが未経験であり、今のレウルスができることといったら一つしかない。

「の、農作業なら……」

暗算で良ければ四則演算程度は容易いが、この世界の文字も数字も知らないのである。文字も知らずに計算ができると言っても信用されることはないだろう。そう考えて農作業ならばと答えるが、反応は冷たかった。

「間に合ってるよ。ほら、さっさと消えろ。それとも叩き出されたいか？」

剣の柄から手を離し、その代わりに拳を固める男。それを見たレウルスは頭を下げて背を向けると、その場から立ち去る。

（この分だと、食料を分けてもらうなんて期待できないか……金、かね、カネ、か……どこの世界でも世知辛いな、くそったれめ）

レウルスは今にも止まりそうな足を動かし、何とか前に進んでいく。だが、どこに行けば良いのかわからない。日が落ちたことで人気がなくなり始めており、家々から僅かに漏れる蝋燭《ろうそく》らしき明かりが道を照らしているが、行く宛てなどなかった。

それでも、立ち止まっていては何も得られない。僅かな時間の滞在だが、ラヴァル廃棄街で他人の善意に期待しても意味はないだろう。しかしながら今から町の外に出るわけにもいかず、せめて今晩の寝床になりそうな場所を探し始める。

（まだ歩ける……明日になっても大丈夫だ……一晩寝て体を休めれば、まだ……まだ……）

空腹感に喉の渇き、さらに疲労感。それらはレウルスの体を蝕《むしば》んでいるが、歩くことができるならまだ大丈夫だ。実際のところは既に限界を超えている自覚があったが、大丈夫だと自分に言い聞かせなければこのまま倒れてしまいそうである。

（ああ……そういえば前世でも同じように無理をして死んだっけ……）

まだ大丈夫と自分を騙し、そのまま死んでしまったのだ。馬鹿は死んでも治らないと言うが、どうやら事実だったらしい。レウルスは思わず笑いたくなった。

（…………ん？）

体力を消耗するため実際に笑うことはなかったが、不意に良い匂いを嗅ぎ取って足を止める。前世ではともかく、今世では縁がなかった香ばしい料理の匂いだ。食欲をそそり、腹の虫を盛大に鳴かせるような魅惑の匂いだ。

レウルスはその匂いに釣られてフラフラと歩いていく。さながら誘蛾灯《ゆうがとう》に引き寄せられる蛾のようだったが、この匂いを振り切って歩き去ることなどレウルスにはできなかった。

（アレは……料理店？　それとも酒場か？）

レウルスが辿り着いたのは、外にも喧騒が聞こえるほど繁盛している料理屋らしき店である。木と石で造られた二階建ての建物であり、一階部分で料理屋を営んでいるようだ。

（料理店……でも金はない。そうなると……）

作る料理によるが、料理というものは多くの材料を使用する。その際少なからず切れ端や皮が出るのだが、それに思い至ったレウルスは目を輝かせた。

（残飯があるか⁉）

料理を作る際に出た生ゴミか、客が食べ残した残飯か、それはどちらでも良い。今なら生ゴミでも躊躇なく食べられる。元々の食生活を思えば客の残飯など天上のご馳走だ。

レウルスはすぐさま店の周囲を歩き回り、ゴミ箱がないか探し始めた。さすがにポリバケツなどはないだろうが、ゴミ捨て用の木箱ぐらいはあると思ったのだ。

（こっちはない……店の裏手か？　おっ、木箱がある！）

店の裏手に回ると、裏口らしき扉の傍に木箱があった。レウルスは即座に駆け寄って蓋に手をかけると、音を立てないようゆっくり持ち上げていく。

――だが空だった。

「…………」

宝箱を開けたら中身がなかったような喪失感。レウルスは二度、三度と木箱の中を確認するが、残飯どころか野菜のひとかけらも入っていない。

（時間が悪かったのか……もう少し後とか、朝方に来れば入ってるかも……）

今はまだ日が暮れたばかりで、声を聞く限り料理店は賑わっている真っ最中だ。残飯などが出るとしても、まだまだ後のことかもしれない。

レウルスは自分に言い聞かせ、蓋を閉じる。残飯が出た時にすぐ気付けるよう、近くで待機していよう。そう判断したレウルスは踵《きびす》を返し――そのまま膝を突いてしまった。

残飯か生ゴミとはいえ、何か食べられるという期待。それが失われたことで緊張の糸が切れたのだろう。辛うじて動いていた体はレウルスの意思を裏切るように動かなくなる。

膝を突くだけに留まらず、体が前へと傾いていく。徐々に迫りくる地面を見詰めたレウルスは、十五年前に前世で死ぬ間際に見た光景を思い出していた。

（残飯漁ろうとして力尽きるとか……前世より酷い死因だよなぁ）

過労や栄養失調により、力尽きる。例え生まれ変わっても死因が変わらないなど、笑うことすらできない。

（何とか生き延びても、結局は野垂れ死にか……ハッ、何の意味もねえ、ゴミみたいな人生だった、な……）

地面に倒れ伏したレウルスはそんなことを考えるが、その思考すらも億劫だ。横たわった地面の冷たさが今は心地良く、レウルスの意識が少しずつ闇に落ちていく。

「あー……クソ、こりゃ、だめ……だ……」

最後にそう呟き、レウルスの意識は途絶えた。

第2章：一宿一飯の恩

温かな感触と口の中に溢れる塩気のある旨味。曖昧《あいまい》な意識の中で異変を感じ取ったレウルスは、ゆっくりと意識を浮上させていく。

（なん……だ……）

どうやらまだ死んでいないらしい。あるいは、行き倒れて死んだ後に再び生まれ変わったのか。レウルスは靄《もや》がかかったような思考の中でそう考えるが、口の中に広がる温かくも今世において初めてとなる美味な味わいが急速に意識を覚醒させた。

「っ!?」

出汁《だし》と塩気の利いた味わいに、カッと目を見開く。水分もそうだが、きちんとした栄養が喉を通って臓腑に沁み渡っていく感触があった。

「あっ、目が覚めましたか？」

口中に広がる美味しさだけに気を取られていたが、その声にレウルスは視線を動かす。どうやら木の床に寝かされていたらしく、体には薄い布が一枚かけてある。

そして、レウルスの傍にいたのは一人の少女だった。

歳はレウルスとそこまで変わらず、十五歳前後だろう。背中まで届きそうな長さの亜麻色の髪を三つ編みにしたおさげが二つ、小さく揺れている。

顔立ちは優しげでありながら儚さもあり、庇護《ひご》欲をそそる。突き抜けて美人というわけではないが、野に咲く一輪の花のような素朴な美しさを持つ少女だ。

どうやらレウルスの介抱をしていたらしく、喉に詰まらせないようレウルスの頭を膝に乗せて少しずつスープらしきものを飲ませていたらしい。レウルスが目を覚ましたことに気付くと、ほっと安堵したように柔らかく微笑んだ。

（おいおい……なんだよこれ。誰だこの子。死んで天国に行ったのか？）

状況的に目の前の少女が助けてくれたのだろうが、レウルスとしては目の前の現実が受け入れられない。死んで天国に行ったと言われた方がまだ納得ができる。

「お父さん、この人起きたよ」

困惑するレウルスを他所《よそ》に、少女はその視線を別の場所に向けた。その視線に釣られたレウルスは、少女とは対照的な冷たさと厳しさを含んだ眼差しの男性と視線がぶつかる。

少女が『お父さん』と呼んだことから父親なのだろう。角刈りに近い髪型だが、少女によく似た亜麻色の髪と茶色の瞳が親子であることを窺わせる。

年齢は四十歳に届くかどうかという印象だが、その肉体は筋骨たくましい――ついでに、何故か右手に大振りの包丁を握っていた。中華包丁にも似た肉厚で幅が広く、それでいてしっかりと砥《と》がれて切れ味の良さそうな包丁である。

少女の声を聞いた男性はゆっくりと近づいてくるが、木製の床は一歩進むごとにミシミシと悲鳴

を上げている。男性は無表情で、まるでこれから屠殺《とさつ》でも行いそうである。

——この場合、屠殺されるのは自分だろうか。

「た、食べても美味しくないですよ!? ほら、肉なんて全然ついてないですし！」

寝起きだったからか、包丁を持った男性が無言で近づいてくる恐怖からか、レウルスは床に倒れたままで必死に叫ぶ。それを聞いた男性は眉を寄せると、包丁を肩に担いだ。

「小僧」

「は、はい！」

外見に見合った、低くも渋い声である。堅気では到底出せないような剣呑な気配を感じるのはレウルスの勘違いだろうか。小僧呼ばわりに何の抵抗もせず返事をすると、男性は厳《いか》めしい顔を崩すことなく告げる。

「野垂れ死にするなら人目につかない場所で死ね。店の裏で死なれると迷惑だ」

かけられた言葉は冷たく、突き放すようなものだった。その言葉にレウルスは冷や水を浴びせられた気分になったが、同時に疑問を抱く。

(店の裏で死なれたら迷惑ってのは理解できるけど、だからといって助けるのは……)

男性の言葉は正論だ。倒れた場所から考えるとここはレウルスが残飯を漁ろうとした料理店なのだろうが、店の裏手に死体が転がっていて良い気分になるはずもない。

だが、だからといって介抱する理由にもならないのだ。廃棄街を見た限り、死体が落ちていても男性の言う通り迷惑の一言で片づけられそうな雰囲気があった。

素性も知れない行き倒れた人間を店に運び込み、介抱する必要もない。廃棄街で見かけた武装している男達に声をかけ、町の外にでも放り出せば良かっただろう。

「もう、お父さんったら……ごめんなさい。悪気があるわけじゃないです」

男性の言葉に少女が困ったような顔をした。男性は少女の言葉によりいっそう顔をしかめると、近くにあった椅子に腰を下ろす。

「裏に出てみたらあなたが倒れてて……」

「それでうちの娘が拾ってきたわけだ。まったく、良い迷惑だ」

店を閉めようと思ってたのによ、と吐き捨てる男性だが、言葉に反して当初の刺々しさが消えている。

「コロナ、お前は後片付けをしておけ。小僧、お前はさっさとソイツを片付けろ」

そう言って男性は少女――コロナに声をかけ、レウルスには鋭い視線を向けた。

言葉に従って体を起こしたレウルスが見たのは、深皿に注がれたスープと別の皿に置かれたやや黒みがかった拳大のパンが二つ、さらにコップ状の陶器に入った水である。

「あ、ありがたいんですが、金が……」

「そんなもの期待してねえよ。どう見ても金なんて持ってないだろうが」

トントンと包丁で肩を叩きつつ、男性が言う。その言葉にレウルスは目を見開いたが、すぐにスープとパンに視線が釘付けになった。

タダより高いものはない。料理を食べたら無理難題を押し付けられるかもしれない。

そんな警戒心が働くが、湯気を立てるスープの匂いがレウルスの鼻を貫く。具沢山というわけではないが、丁寧に切られた野菜が沈んだ透明に近いスープの誘惑は強烈だ。

「……いただきます」

結局、その誘惑に抗えなかった。思い返してみると今生で初めてとなるまともな料理だ。元日本人の習性か、レウルスは両手を合わせてから木製のスプーンを手に取った。

最初に手を付けたのはスープである。コロナが少しずつ飲ませてくれたが、まともな食事を取れていなかった以上、消化に良さそうなものから食べるべきだろう。

野菜を煮込み、塩だけで味をつけたシンプルな塩スープである。その温かさ、シンプルだからこそ染み入るような味わいは、舌が痺れるほどに鮮烈で強烈だ。

「……うまい」

一口食べ、レウルスはぽつりと呟く。

二口、三口と塩スープを啜り、今度はパンに噛み付く。手に持った感触から硬いと思ったが、今のレウルスには関係ない。歯を立てて噛み千切り、何度も何度も噛んで味わう。

味付けがされていない堅焼きの黒パンだが、素材の味だけでも十分だった。塩スープに浸せば十分に柔らかくなり、味わいも変わる。

食べ始めたらレウルスは止まらない。一心不乱に塩スープと黒パンを食べ、その味に感動し――いつの間にか涙すら流していた。

「美味いです……本当に、美味いです」

それ以外の言葉が見つからない。この程度の賛辞では代金にもならないだろうが、今のレウルスには目の前の料理を称賛することしかできない。涙どころか鼻水まで溢れてきたが、それを恥だとは思わなかった。

「……そうか」

そんなレウルスの言葉を聞いた男性の目尻は僅かに下がっていたが、食事に夢中なレウルスが気付くことはなかった。

翌朝、料理店の床で目を覚ましたレウルスが身を起こす。硬い床の上で寝たため体の節々が痛いが、木の上で一晩過ごすよりマシだろう。布を一枚貸してもらえたが、布団とは呼べない厚さながらも布が一枚あるだけで温かさが違った。

「……起きたか」

そして、起きるなり男性――ドミニクの声がかけられる。その声に顔を上げたレウルスだったが、どうやらドミニクは朝早くから料理の仕込みを始めているようだった。コロナの姿は見えないが、住居として使われている二階でまだ眠っているのだろう。

「おはようございます……昨晩は、本当にありがとうございました」

料理を食べてきちんと睡眠を取れたからか、体の奥底から力が溢れているようにさえ思える。そのことに感謝し、レウルスは居住まいを正して感謝の言葉を述べた。

ドミニクはそんなレウルスの感謝の言葉に何の反応もせず、包丁で野菜の皮を剥いていく。昨晩の礼に手伝おうかと思ったレウルスだったが、前世でも今世でも料理の経験は乏しい。簡単な焼き料理程度ならばともかく、素人が手伝っても役に立ちそうにない。

この場から早々に辞する方がドミニクのためにもなるだろう。そう判断したレウルスは借りていた布を畳んで傍のテーブルに置き、床に正座して頭を下げる。正座や土下座が通じるかわからなかったが、感謝の意は伝わるだろうと信じて。

「本当に助かりました。このご恩は一生忘れません」

一宿一飯の恩を超え、命を救われたのだ。感謝から頭を下げることに抵抗などなく、レウルスは床に頭をつけて感謝を示す。

「小僧、お前は……」

そんなレウルスの土下座に対し、ドミニクは僅かに表情を変えた。だが、すぐに表情を戻して頭を振る。

「いや……昨晩も言ったが、野垂れ死ぬなら別の場所で死ね。少なくともうちの娘の視界に入るところで死ぬな」

「気をつけます。あの子にもお礼を伝えておいてもらえますか？」

コロナが助けようとしたからドミニクもレウルスを助けたのだろう。あるいはドミニクだけでも助けてくれたかもしれないが、それを指摘する勇気はなかった。

「……覚えていたらな」

ぶっきらぼうに言い放ち、再び野菜の皮剥きを始めるドミニク。これ以上は邪魔になるだろうとレウルスは判断し、店の扉から外に出る。

まだ外は暗いが、もうじき日の出なのだろう。遠くの空が白み始めており、レウルスはその場に立ち尽くして日の出を見守る。

食事と睡眠が取れたからか、日の出がやけに美しく思えた。目に見える物すべてが輝いて見え、まるで別の世界のようである。長年の疲労や栄養失調から脱することはできていないが、腹と精神が満ちれば自ずと気分も上を向く。

(問題はこれからどうするか、か……)

今回はコロナとドミニクの厚意によって生き永らえたが、このような幸運が続くとは思えない。ラヴァル廃棄街で生きていくにしても金が必要であり、金を得るためには何かしら行動しなければならなかった。

何かできるとすれば肉体労働が一番妥当だろうか。商売のように元手もいらず、体が動きさえすれば良い。今なら腹も満ちているため、一、二日ならば問題なく動けるだろう。

どうにか金を稼いだら、ドミニクの料理店に料理の代金を払いに行ける。ただし、働ける場所を見つけられるかどうかが問題だ。

(住所不定無職、家族なし友人なし学歴なし資格なし身分証なしのないない尽くしに栄養失調……俺が雇う側なら絶対に雇わないな)

単純な肉体労働なら雇ってもらえるだろうか。そもそも余所者を雇ってくれるのか。その辺りを調べている間に再び空腹で倒れそうである。

春先の冷たい風に晒され、レウルスは身を竦める——と、その寒さで閃いた。

（料理屋ってことは火を使うよな？　燃える物を集めるってのはどうだ？）

多少歩く必要があるが、ラヴァル廃棄街の周辺には森が多い。木を伐採するのは道具がないため難しいが、枯れ木を拾うことぐらいはできるだろう。

金を稼げるわけではないが、恩返しにはなりそうである。しかし、商売ではないとはいえ近隣の森から薪を拾ってくることに問題はないだろうか。

（……一応、確認だけはしておくか）

『ほうれんそう』はいつの時代、どんな場所でも重要なことだ。そのためレウルスは廃棄街の入口まで行くと、入口を守るようにして周囲を見回す男へ声をかける。

「すいません、少しよろしいですか？」

「あん？　なんだ……って、オメェは昨日のガキか」

空腹が満たされたことで冷静になり、レウルスは余所行きの社会人口調で声をかける。相手はレウルスが廃棄街に入る前に言葉を交わした男性だった。昨日よりも血色が良くなったレウルスの姿に、見る見る表情が硬くなっていく。

「……金は持ってなかったはずだが、どこかで盗みでもしたか？」

剣の柄に手をかけ、低い声で尋ねる。そんな男性の様子にレウルスは苦笑した。

「違いますよ。ドミニクって男の人とコロナって女の子が助けてくれまして……」

隠すことに意味はない。そう判断してレウルスは事情を話すことにした。

「そうかい、ドミニクの旦那とコロナ嬢ちゃんが……」

ドミニクとコロナを知っていたのか――更に言えば、二人ならば行き倒れを助ける人柄だと知っていたのか、男性はバツが悪そうに頭を掻く。

「ちっ……で、何が聞きたいって？」

疑ったことが影響しているのか、どうやら話を聞いてくれるようだ。

「恩返しというには小さいですが、森で薪や食べられる物を探してこようと思いまして。無駄に木を傷つけたり食物を乱獲《らんかく》したりはしませんが……問題はないですか？」

当然のことではあるが、森や山は誰かの持ち物である。前世でも国か個人かの違いはあったが、国有地や私有地として管理されていた。

今の世界ならば有力者――いるのかレウルスにはわからなかったが、貴族や国王、あるいはその土地の領主の物だろう。許可なく入ったせいで打ち首になっては笑えないのだ。

「ほう……恩返し、か」

レウルスの言葉に何を思ったのか、それまで苛立たしげな顔をしていた男性の雰囲気が和らいだ。

嘘を見抜くかのようにレウルスの顔を凝視すると、口の端を釣り上げる。

「取り過ぎなきゃ問題はねえよ。ただし、間違ってもラヴァルの方に持っていくな。この町に戻ってこい」

さすがのレウルスでも薪を拾ったからといってラヴァルの町に入りたいとは思わない。それこそ門前払いされるのがオチだろう。

「それと、廃棄街に戻る時は必ず門を通れ。取ってきた物から税を徴収するからな……壁を乗り越えて入ったら不審者だと思われて殺されるかもしれねえぞ」

「冗談……じゃなさそうですね。ちなみに、どれぐらい税として取られるか聞いても？」

殺されるのは御免だが、税金と称して得た物を全て奪われては敵わない。警戒のためにレウルスが尋ねると、男性はレウルスの危惧に気付いたのか小さく笑う。

「全部取ったりしねえから安心しろ。取ってきた物によるが……まあ、多くても半分か」

多くてもと言うからには、普通はそこまで取られないのだろう。今はその言葉を信じるしかなく、レウルスは男性に向かって頭を下げた。

「ありがとうございました。それだけ聞ければ十分です」

「おう。ま、生きてたらまた会おうや」

軽く手を振って男性がそう言ってくるが、割と洒落《しゃれ》になっていない発言だ。今すぐ飢え死にすることはないが、魔物の危険性がある以上いつどこで死ぬかわからない。それだというのに森へ向かおうとする自分にレウルスは苦笑した。

できるならば安全な場所で安穏と過ごしたい。だが、そんな願いが叶うような立場にはなく、叶えてくれる者もいないのだ。

例え危険でも動かなければ死ぬ以上、動く以外に選択肢はなかった。

ラヴァル廃棄街から東に歩くこと十分。レウルスの感覚としては一キロメートルほど歩くと、薪を拾うには良さそうな場所を発見した。

森と呼ぶには木が少なく、ところどころに伐採の跡がある林である。足場も悪くなく、ところどころに背の低い草が生えているだけだ。落ち葉が積もり、地面から拳サイズの石が突き出ている場所もあるが、足元に注意していれば躓《つまず》くこともなさそうである。

（魔物は……いないか？）

林の中は多少視線が通るが、生き物がいるようには見えない。これまで何度も感じたことがある己の勘にも引っかからず、足音や鳴き声なども聞こえなかった。そのことにレウルスは安堵すると、周囲を警戒しながら林の中に足を踏み入れる。

今回の目的は薪の収集だ。可能ならば食料になる物も見つけたいが、元農奴ではあっても猟師ではない。畑で育てていた野菜はある程度わかるが、山菜やキノコに関しては素人も良いところである。特にキノコには手を出さない方が無難だろう。

林の中へ足を踏み入れたレウルスは周囲を観察しながら進む。すると、すぐに気を引かれるものが見つかった。

（これは蔓《つる》か……よし、持っていこう）

薪を拾いに来たは良いが、拾った薪をまとめるためのロープが欲しかったところだ。レウルスは木に絡まっていた蔓を引きちぎると、その柔軟性と強度を確認してから頷いた。

そして、レウルスはなるべく音を立てないように、それでいてなるべく素早く薪を拾っていく。そしてある程度拾ったら蔓で縛り上げ、林の外へと移動を始めた。

薪を集めすぎると持って歩くには重く、歩く際に音が立つ。ある程度の量で一区切りとし、集めた薪全てを運ぶのはラヴァル廃棄街に戻る時だけにしようと考えたのだ。

（枯れ枝がそれなりにあるのは助かるけど……食い物はなさそうだな）

落胆するレウルスだったが、薪は集まっているのだからと自分を慰める。

税として多少取られることを差し引いても、昨晩ドミニクの料理店で食べさせてもらった料理の代金も少しは返せそうだった。

（一宿一飯の恩というには重すぎるし、このぐらいじゃ返せたなんて思えないしなぁ）

そんなことを考えながらレウルスは林の入口へと戻るが、奇妙な違和感を覚えて足を止める。嫌な予感と呼べるほど強烈なものではない。前世で仕事に出かけた際、家の鍵を閉め忘れているのではないかと考えた時のような、些細な不安だ。

しかしながら今のレウルスには家などなく、ただの思い過ごしだろう。レウルスはそう考え――

体長八十センチほどの巨大な兎と出くわした。

「……は？」

思わずその場で立ちつくし、呆然とした声が漏れる。

レウルスが前世で知る兎に似た、茶色の毛並みに愛くるしい造型。ただし大型犬並の体躯《たいく》で頭には二本の角が生えている。角の先端は非常に鋭利で、人体を容易く貫通しそうだ。

相手はレウルスの接近に気付いていたのだろう。体を地に伏せ、四肢《しし》に力を込めながら三十センチほどの角をレウルスに向けている。それはさながら引き絞られた弓のようであり、間抜けにも射程範囲に入ったレウルスを完全に捉えていた。

「――おおおおおおぉぉぉっ⁉」

四肢で地を蹴り、弾丸と化す兎の魔物。レウルスがその突撃を回避できたのはただの偶然である。驚いた拍子に落ち葉で足を滑らせ、体勢を崩したのだ。

そのおかげで心臓目がけて飛んでくる二本の角は回避できたが、角兎《つのうさぎ》の体自体は避けきれず、左肩に衝撃が走る。

その衝撃は水を詰めた皮袋で殴りつけたように重たいものだった。レウルスは大きくバランスを崩して尻もちをつく。担いでいた薪の束も手から離れ、地面へと落下する。

（っつぅ……くそっ、見逃しちまったな……）

折れたわけではないが、左肩から鈍い痛みが継続して伝わってくる。その痛みを感じ取ったレウルスは内心だけで呻くように呟いた。

違和感はあったが些細なものであり、ただの勘違いだと判断してしまった。普段と比べて嫌な予感が弱かったのは、相手が待ち伏せをしていたからだろうか。

しかし、今はそんなことを考えている場合ではない。痛みを堪えながら角兎に視線を向けたレウルスだったが、相手の行動を確認して絶句する。

角兎も一撃では仕留められないと考えていたのだろう。空中で体を捻って木の幹に着地すると、そのまま再度照準をレウルスへと定めていたのだ。

尻もちをついたレウルスには取れる行動が少ない。逃げ出すにしても体勢を立て直す必要があり、角兎はそのような時間を与えてくれない。

「っんのぉっ！」

角兎が木の幹を蹴る。その瞬間レウルスは体勢を立て直すことを放棄し、地面を転がることで角兎の突撃を回避した。そしてすぐさま地面を這うようにして林の中へと逃げ込む。

何もない平地と、多少なりとはいえ遮蔽物《しゃへいぶつ》がある林の中。そのどちらかを選ぶとすれば後者だろう。荷物を捨てて身軽になったレウルスは足元に注意しつつ、ジグザグに走って木々を盾にする。そうすれば角兎も迂闊《うかつ》に突撃することはないのではないか。そう考えたが、自身を追うようにして軽やかな足音が追従してくることに気付いて顔を引き攣らせた。

ほんの少しだけ振り返ってみると、その巨体に見合わぬ機敏さでレウルスを追い掛ける角兎の姿があった。ジグザグに走るレウルスに追従し、四足の獣らしい速さと獲物を追い詰める的確な位置取りは称賛に値するだろう――狙われる身としてはやめてほしいが。

（というかなんで襲ってくるんだコイツ⁉　兎って草食じゃないのか⁉）

レウルスが知る限り、兎は草食動物だったはずだ。レウルスが縄張りに踏み込んだため襲ってきているのかもしれないが、体の大きさと鋭利な角はともかくとして、前世でも知る可愛らしい姿の兎が殺しにかかってくるというのは恐怖でしかない。

「っ！」

背後から伝わる怖気と、一際強い地を蹴る音。それらを感じ取ったレウルスは反射的に斜め前に飛ぶと、飛び込み前転の要領で地を転がる。小石や地面の凹凸で背中が痛むが、背後から槍の穂先のような角で貫かれるよりは遥かにマシだ。

（相手は魔物……逃げ切るにはどうすりゃいい⁉）

逃げ回りながら必死に打開策を模索するが、前世でも野生の獣を相手にしたことなどない。心臓が急激に脈打ち、レウルスは心中に絶望感が生まれたのを感じた。

「いづっ⁉」

再度の突撃をなんとか回避し――左肩に走った痛みに声が漏れる。角は回避したが、爪で切られたらしい。角と比べれば短く、脅威には思えなかったものの、人の皮膚を裂ける程度の切れ味はあるようだった。

「く……そぉっ！」

体力、速度、武器。その全てで劣っている。レウルスは傷口を押さえながら走り続けるが、このままでは遠からず命を落とすだろう。

逃げ切るのが不可能ならば、戦うしかない。そう決断するのに時間はかからなかったが、問題はどう戦うかである。

――角や爪に注意しつつ、角兎の突進を受け止める？

体格で勝っていても体ごと突っ込んでくる角兎を止められるとは思わない。そもそも受け止めるためには正面に立つ必要があり、勢いに押されるまま角で貫かれて死ぬだろう。

――石を拾って投げつけ、距離を離して戦う？

投げた石が当たるとは思えず、仮に当たったとしても角兎の毛皮と筋肉に弾かれそうだ。

――手ごろな木の枝を使って殴りかかる？

機敏に動く角兎に当てられる自信がなく、投石と同様に効果があるかわからない。

(打てる手がない……)

レウルスは選択肢の少なさに絶望する。後悔しても遅いが、魔物に対する認識が甘かったということだろう。このまま、この世界の両親と同様に魔物に殺されて果てるのだ。

(——冗談じゃねえ)

ようやく自由になったのだ。残飯を漁ろうとして行き倒れるような生活だが、決まったルーチンワークをこなすように畑を耕し続ける必要はなくなったのだ。

ここで死ぬなど冗談ではない。どんな手を使ってでも生き延び、今世を謳歌《おうか》するのだ。

「っとぉっ!?」

そんな決意を固めるレウルスだったが、何かに躓いて体が宙を泳ぐ。反射的に元凶へと視線を向けてみると、そこには拳大の石が落ちていた。

(や、べぇ……くそっ!　この状況で石に躓くなよ俺!)

レウルスは走っていた勢いごと倒れそうになるが、咄嗟に両手を地面について顔面からの激突を防ぐ。それでも完全に無事とはいかず、落ち葉の上を派手に転がる羽目になった。

転んだ衝撃と痛みで呼吸が止まりそうになる。それでも痛みに呻く時間などなく、レウルスは歯を噛み締めて痛みを耐えると、傍にあった木を支えにして体を起こそうとする。

「——あ」

そして、角兎の体が発射された瞬間を目撃した。辛うじて体を起こすレウルスを嘲笑《あざわら》うように、その鋭利な角で串刺しにするべく迫っていた。

今まで辛うじて角兎の突撃を回避してきたレウルスだったが、今回は間に合わない。それが理解できてしまう。

己の体勢、体の痛み、角兎の狙いと勢い。その全てが回避は不可能だと結論付ける。

――二度目の死が迫っている。

それを自覚した瞬間、レウルスの見ている光景がスローモーションになった。それは前世で死ぬ間際に倒れた際、ゆっくりと地面が近づいてきた時に似た感覚だ。

緩やかな世界の中で必死に体を動かすが、回避するよりも貫かれる方が明らかに速い。どう足掻いても鋭利な角が胴体を貫き、そのまま背後の木に縫い止めるだろう。

あとは即死することもできず、内臓を零れさせて激痛にのた打ち回りながら失血死するだけだ。

生憎と腹部に派手な風穴が開いても平気で動ける体はしていない。

（こんな時、走馬灯が流れるって聞いたんだけどなぁ……）

一度目の時もそうだったが、死を目前にしても走馬灯など流れなかった。敢《あ》えて言うならば今のスローモーションに見える光景が走馬灯なのかもしれないが、ゆっくりと、しかし確実に迫る角兎が見えて嫌なだけである。

レウルスの体も僅かに動いているが、回避は不可能だ。避けるよりも胴体を貫かれる方が早い。

体勢の悪さや体の痛みもそうだが、単純に、角兎を避け切る速さがないのだ。

この状況を覆すには角兎を上回る速度がなければ不可能であり――ガキン、と頭の中で歯車が噛み合ったような音が響いた気がした。

「…………アァ？」


呆然と、あるいは怪訝そうに、レウルスは己の手を見下ろしながら声を漏らした。

手の中にあったのは、先ほど自分が躓いた石だ。何度も殴りつけた衝撃で割れ、鈍く尖った先端には赤い液体がこびり付いている。


――はて、これはなんだろうか？


胡乱《うろん》な思考でそんなことを考えるが、足元に転がる角兎の死体を見て納得の息を吐き出した。

角兎は頭蓋を叩き割られ、ピクリとも動かない。どう見ても死んでおり、これで動くならば魔物ではなくゾンビか何かだろう。確認のために爪先で軽く蹴ってみるが、角兎が何かしらの反応を返すことはなかった。

おぼろげな記憶を掘り返して思い出すのは、ほんの一分ほど前の出来事。

どう足掻いても角兎の突撃を回避できないと思っていたレウルスだったが、その予想に反してレウルスの体は鋭利な角を完全に回避しきっていた。

スローモーションに見えた視界の中で、ゆっくりと迫る角兎を上回る速度で体を逸らして角先を回避。レウルスが回避できるとは思っていなかったのだろう角兎は、そのまま木の幹に己の角を突き刺してしまった。

角をめり込ませた角兎を尻目に、レウルスは己が躓いた石を拾い上げる。そして木の幹から角を引き抜こうともがく角兎の脳天目掛け、石を振り下ろしたのだ。

　何度も何度も、完全に角兎が動かなくなるまで、何度も。

　その結果が頭から血を流して沈黙する角兎の姿であり、レウルスは血が滴る石を地面に落として大きくため息を吐く。

　正直なところ、何が起きたのか自分でも理解できない。それでも角兎の死体と手に残る生々しい感触がレウルスに現実だと訴えかけ、思わずその場に座り込みたくなった。

「……戻るか」

　だが、この場に留まるのは得策ではない。頭の片隅に残っていた冷静な部分がそう判断を下し、今は休むよりもこの場から離れることを優先した。

　角兎から逃げ回っただけでも大騒ぎだったのだ。その上で血を流す角兎の死体が傍にあるとなれば、他の魔物が寄ってきてもおかしくはない。

（コレはどうする……持って帰るか？）

　踵を返そうとしたレウルスだったが、角兎の死体の存在がその足を止める。魔物とはいえ食べようと思えば食べられるはずである。その巨体はさぞ食べ応えがあるだろう。

　命がけで仕留めた獲物を放置して逃げるというのも、心情的には辛いものがあった。そのためレウルスは周囲の様子を確認すると、近くに別の魔物がいないかを探る。

　ただし、角兎の時はあまり役に立たなかった己の勘だ。慰め程度にしかならず、レウルスは勘ではなく己の目と耳で異常がないかを探る。

魔物が近づいてきている気配はない。相手は野生の獣並に気配を殺しそうな存在だが、レウルスは近くに魔物がいないと判断して息絶えた角兎の両足を握って背負った。

薪を回収し、ラヴァル廃棄街に戻るべきだろう。これ以上薪を集められるような精神状態ではなく、今はこの場から逃げる方が先決だ。食料の確保という点では、野草を探すよりも恵まれた結果というのも撤退の判断を後押しする。

「ああ、クソ……腹ぁ減ったなぁ……」

命の危機を乗り越えた影響か、急に空腹を訴える体が何故か酷く不快だった。


「……生きてたのかお前」

ラヴァル廃棄街に戻るなり、門で周囲を見張っていた男性の第一声である。角兎を背負い、なおかつ蔓で束ねた薪を持ち帰ったレウルスに対して驚いたような顔を向けた。

林からの帰り道、角兎の重さに嫌気が差して何度投げ出そうかと思ったが、食料を捨てたくない一心で必死に走ってきたのだ。歓迎しろとまでは言わないが、いきなり死人扱いされるのはレウルスとしても予想外である。

「……死んでるように見えるか？」

空腹と疲労、さらには魔物が追ってくるかもしれない緊張感から解放されたレウルスは、敬語を使う余裕もなく不機嫌そうに尋ねた。

「ハッ、死体は見慣れれてても歩き回る死人は見たことねえな」

レウルスの不機嫌さなど微塵も気にせず笑い飛ばした男性は、蔓で縛った薪と角兎を交互に見やり、続いて角兎の頭部に視線を固定しながら口を開く。

「武器は持ってなかったはずだが……どうやってコイツを仕留めたんだ？」

「どうって……石で頭を殴って？」

「石だあっ⁉」

身振り手振りで石を振り下ろす動作を繰り返すが、レウルスとしても半信半疑だ。しかし事実として角兎の死体が存在する以上、自分の手で仕留めたことは間違いない。

「ところでコレって食べられる生き物だよな？　食用じゃなくても食べるけど」

「あ、ああ。この辺りじゃ普通に食肉扱いだ……食うって生でか」

後半は小声で呟く男性だったが、己の立場を思い出したのか表情を改める。

「お前コイツを捌《さば》けるか？」

「いや、無理っす」

強制的に畑を耕し続けたことはあるが、前世を含めても生き物を捌いた経験などない。そのため首を横に振ったレウルスに対し、男性は眉を寄せてしばらくの間沈黙した。

「……ドミニクの旦那のところに持っていくんだったな？」

「そりゃもちろん。他にアテもないしなぁ……」

男性はレウルスと角兎を交互に見ると、懐に手を突っ込んで何かを漁り始める。

「そうか……それで？　その薪と肉を届けたら何をする気だ？」

そして、世間話でもするように話を振ってくる。初対面の時と比べて雰囲気が軽くなっているのは、顔見知り程度には覚えられたからだろうか。

「その辺で雑草でも食って、安全そうな場所で寝て、朝が来たら……また森に行くしかないんだよなぁ。命を救ってもらった恩はこの程度じゃ返せそうにもないし」

今回は命がけになってしまったが、次からはもっと安全に薪を拾おうと思う。レウルスとしても角兎と遭遇したのは予定外であり、さすがに再び戦うのは避けたかった。

「一回の食事と一晩の寝床だったか……この肉を持ち込めばそれだけで返せるぞ？　むしろ余るぐらいだ」

男性は口元に笑みを浮かべながら、それでいて目だけは真剣に聞いてくる。レウルスはその雰囲気に若干気圧されたが、角兎だけで恩が返せると聞いて頭を振った。

「コレも命がけで仕留めたし、昨晩の対価になるかもしれない。でも、な……」

明確な答えがあったわけではないが、レウルスとしては腑《ふ》に落ちないものがある。

ドミニクからすれば、店の裏手で行き倒れていたレウルスを気まぐれで助けたのだろう。コロナが助けようと思わなければそのまま放置していた可能性もある。

命を救われた食事も、拳大のパンが二つに塩スープ、水が一杯と前世の食事と比べれば質素なものだ。男性の言う通り、角兎を丸々一匹持ち込めば十分に対価になるだろう。

税金でいくらか取られたとしても、昨晩の食事代にはなるはずである。

――それでも、命を救われた恩の対価としては到底釣り合わない。

前世で友人に一食奢られ、一晩泊めてもらったのならば同等の対価を渡すだけで十分だろう。親しい友人ならば格式ばった返礼をすることこそ無礼になることもある。

だが、コロナやドミニクは友人ではない。顔を合わせたこともなければ言葉を交わしたこともない、赤の他人だった。

そんな赤の他人に、レウルスは命を救われたのだ。

「あー……やっぱり足りねえわ。それだけで恩を返したなんて口が裂けても言えねえ」

コロナやドミニクからすれば、捨て犬に気まぐれでエサを与えたようなものかもしれない。しかし、その捨て犬はその気まぐれで命を救われたのだ。

この世界に生まれて初めて食べたまともな料理は涙が出るほど美味く、眠る際に貸し与えられた布はその薄さに反してこの上ないほど暖かかった。

角兎は勝手に命を賭けて仕留めただけである。レウルスは今までの人生で己のプライドなど鼻を拭くちり紙にすらならないと思っていたが、角兎を差し出したからといって恩を返したと納得できるほど腐ったつもりもない。

コロナやドミニクは恩返しなど望んでいない――期待すらしていないだろうが、助けられたレウルスからすれば別の話だ。薪を集め、角兎を仕留めてきた程度では到底足りない。その程度では、まったく足りない。

レウルスにとって、この世界は最低最悪だ。生まれてから今までの生活を思えば、そう断言することができる。

だが、そんな状況で初めて与えられたまともな食事は、本当に美味しかった。つい先ほど命のやり取りを経験して精神が荒んでいたレウルスにとっても、命がけで仕留めた角兎が十分な対価にならないと即断するほどに重い恩だった。

奴隷として売り払われ、獅子の魔物から命からがら逃げ延びた己の環境。この世界では最底辺に位置するだろうレウルスの命など、風が吹けば飛ぶほどに軽いものかもしれない。

だが、だからといって恩を返さなくて良い理由にはならないのだ。どんなに安い命だろうと、今のレウルスにとってそれ以上のものは――それ以外のものはないのだから。

「なんて言ったらいいのかねぇ……今の俺には自分の命以外に大事なものがないんだよな。で、ドミニクさん達には命を救われた。この兎を渡してその恩を返せたと思っちまったら、俺の命もその程度ってことになる」

いざ言葉にしようとすると、案外難しいものだとレウルスは苦笑する。

最低最悪だと思える世界で、羽毛のように軽く扱われた己の命を救われた恩。それは、この世界で触れた初めての温かさだった。

他者に理解ができるかわからない。あるいは自己満足なのかもしれない。この恩を踏み倒しても文句を言う者はいないだろうが、他でもないレウルスが自分自身を許せない。

「まあ、アレだ。一宿一飯の恩も返せない恥知らずにゃなりたくないって話さ」

結局はその一言に尽きる。親切にされたら感謝するという、元日本人として当たり前の感性がそうさせたのかもしれない。この世界では何の役にも立たない感傷だが、それさえも捨て去ってしまえば自分が自分でなくなってしまいそうだ。

「……そうかい」

レウルスの言葉をどう思ったのか、男性は静かに頷いた。

当面の目標ではあるが、ドミニクとコロナに恩を返そうとレウルスは思う。それは何の目的もなく生きるより建設的な生き方だろう。こんな世の中だからこそ、恩や義理というものを忘れることは畜生に劣る。

そんな決意を抱くレウルスに対し、懐《ふところ》から手を抜いた男性が何かを差し出した。

「合格だ。これをドミニクの旦那に渡しな」

「……これは?」

差し出されたのは、手の平に収まる大きさの長方形の金属板だった。表面には何かしらの文字が刻まれているが、字を読めないレウルスには何が書かれているかわからない。

「門番のトニーからって言えばわかる。あと、薪と肉はこのまま持っていきな。ドミニクの旦那に渡せば処理してくれるさ」

金属板に関しては何も答えず、これからに関して指示を出す男性。レウルスは目を白黒させるが、男性は追い払うようにして手を振る。

「それじゃあな、小僧。次はお仲間として会えることを祈っとくぜ」

そう言って男性――トニーは笑うのだった。

渡された金属板と薪を手に持ち、さらに角兎を担いで歩きながらレウルスは首を傾げた。税金として薪や角兎を取られなかったことは嬉しいが、金属板の正体が不明過ぎる。

レウルスは数十秒ほど頭を捻っていたが、一時棚上げすることにした。

どの道ドミニクに会えばわかるだろう。知らないことは聞けば良いのである。

「………？」

手の中の金属板を弄りながら歩いていたレウルスだったが、周囲からの視線に気付いて再度首を傾げた。昨日ラヴァル廃棄街に到着した時は野良犬でも見るような視線だったが、今は向けられる視線の色が変わっているように感じられたのだ。

（なんだ？　何か変なところが……）

そこまで考えたところで、己の姿を思い出す。金属板や薪はともかく、今は角兎を背負っているのだ。道行く人々からすれば注意を引いてもおかしくはない。

（いや……でもなんか、雰囲気が柔らかいような……）

レウルスの主観だが、見知らぬ他人から顔見知り程度には距離が近くなった気がした。その変化に戸惑いつつもドミニクの料理店に到着すると、呼吸を整えてから店の扉を開ける。

「こ、こんにちはー……」

初めて客先訪問をする新人社員のような気分だった。薪が手に入れば訪れるつもりだったが、まさか半日と経たずに戻ってくることになるとは思わなかったレウルスである。

「店はまだ開いて――」

扉を開くと、厨房から今朝方別れたばかりのドミニクが顔を覗かせる。そしてレウルスの顔を見るなり言葉を途切れさせ、不快そうに眉を寄せた。

「……小僧、野垂れ死にするならうちの娘の視界に入らない場所で死ねと言っただろうが。それともまたメシを恵んでもらえるとでも思ったのか？」

そう言って足音も荒く歩み寄ってくるドミニク。料理の仕込みの最中だったのか、相変わらず手には包丁を握っている。

「ここの美味い飯が食えるなら是非もないんですが……」

タカリか乞食と思われているのだろう。その評価も仕方ないと苦笑したレウルスは最初に薪を床へ下ろし、次いで、背負っていた角兎をドミニクに見せる。

「昨晩のお礼をと思いまして。こんなものでは到底恩を返せたと思いませんが、薪と食べられるものを獲ってきました」

ドミニクは薪を見ると片眉を上げ、続いて角兎の死体を見るとその目を見開く。

「小僧、お前がそれを獲ってきたっていうのか？」

「ええ……いや、俺としては薪だけ拾えれば良かったんですがね」

角兎など元々仕留めるつもりはなかったのだ。それが何の因果か命を賭けて角兎と戦い、石で撲《ぼく》殺《さつ》する羽目に陥った。当初考えていた恩返しに上乗せが出来たのは喜ぶべきことだが、その対価として死に掛けたのでは素直に喜べない。

「武器は……まさか素手で仕留めたのか？」

「いやー、その、石で殴り殺しました。角を避けたら木に食い込んだんで……」

死の間際で角兎の動きがゆっくりに見えたが、火事場の馬鹿力のようなものだろうとレウルスは考えている。

既に虫食い状態の前世で聞いた話だが、プロのアスリートの中にも似たようなことをできる人がいるらしい。避け切れなければ死ぬという状況で似たようなことができたのだとすれば、人間も捨てたものではないなとレウルスは思う。

「石で、か……ん？　その手に持ってる物は……」

「あ、これは門番のトニーって人からです。ドミニクさんに渡せと言われました」

恐る恐る金属板を手渡すが、トニーの様子を見る限り悪い物ではないだろう。金属板を受け取ったドミニクはその表面に目を通し、レウルスに探るような視線を向ける。

「これをトニーの奴から渡されたんだな？　その時何か言っていたか？」

「えっ？　えーっと……何のことかわからないですけど、合格って言われました。ドミニクさんに渡せばわかる、今度はお仲間として会えることを祈っとくと……」

トニーから言われたことを思い出しながら話すと、ドミニクはそれまで浮かべていた険しい表情を崩した。寄せられていた眉が元の位置に戻り、ほんの僅かだが口元を緩める。

「なるほどな……」

（何がなるほどなのか、できれば聞きたいんだけど……）

聞くべきなのか、ドミニクの言葉を待つべきなのか。レウルスが悩んでいる間にドミニクは己の中だけで何かしらの結論を出したらしく、レウルスに鋭い視線を向ける。

前世では死ぬまで社畜として生き、今世では辛酸《しんさん》を舐めるような生活を送ってきたレウルスと云えど、ドミニクほど威圧感を覚える眼差しを向けてくる相手はいなかった。そのため僅かに腰が引けたが、逃げ出すことなくドミニクの瞳を見返す。

「小僧、この薪といい魔物といい、どうして集めてきた？」

そう尋ねるドミニクの声色《こわいろ》は真剣なもので、向けられる視線は物理的な圧力すら伴っているように感じられた。

どうしてというのは方法ではなく理由を尋ねているのだろう。そう判断したレウルスは腹に力を込め、気圧されないよう意識しつつ答える。

「一宿一飯の恩を返すためです。ドミニクさんやコロナちゃんにとっては大したことじゃなかったかもしれませんが、俺としては命を助けられたんですから」

恩には相応の礼を以って返す。それがかつて日本で生まれ育ったレウルスに根付く、当たり前の感性だ。

現在生きている世界はレウルスにとって色々と投げ出したくなる世界だが、だからといって前世で培った感性を全て投げ出したいとは思わない。残飯を漁ろうとプライドは投げ捨てたが、それも生き延びようと思えばこそだ。

プライドで腹は膨れない。しかし、与えられた恩に報いないというのはプライド以前の問題である。雑草を食み、泥水を啜ろうとも人間として忘れてはならない一線がある。

だからこそレウルスは恩を返すべく自分にできることをしようとした。それが薪拾いであり、これは他の誰かに強制されたわけでもない。そうしたいと、しなければならないと思ったからだ――さすがに角兎と遭遇したのは予想外だったが。

「それでコレを集めてきたのか……俺としてはうちの娘の目に留まる場所で死ななきゃそれで良かったんだがな」

「いやいや、恩を受けてそのまま逃げるなんて畜生にも劣るでしょうよ。たしかに俺は残飯を漁りに来た野良犬みたいなものですが、それ以下にまで落ちぶれたくないですから」

ドミニクとしてはコロナに悪影響がなければそれで良い。レウルスからの恩返しなど最初から期待しておらず、言われた通りレウルスが立ち去ればそれだけで良かったのだろう。

「恩返しのために命を賭けたのか？　あの程度の食事と一晩床の上で寝かせただけで？」

「命を助けてもらえたんです。ドミニクさんにとってはあの程度だったのかもしれませんが、本当に美味かったんですよ……それに、嬉しかったんです。初めて他人の優しさってものを感じられました」

ドミニクにとっては、行き倒れていた浮浪児に一食恵んでやった程度。

レウルスにとっては、それが何よりも嬉しかった。

「……小僧、お前の親は？」

「三歳の時、魔物に殺されました。それ以来村の連中に扱《こ》き使われて生きてきましたよ」

そんなレウルスからすれば、ドミニクの料理はまさに至高の逸品だった。極度の空腹と疲労に加え、初めて他者から与えられた慈悲は涙が零れる程の美味さだったのである。

「命辛々逃げ出して、魔物に怯えながら森の中で過ごして、この町に辿り着いて行き倒れたところを救われたんです。売り物にもならない安い命ですが、救われた恩を返すだけの義理は持ち合わせているつもりですよ」

こんなクソみたいな世界に生まれてしまったからこそ、道理と義理は守り抜きたい。それすらも忘れてしまえば、レウルスの前世で培った人間性は死んでしまう。

「恩と義理、か……」

静かに語るレウルスに対し、ドミニクもまた静かに呟いた。真偽を見抜くようにレウルスを睨み付けていたドミニクだったが、しばらく経ってからその口元を笑みの形に変える。

「――気に入った」

そして、その雰囲気が一気に和らいだ。ドミニクの変化に戸惑うレウルスだったが、ドミニクはレウルスから視線を外すと厨房に視線を向ける。

今まで気付かなかったが、厨房にはコロナがいたようだ。コロナは不安と心配を混ぜたような顔を厨房から半分だけ覗かせていたが、ドミニクの視線を受けて表情を輝かせる。

「コロナ、この小僧の手当てをしてやれ。それと食い物と水だ」

「うんっ！」

手当てというのは角兎の爪で切られた左肩のことだろう。そう悟るレウルスだったが、ドミニクの態度が変化した理由がわからず困惑してしまう。

「えっと……」

相手が好意的な反応を見せたからといって、素直に受けて良いのだろうか。タダより怖いものはないのだが、と警戒の感情を抱いた。

だが、そんなレウルスに構わずコロナがパタパタと足音を立てて近づいてくる。まずは治療をするつもりなのか、その手には小型の木箱を抱えていた。

「そこの椅子に座ってください。手当てが終わったら水とご飯を持ってきますからね」

「え、あ、はぁ……ど、どうも？」

角兎を倒してから空腹が酷いため、食事を取れるのは素直に嬉しい――が、やはり警戒が先立ってしまう。

「小僧……っと、お前、名前は？」

「れ、レウルスです」

コロナに促されるまま椅子に座ると、表情から険しさを消したドミニクが尋ねてくる。強面という点では変わりがないが、それでも不思議と親しみを感じさせる顔だった。

「レウルスか……改めてになるが、俺はドミニク。そっちは娘のコロナだ」

「コロナです。よろしくお願いしますね、レウルスさん」

改めてとなる自己紹介。それを聞きながらも困惑を深めるレウルスを他所に、コロナは予想外の手際の良さで傷口を消毒し、軟膏《なんこう》をつけた湿布を傷口に貼る。

「これなら一晩寝れば傷口も塞がりますよ」

「あ、うん……ありがとう。助かるよ」

ひとまず礼を言うが、レウルスの頭の中では大量の疑問符が飛び交っていた。見えない場所で野垂れ死ねと言っていたとは思えない接し方である。

「トニーの奴は甘いが、まあ、今回は悪くはなかったな」

「……何がです？」

さすがに気になって尋ねると、ドミニクは厳つい顔を少しだけ緩めた。

「明日になればわかる。今日のところは腹いっぱい食って、ゆっくり休め」

はぐらかしているわけではなく、明日になれば答えを教えてくれるらしい。レウルスは困惑したままだったが、それでも頷くのだった。


そしてその晩、レウルスは夢を見ていた。今となっては遠い、セピア色に染まるどころか虫食いが目立つ、平成の日本で生きていた頃の夢を。

鉄筋コンクリート造りのマンションの一室。床には家の近くにあったディスカウントストアで買った薄い絨毯《じゅうたん》を敷き、壁際には折り畳み式のベッド。部屋の隅にはテレビが置かれ、部屋の中央には小さな炬燵《こたつ》が陣取っている。

あとは衣装箪笥《たんす》とスーツラックが置かれた懐かしの我が家だ。そんな部屋の中で、レウルスはベッドに背を預けて座り込んでいた。

会社に出ていないということは休日なのだろう。見下ろした己の姿は長年着古したジャージ姿とラフなものであり、偶の休暇ということでくつろいでいるようだった。

『――』

そこでレウルスは誰に声をかけられる。その声に惹かれて顔を上げてみれば、そこにはお盆を両手で持つ一人の女性――らしき人がいた。

顔が霞がかったように薄れているため確信は持てないが、服装や体付きから判断すると女性で間違いないはずである。その女性はしきりに、楽しそうな様子で声をかけると、炬燵の上にお盆を置いた。

お盆の上には料理――らしきものが載っている。記憶が薄れているからか、これまた霞がかっているのだ。

『――』

再び声をかけてくる女性。お盆を置いたあとは配膳を始めたらしく、レウルスの前にもいくつかの皿が置かれた。

夢の中だからか、レウルスの体が勝手に動き出す。僅かに震える手で箸を握ると、途切れ途切れの視界の中で料理を食べ始めた。女性はそんなレウルスを嬉しそうに見ているらしく、何度も何度も言葉を投げかけてくる。

『――？』

『――』

『――！』

何かを聞かれ、何かを答え、何かに喜ぶ。

女性は料理に手をつけず、箸を進めるレウルスのことをじっと見つめているようだった。レウルスはその視線に促されるようにして箸を動かし、口と皿の間を何度も往復させる。

食事を進めるにつれて女性の雰囲気が華やぎ、嬉しそうな気配が強まっていく。夢の中のレウルスは機械的に料理を片付けていく己の行動に首を傾げたが、女性が笑っているのだからそれで良いと思えた。

ニコニコと笑う女性は前世で付き合っていた彼女――だった気がする。

もう少し関係を深め、同棲していた――ような気もする。

あるいは既に結婚をしていた――そこまでは進んでいなかった気がした。

そこまで考えた時、レウルスの視界が暗転した。そして僅かな間を置いて再び現れた風景は、先ほどまでいた部屋である。ただし、先ほどと比べてあちらこちらに小物が増えており、生活感が増しているように思われた。

『――!!』

『――』

そんな部屋の中で、怒号に近い声が響く。先程まで柔和に微笑み、料理を振る舞ってくれていた女性が険しい声色で何かを糾弾《きゅうだん》しているようだ。レウルスはそんな女性の声に疲れたように、感情が抜け落ちた顔で答えている。

『――!』

最後に何か言い放ち、女性は足音も荒く部屋から出て行ってしまった。その背中を見ていたレウルスは深々とため息を吐き、相変わらず疲れた様子で座り込む。

それは、一つのカップルの破局の瞬間だ。女性の私物が増え、炬燵の上に置かれた化粧用の鏡が物悲しく電灯の光を反射している。

その光景を見ていたレウルスは、茫洋《ぼうよう》とした思考の中で呟く。

——なんで別れたんだっけ？

疑問を抱くレウルスを、幽鬼のようにやせ細ったかつての己が鏡越しに見詰めていた。


コンコン、という控えめなノックの音でレウルスは目を覚ました。瞼《まぶた》を上げてみれば、小さな通風孔から朝日が差し込んでいるのが確認できる。

「レウルスさん？　朝ですよ？」

「ああ、はい、起きた、今起きました」

聞こえてきたのはコロナの声だ。そのやり取りで現実に引き戻されたレウルスは欠伸《あくび》を噛み殺し、一晩の寝床となったベッドもどきから起き上がる。

レウルスが眠っていた場所は、ドミニクの料理店の中にある物置だ。三畳もない狭苦しさを感じる場所だったが、木箱を並べて藁を盛って寝転がり、布を一枚羽織るだけで眠りの世界に旅立ったレウルスだった。

「おはようございます、レウルスさん」

軽く身支度をしてから物置の扉を開けると、水が入った木の桶を抱えたコロナが微笑みながら挨拶をしてくる。レウルスが挨拶を返すと、コロナは木の桶を差し出した。

「良ければどうぞ。顔を洗うとすっきりしますよ？」

水が入っているといっても、ほんの僅かである。しかし顔を洗うだけならば十分に足りる量であり、至れり尽くせりだと思いながらレウルスは木の桶を受け取った。

「やや、これは申し訳ない。それじゃありがたく……」

木の桶を受け取ると、レウルスは店の裏口から外に出る。そして顔を水で洗うと、木の桶と一緒に渡された布で顔を拭いた。

（……昨日までの生活とは雲泥の差だな）

桶に残った水に反射して薄っすらと自分の顔が映っているが、痩せてはいても目に生気がある。二日連続でまともな食事と睡眠をとれたからか、体の調子も良かった。

己の左肩に触れてみると、コロナの手当てが良かったのか既に傷の痛みを感じない。貼られていた湿布を外してみるとカサブタで覆われ、傷も治りつつあるようだった。

レウルスはここ十五年で見慣れた己の顔を指でなぞってみる。しっかりと鏡で見たことがあるわけではないが、水に映る顔は前世の自分と似ても似つかない。

余計な脂肪が存在せず、幽鬼さながらという点で変わりがないのが笑えなかったが。

苦笑を一つ零してレウルスは料理店へと戻る。今日はドミニクが何かしら用があるらしく、その準備をするのだ。

簡素ながらもシェナ村にいた頃とは比べ物にならない朝食を胃に収め、食器の片づけを手伝ってからドミニクに視線を向ける。

「それでドミニクさん、俺は一体何をすれば……」

「……ついてこい。コロナ、しばらく店を任せる」

ドミニクはレウルスの言葉に小さく頷くと、料理店の開店準備をコロナに任せた。コロナはそんなドミニクの言葉に微笑むと、レウルスに視線を向ける。

「任せてお父さん。レウルスさんも、いってらっしゃい」

「あー、えーっと……いってきます」

それがこの世界で初めて口にした、『いってきます』の一言だった。


ドミニクに連れられ、レウルスはラヴァル廃棄街の中央通りを歩いていく。日が昇って住民達も出歩いており、ドミニクを見るなり声がかけられた。

「こんにちはおやっさん！　仕入れですか？」

「ドミニクの旦那！　今日は夜行きますからね！　美味い料理を楽しみにしてますよ！」

声をかけてくるのは一人や二人ではない。ドミニクの顔を見たほとんどの者が気さくに声をかけ、ドミニクは『ああ』や『おう』と短く答えている。

「ドミニクさん、顔が広いんですね」

「……この町で長く生きてればこうなる」

純粋な驚きから尋ねるが、ドミニクはどこか苦々しさを含ませながら呟いた。その声色に疑問を覚えたレウルスはそれ以上の追及を止め、代わりに視線を周囲へ向ける。

町の中をきちんと歩くのは初めてだが、廃棄街と名前がついている割に活気があった。住宅もそうだが、何かしらの商品を取り扱っている店もちらほら見かけることができる。

「……ここだ」

そうやって歩くことしばし。ドミニクが足を止めたためレウルスも同じように足を止めた。ドミニクの料理店から徒歩十分程度だが、どうやら目的地に着いたらしい。

「ここ……ですか」

周囲と比べて一際大きな建物を見上げ、レウルスは困惑の声を漏らす。ドミニクの料理店もラヴァル廃棄街の中では大きい建物だが、眼前の建物はその倍近い大きさがあった。

外から見た限り、石と木で頑丈に造られた二階建ての建物である。正面には両開きの扉が設置され、扉越しに僅かとはいえ人の声が聞こえてくる。窓がガラス製ではなく木の板で作られているため、音が漏れやすいのだろう。

――気のせいでなければ、金属や硬質な物が擦れ合う音も聞こえる。

野太い笑い声や金属の擦過音に構わず、ドミニクは扉を開けて進んでいく。レウルスはここまで来て引き返すわけにもいかないと覚悟を決め、その後ろに続いた。

入口を潜って最初に感じたのは、複数の視線。建物の中は二十五メートルプールを少しばかり大きくした程度の広さがあり、木製の椅子やテーブルがいくつも並んでいる。

それらの椅子に行儀悪く腰かけている男女が十人近くいたが、その内の数人から視線が向けられていた。最初にドミニクを見やり、続いて後ろに続くレウルスにも視線が向く。

「ドミニクさんじゃないですか。こっちに来るなんて珍しいですね」

「コロナの嬢ちゃんは元気ですかい？」

そんな声をかけてくる者達が身に付けているのは、革鎧や部分的な金属鎧、剣や槍や斧といった金属製の武器だ。これらの擦れる音がレウルスの耳にも届いていたようだが、武装した上で暴力に慣れた気配が漂う彼ら、あるいは彼女らからの視線は居心地が悪い。

ここでもドミニクの顔は知られているらしく、気軽に声をかけられている。ドミニクはそれらの声に簡単に答えると、レウルスに視線を向けてから建物の奥へと進み始めた。

椅子やテーブルがある場所を病院の待合所とでも例えるならば、ドミニクが向かったのは受付だろう。頑丈そうな木で作られたカウンターが二つ並んでおり、その内の一つへと歩を進めていく。受付には一人の女性が座っており、近づいてくるドミニクとレウルスに対して等分に視線を注いでいた。

その女性の年齢は外見で判断するならば二十代半ばといったところか。少しばかり癖のある紫色の髪を腰まで伸ばし、髪とよく似た紫色の瞳がドミニクへと向けられている。

服装はこの世界に生まれて初めて見る黒のワンピースだが、胸元が大きく開いている上に太もも部分にはスリットが入っている。襟周りにはフリルのような装飾が施されており、遊びが随所に見受けられた。

（ううむ……なんか妙にエロい女性だな）

服装もそうだが、スタイルも目を惹く。大きく開いた胸元から見えるのは巨大としか形容できない双丘であり、腰回りも中々に肉感的だ。

それでいてウエストは細く、顔立ちも年齢相応の落ち着きと平均を遥かに超えるであろう美貌、さらには蠱惑的《こわくてき》な魅力が混ざり合った不思議な雰囲気の美女である。自身が吸うのかそれともただの手慰みか、煙管をクルクルと指先で回しているのが印象的だった。

ただし、ただの美女と評するには何かが引っかかる。世慣れた風情もそうだが、それ以上に女性としての色香が漂っているように思えたのだ。

切れ長の目はどこか眠たげに細められ、右目の下に見える泣きぼくろが色気を際立たせる。非常に惹かれるが、レウルスからすれば一歩引いてしまいたくなる美貌だった。

「久しぶりだな、ナタリア」

「ええ、一別以来ね……もっと来てちょうだいな。寂しい限りだわ」

「はっ、言ってろ」

そんな女性――ナタリアにドミニクが声をかける。ドミニクもナタリアも互いに顔見知りかそれ以上の関係らしく、かける声にも応える声にも遠慮が感じられない。

「そちらの坊やは？」

ナタリアの視線がドミニクから外れ、レウルスへと向けられた。流し見るように横目を向けられたが、所作の一つ一つに華が感じられる。

「名前はレウルス。トニーと俺の推薦だ」

ドミニクの話を聞いていたのだろう。先程までドミニクに挨拶《あいさつ》をしていた者達から僅かにざわめくような声が聞こえた。

「まあ……それはそれは」

ナタリアは回していた煙管を止め、少しだけ見開いた目をレウルスへ向ける。

「その坊や、腕は立つのかしら？」

「さて、な……ただ、石でイーペルを殴り殺して持ってきた。少なくとも肝は据わってるだろうよ。それに……」

「それに？」

イーペルというのは例の角兎のことだろうか。そんな疑問から首を傾げるレウルスだったが、そんなレウルスを他所にドミニクとナタリアの話は進んでいく。

「恩と義理を知っている。それだけ知っていればこの町じゃあ上等だろう」

「あら……それは素敵なことね」

獣のように獰猛に笑うドミニクと、艶然《えんぜん》と頷くナタリア。

「ド、ドミニクさん？　話が見えないんですが……」

さすがに放置できず、レウルスは説明を求めるためにドミニクの隣に並ぶ。だが、そんなレウルスを他所に、ナタリアは笑みを浮かべて言う。

「『冒険者組合』へようこそ。歓迎するわよ、坊や？」

「……冒険者、組合？」

なんだそれは、とレウルスは心中で疑問の声を漏らす。この世界で初めて聞く言葉であり、組合と名前がついている以上は何かしらの目的を持って作られた団体なのだろう。

冒険者という単語自体は前世でも聞いたことがあった。もっとも、冒険者がサブカルチャー的なものなのか、トレジャーハンター的なものなのかはわからなかったが。

困惑した様子のレウルスに、ナタリアはどういうことかとドミニクへ視線を向ける。

「坊やに話は？」

「まだだ。それは受付であるお前の役目だと思ってな」

「本当は説明が面倒だったからじゃないのかしら？　あなたは口下手だものねぇ」

からかうようなナタリアの言葉に、ドミニクは何も言わずに沈黙した。口下手だと自覚しているのか、それともこれ以上ナタリアの軽口に付き合うつもりがないのか。

ナタリアはそんなドミニクに苦笑を向けると、今度はレウルスに対して艶《つや》のある笑みを向けた。

その笑顔を見たレウルスは何度目になるのか、『色っぽいな』と内心で呟く。

——同時に、距離と壁を感じる笑顔だとも思った。

「坊や、あなたの出身地は？」

「この町から徒歩で二日……三日？　ぐらいのところにあるシェナ村……です。戻ることはないし、戻れるとも思わないし、戻りたいとも思わないですけど」

相手の立場がわからず、一応は敬語で答えるレウルス。シェナ村はこの世界において生まれ育った故郷になるのだろうが、頼まれても戻りたいとは思えなかった。

「ふぅん……体付きを見る限り、境遇の悪い農民かしら。逃げ出したクチ？」

「……そんなところですよ」

右手で煙管をいじりつつ、それでいて目だけは真っ直ぐに見詰めてくる。奴隷として売られたことは伏せたが、ナタリアはレウルスが情報を伏せたことに気付いたのだろう。

「坊や、ドミニクさんとトニーが推薦した時点であなたはこのラヴァル廃棄街の身内と認識されるわ。まずいと思うことがあれば話しておく方があなたのためよ？」

そんなナタリアの言葉にレウルスは驚き、ドミニクへ視線を向ける。

「身内って……」

「そのままの意味だ。助け合うに足ると判断されれば身内として扱われる。町に入るだけなら余所者扱いだが、身内として受け入れると判断すれば大抵の人間が親身になる」

そうやって生きてきたんだ、とドミニクは締め括った。

レウルスとしては、出会って一日にも満たない時間で受け入れたことに関して聞きたかった。信用や信頼というものは時間をかけて積み重ねるものであり、一日程度で築けるものではないはずである。

しかし、ドミニクは受け入れた。その上でこの『冒険者組合』に連れてきたのだ。

「レウルス、お前がただの農民じゃないことはわかっている」

「……はい？」

ドミニクの思い切りの良さを半ば感心、半ば心配していたレウルスだったが、続いた言葉に思わず間の抜けた声を漏らしてしまった。

ただの農民ではないとは、どういう意味なのか。まさか前世の記憶があることを見抜かれたのか。だとすれば一体どうやって気付かれたのか。世知辛いけどすごいなファンタジー世界、とレウルスは混乱する。

「だがな、この町に一度受け入れれば全員が平等だ。生まれも育ちも関係ねえ。このラヴァル廃棄街の身内だということ以上に優先すべきことなど、何もない」

「俺はただの農民で……最底辺な生まれと扱いだったんですが」

一体何を見て勘違いされたのだろうか。そんな疑問を込めて首を傾げるレウルスだったが、ドミニクは『ソレ』だと指差す。

「話し方もそうだが、食事の仕方にちょっとした立ち居振る舞い。その全部が俺の知る農民のものじゃねえんだよ」

ドミニクが開示する根拠に乗り、ナタリアも頷いた。レウルスとしては恩人であるドミニクに失礼がないようにと敬語を使っていたのだが、ソレが引っ掛かったらしい。

「話し方やドミニクさんへの態度を見る限り、自分より上位者がいることに慣れた商人か職人……兵士か貴族の線は薄そうね。あと、見た目の年齢とは思えない仕草が見られるわ。それこそドミニクさん、この坊やが貴方と同い年と言ってもわたしは信じるわよ」

(なにこの人、怖っ)

上位者――上司がいることに慣れた、商人か職人。それはレウルスの前世がサラリーマンだったことを思えば当たっている。

さらに、前世を含めればレウルスとドミニクが似たような年齢というのも当たりだ。正確には数歳の差があるだろうが、四十歳前後という括りで見れば間違っていない。

この指摘が魔法によるものならば納得がいく。レウルスはこの世界で使われている魔法に関してほとんど知らず、人の素性を見抜く魔法があっても不思議ではないからだ。

だが、もしもナタリアの観察眼によって導き出されたのだとすれば恐ろしすぎる。外見ではなく所作だけで実年齢を見抜くなど、一体どれほどの人物眼を持っていればそんな芸当が可能になるのか。

「それで坊や、答えは？」

沈黙したレウルスをどう思ったのか、ナタリアが話を促してくる。それは問い詰めるというよりも、知れるなら知っておこうという程度のニュアンスしか感じられなかった。

「俺がただの農民じゃないっていうのは……まあ、正解です」

ほんの数分で色々と見抜いたナタリアに驚嘆しつつ、レウルスは苦笑を浮かべる。

「どこかの間諜というにはお粗末よね。言うつもりがあるのなら聞きましょうか」

「……間諜？」

一瞬ナタリアの言葉が理解できなかったが、つまりはどこかのスパイと思われたらしい。レウルスは目を丸くするが、ナタリアは冗談を言っている雰囲気ではない。

他の国か、町か、それともラヴァル廃棄街のような場所から間諜が来て情報を探るのだろう。レウルスは事情を伏せておくのは危険だと判断し、悪い方向に転がらないよう祈る。

「農民ではなく……その、農奴でして。村の外に出られたのも奴隷として売られたからなんです。

鉱山に連れて行かれる途中で魔物に襲われて、その隙に逃げてきたんです」

「奴隷？　いや、待て……シェナ村があるのはラヴァルから南西の方角だったな」

奴隷という単語に何か引っかかったのか、ドミニクは表情に少しだけ険しさを滲ませた。続いて、ナタリアへと視線を向ける。

「ナタリア、昨日ニコラ達が何か話してただろう」

「森の中の街道で馬車の残骸《ざんがい》と血だまりを見つけた件？　たしかに辻褄《つじつま》は合うわね」

どうやらドミニクとナタリアも馬車が襲われたことを把握していたようだ。馬車の残骸と血だまりが、という話から、あのタイミングで逃げたのは正解だったらしい。

「それでレウルス、馬車を襲ったのはどんな魔物だったんだ？」

「デカい魔物でしたよ。ラ……いや、犬をこれぐらいの大きさにして、首を二本にして、ついでに尻尾も増やしたようなやつでした」

この世界に獅子――ライオンが存在するかわからず、今までに見たことがあった犬を例えに持ち出しながら身振り手振りで獅子の魔物の大きさを表現してみせた。

「頭には角が生えてて、手足の先が黒い石みたいな感じで……」

そこまで説明した途端、ドミニクとナタリアの視線が鋭さを帯びる。

「キマイラか……厄介だな」

「本当だとすれば裏付けを取るだけでも大変ね……」

どうやら獅子の魔物の名前はキマイラというらしい――が、レウルスは内心だけで疑念を露わにした。

（キマイラ？　聞いたことがあるような……キメラ？）

前世で聞いた覚えがある名前だった。ゲームや漫画などで登場することも珍しくはなかったはずだ――多分、とレウルスは自信なく内心で呟く。

世界が違うとはいえ、似たような名前がついた生き物も存在するということだろうか。

「貴重な情報ありがとう。でも坊や、さっきの質問には答えていないわよね？」

口調や仕草に関して獅子の魔物のインパクトで流そうとしたレウルスだったが、通用しなかったようだ。むしろ奴隷として売られるような立場でありながら、それなりに礼儀正しく、敬語も使えるとなれば誤魔化すのは難しいだろう。

「シェナ村だと上のお偉い方の顔色を窺いながら生きてきましたからね……この口調も態度も、難癖をつけられないよう必死に覚えただけですよ」

だが、レウルスにはこれ以上のことは言えなかった。この世界にも転生の概念があるのかわからないが、魔女狩りよろしく説明した途端火炙りにされる危険性もある。

「……まあ、いいわ。この町の住人になるのに不都合な背景もなさそうだしね」

レウルスの目をじっと見つめていたナタリアだったが、思った以上に追及もなく退いてしまう。

その割り切りの早さにレウルスの方が困惑してしまった。

「どこかの貴族の御落胤《ごらくいん》というわけでもないでしょうし」

「……もしそうだったら、ここまで飢えずに済んだんですかね」

生まれ変わるのなら今のような環境ではなく貴族に生まれたかった。少なくとも今以上に飢えることはなく、家畜小屋のようなボロ家で十五年も過ごすことはなかっただろう。

「それで坊や、あなたをこの町の冒険者として登録するけど何か問題はあるかしら？」

「むしろ何の説明もないことが問題ではないでしょうか……」

ようやく話が戻ってきたと思えば、全ての過程を飛ばして冒険者とやらにされそうだった。疲れたように呟くレウルスだったが、ナタリアは不思議そうに首を傾げる。

「ドミニクさんが何も説明していないとは聞いたけど……本当に知らないの？」

「名前だけ聞くと、どこかに行って冒険でもしてくれれば良いんですかね？」

実は知らないだけでダンジョンなどがあるのだろうか。もしくは未知の秘境を発見するべく旅にでも出るのだろうか。

もしもそうならば枯れ果てたと思っていた己の童心がくすぐられる、とレウルスは内心で呟く。これまでの十五年で機械などを見たことがないため、木造船に乗って新大陸を探してこいと言われたら断固拒否するが。

「冒険者なんて気取った名前がつけられているけど、要は自警団みたいなものよ」

「……はい？」

「魔物退治、ラヴァル廃棄街周辺の巡回、町中の治安維持……住民からの依頼を引き受ければ雑事も行うから何でも屋とも言えるかしら。あなたが会った門番のトニーも『冒険者』の一員よ。後ろの面々もみんなそう」

言われて振り返ってみると、事の成り行きを見守っていたらしい者達が口元に笑みを浮かべながら己の得物を掲げて見せる。彼らも冒険者らしいが、レウルスからすれば自警団と言われた方がまだ理解できた。

「推薦もあってあなたはこの町の住人として受け入れられる……でも、あくまで住人として受け入れただけ。あとはあなたが自分の力で生活を営まないといけないの」

「働かざる者食うべからずってことですか……」

「あら、良い言葉ね。誰かの受け売り？」

感心した様子で呟くナタリア。レウルスはそれに答えず、頭の中で情報を整理していく。

（推薦のおかげで身内として扱われる。でも働かないと食っていけない。そこで魔物退治を始めとした色々な仕事を行う冒険者として登録する、と……）

専門的な技術が乏しいレウルスでは他の仕事に就くのは難しい。単純な肉体労働ならば得意だが、そもそも雇用自体があるのか。

「農業とか、肉体労働とかは……」

「そっちは人手が余り気味なの。魔物退治や荒事に向かない住人、引退した冒険者だけでも十分だもの。魔物を倒した実績がある以上、冒険者をお勧めするわ」

艶のある笑みを浮かべてそう説明するナタリアに、今更計算ができますと言っても遅すぎるだろう。そもそも、間諜と疑われた後に計算ができると言い出しては怪しすぎる。文字が読めないのに計算ができるなど、怪しんでくれと言っているようなものだった。

（本当に役に立たねえな俺の前世！）

これまでの十五年で理解したことではあったが、内心で毒づかずにはいられない。そんなレウルスをどう思ったのか、ナタリアは笑みを深める。

「坊や、お金もないでしょう？　冒険者になったら色々と優遇されるわよ？」

「……例えば？」

優遇と聞き、レウルスの眉がピクリと動く。

「水税の免除に、町の外で得た魔物の死体や取得物に関する税の減免。普通なら最大で五割取られるところをなんと最大で三割に――」

「やります。冒険者になります」

優遇の内容を聞き、レウルスは食い気味に承諾する。何せ水が飲めずに死にかけたのだ。水税が免除されるというだけで承諾するには十分である。

「無料と言っても無制限に使っていいわけじゃないのよ？」

「もちろんですよ」

可能なら風呂に入りたいが、お湯を沸かすための薪などを考えると気軽に風呂を焚くことなどできない。そもそもこの世界において入浴の習慣があるのかすら知らなかった。

シェナ村にいた頃はボロ布を水に浸して体を拭いていたが、元日本人としては是非とも風呂に入りたいところである。後でドミニクにも聞いておこうとレウルスが考えていると、ナタリアは羽根ペンらしきものと羊皮紙らしきものを取り出した。

「名前はレウルス、出身はシェナ村、元農家、と。年齢は？　シェナ村で魔物や人を問わず実戦経験はある？　何か特別な訓練をしたことは？」

「十五歳です。魔物は昨日初めて戦いました。人と戦ったことはないです。特別な訓練どころか、農業以外に何かしようとしたら村の連中に殴られるんで、何もしてないです」

質問に答えると、ナタリアは慣れた様子で羽根ペンを滑らせていく。内容はわからないが、レウルスが答えたことを記録しているのだろう。

「一応聞いておくけど、魔法の訓練も魔力の計測もしていないわよね？」

「魔法を見たこと自体ほとんどないですよ……魔力の測定ってどうやるんです？」

魔法という童心を刺激されるような、口にするのが若干気恥ずかしいような要素がこの世界に存在することは知っている。

体系的な技術として存在するのならば、訓練を行えば自分も使えるようになるのだろうか。そう考えたこともあったがシェナ村では魔法を使える者が少ない上に、魔法のことを聞こうとすれば即座に村の上層部が飛んできただろう。

魔力の有無など調べようもなく、魔法に関してはまったくの素人と言えた。そんなレウルスの反応にナタリアは小さく微笑むと、席を立って建物の奥へと姿を消す。そして数分とかけずに戻ってくると、布で包まれた何かを机の上に置いた。

「……それは？」

「『魔力計測器』よ。『魔計石《まけいせき》』という鉱石を加工して作られるのだけれど……まあ、坊やが気にすることではないわね」

　わかりやすい名前だな、と内心で呟くレウルス。ナタリアが『魔力計測器』の包みを解くと、そこにはこの世界で初めて見る物体が鎮座していた。

　金属製の長方形の土台に円柱状の透明の石がはめ込まれ、さらには石の表面に目盛が刻まれている。土台にも細々と文字が刻まれており、何かしらの意味があるようだ。

「どちらの手でも良いから触れてみてちょうだい」

　ナタリアに促されるまま、レウルスは『魔力計測器』に右手を乗せてみる。しかし何の反応も起きず、透明な石を見詰めていたナタリアは再び紙面にペンを走らせた。

「魔力はなし、と……」

「えっ、これでもうわかったんですか？」

　体温計とてもう少し測定に時間がかかるだろう。三秒とかけずにレウルスに魔力がないと断定したナタリアに食い付くが、返ってきたのは笑みを含んだ声だった。

「あら、むしろ魔力を持っている人の方が珍しいのよ？　魔法使いが多い地域でも二百人に一人いるかいないか……それぐらい珍しいのだから」

　言い聞かせるように話すナタリアだったが、レウルスとしては肩透かしを食らった気分である。そこまで都合良く魔法が使えるとは思わなかったが、魔力がないと言われれば惜しいと思う気持ちもあった。

「……この装置、壊れているってことはないですよね？」

確認のために聞いてみると、ナタリアは意味ありげにドミニクへと視線を向ける。その視線を受けたドミニクは心得たと言わんばかりに『魔力計測器』へ手を伸ばした。すると、それまで透明だった石に変化が起こり、端の方から藍色に光り始める。

「正常ね。魔力があるならこうやって変化が起こるのよ」

目の前で『魔力計測器』の使用に関して実演してみせたドミニクに、レウルスは小さく肩を落とす。故障などではなく、レウルスの魔力がないことが証明されてしまった。

前世ではなかったものなのだ。今の体に魔力がなくとも何も変わらない。マイナスではなくプラスもマイナスもなかったと前向きに考えるレウルスである。

(惜しい……でも、元からないものだし、仕方ない……でもやっぱり惜しいな)

それでも、心の中では魔法に対する憧れ――どこでも火を焚けたら便利だと利便性を求める気持ちがあった。肉があればその場で焼くことができ、どれぐらいの火力が出るかわからないが風呂を沸かすこともできるかもしれない。

魔法で他に何ができるか知らないが、あって困るものでもないだろう。希少性を考えれば色々と助かる面もありそうだった。

「って、ドミニクさん魔法使えるんですか!?」

魔法の有用性について考えるレウルスだったが、今更ながらにドミニクが魔力を持っていると知って驚愕の眼差しを向ける。

「魔法といっても大したことはない……少しだけ、な」

それ以上は聞くなと言いたげな雰囲気を察し、レウルスは口を閉ざす。その代わりにナタリアへと話を振ることにした。

「魔法が使えないと冒険者にはなれないとか、不利になるってことは……」

「魔力の有無は関係ないわ。魔法が使えた方が強くなりやすいというのはあるけど、魔法使いの数が少ないというのは先ほど言ったでしょう？」

『魔力計測器』を再び布で包みつつ、ナタリアが苦笑しながら言う。レウルスとしては冒険者の数がわからないため気になったのだが、魔法が使えずともそれほど悪影響があるわけではないらしい。

ラヴァル廃棄街の人口がどれほどかは知らないが、仮に一万人いても魔法使いは多くて五十人前後になる。それを多いと見るか少ないと見るかは人によって異なるだろうが、冒険者として活動するにあたりマイナス評価にならないのは嬉しい話だった。

（まあ、魔法使い以前に冒険者が何をすれば評価されるか知らないんだけどな）

その辺りも説明してくれるのだろうか。そんなことを考えつつ、レウルスはナタリアとの会話を進めていくのだった。


――冒険者。

それは名前の響きとは裏腹に、様々な依頼に対応する何でも屋である。

名前の通りに国の各地を冒険する者もいるようだが、大抵は己が所属する廃棄街で依頼をこなしていくようだ。

ラヴァル廃棄街の場合は町の治安維持、町の外から訪れる余所者の監視、接近してくる魔物の警戒および討伐と、ラヴァル廃棄街の維持存続に注力している――らしい。

ナタリアから話を聞いたレウルスは思わず首を傾げた。

「でも、それって兵士の人の仕事なんじゃないんですか？」

自分達の住んでいる場所を守る。それは良いことだろう。前世では警察などが治安維持を行っていたが、この世界でそのような組織があるとは聞いたことがない。代わりになるものがあるとすれば、それは国が管理する兵士などになる。

シェナ村にも兵士がいたためそのぐらいはレウルスも知っており、自警団として活動するのは良いとしても本来は兵士の役割だと思ったのだ。

「坊や、この町の名前は？」

「ラヴァル廃棄街……ですよね？」

「そう。それが答えよ」

意味ありげに微笑むナタリアだが、レウルスとしては腑に落ちない。その内心が表情に出たのか、ナタリアは右手に持った煙管を数度指先で回転させるだけで取り合わなかった。

「必要だから存在する。坊やはそれだけ知っていれば良いわ」

煙に巻くような言葉に、レウルスは頷き返すに留める。何やら理由があるらしいが、突っ込んで確認するには警戒心が先に立ってしまった。

（本来は兵士の役目なのにこの場所ではそうじゃない……廃棄街は兵士に守ってもらえないのか？

でもそれならラヴァルの町のすぐ傍にこの廃棄街があるのはなんでだ？）

生まれてから今までシェナ村で農奴生活を送っていたが、実は自分が知らないだけで何か重要なルールでもあるのだろうか。レウルスはそんな風に考えるものの、ナタリアからじっと見詰められていることに気付いて内心を隠すように頭を掻く。

「それで、俺はこれから何をすればいいんですかね？」

「そうねぇ……少しばかり待っていてちょうだいな」

そう言って席を立ち、受付の奥に引っ込むナタリア。そして五分と経たずに戻ってくると、レウルスに何かを差し出した。

「……これは？」

ナタリアから渡されたのは名刺サイズの金属板である。鉱物に詳しくないため材質がわからないレウルスだったが、鈍色の金属板には穴が一つ開けられ、その表面には何かしらの文字が刻まれていた。

「冒険者として登録したことを示す認識票よ。この鎖で首にかけておきなさい」

金属板とは別に細い鎖を渡され、レウルスは言われたままに金属板の穴に鎖を通して首にかける。鎖を軽く引っ張ってみるが頑丈な造りらしく、千切れる様子はなかった。前世で言うところのドッグタグを少しばかり大きくしたような形である。

「これ、何が書いてあるんですか？　というか、文字が少しおかしいような……」

認識票というからには個人情報でも刻まれているのだろうが、レウルスは認識票に書かれている文字が淡く光っているように見えたのが気になり尋ねる。

「あなたの名前と所属している町、それと冒険者としての立場が書かれているわ。文字は『魔法文字』で書いたのだけれど……知らないかしら？」

「初めて聞きましたし、むしろ普通の文字すら知りません」

『魔法文字』と聞いてもレウルスには理解できず、素直に答えた。特殊な文字らしいが、普通の文字すら知らない身としてはそう言うしかない。

前世で過ごした日本と異なり、例え読み書きができなくとも生きていくことはできる。だが、今のように他者から渡されたものの内容を読めないのは危険だろう。

「普通の文字とは違う……まあ、簡単には消えない文字だと思えば良いわ」

「へえ……便利な物があるんですね。記載内容はわかりましたけど、冒険者としての立場というのは？」

もしかすると冒険者にも役職でもあるのだろうか。さすがに係長や部長といった単語が出てくるとは思わないが、知っておかないとまずそうだとレウルスは考える。

「今の貴方は冒険者としては駆け出し……下の下の存在よ」

「それはまあ、そうですよね」

冒険者になった実感は微塵も湧かないが、レウルスは下の下という評価に納得した。むしろ何もしていないのに高く評価される方が不気味であり、その点では安堵できる。

「下級下位冒険者。これが今の貴方に与えられた立場」

「文字通り下の下なんですね……」

もしかするとナタリアなりの冗談なのだろうか。そんなことを考えるレウルスを見詰めるナタリアの視線は真剣であり、冗談ではないようだ。

「下級……つまり中級や上級があると考えても？　下位ってわけるなら上位もあって全部で六段階ですかね？　それとも間に何か挟まって九段階で？」

「十段階よ。各階級で下位、中位、上位に分けられていて、上級上位の上は最上級……ここまで到達するのは並大抵のことじゃないけれどね」

そう言われて己の認識票に視線を落とすレウルスだったが、相変わらずその文面を読むことはできない。下級下位という地位がどれほど意味を持つかわからなかったが、冒険者という職に就いたことで最低限の身分が保証されたと考えても良いのだろうか。

「もし町の外でその認識票をつけている死体を見つけたら、可能な限り回収してちょうだいな。こちらとしても誰が死んだのか把握しておきたいのよ。些少だけどお礼も出すわ」

「……わかりました」

死体と聞いて思わずぎょっとするが、魔物と戦うのならば死ぬことも有り得る。少しばかり硬い声色で答えるレウルスに、ナタリアは意味ありげに微笑む。

「それと坊や、その口調も変えなさいな。ラヴァル廃棄街の冒険者になった貴方は我々の身内……そんな子に畏《かしこ》まった口調で喋られては、貴方は良くても周囲が気にするわ」

良いのかと思ったレウルスだったが、それがラヴァル廃棄街の流儀ならば従う必要があるだろう。前世も含めれば四十年近い時を生きているレウルスからすれば大抵の人間は年下であり、敬語を止めろと言われて躊躇する必要もない。

「わかった。でも、敬語を使うべき相手には使わせてもらうからな」

そう言ってちらりとドミニクに視線を向けるレウルス。敬語を使わなくて良いのは楽だが、命の恩人が相手ならば話は別だ。

敬意の伴わない敬語などただの慇懃《いんぎん》無礼《ぶれい》であり、それならば相手が求める口調にした方が軋轢《あつれき》も生まないだろうが、命を救われた相手にまで敬語を崩すのは良心が咎める。

(碌《ろく》に教育を受けてないのに、敬語で話す農奴……うん、そりゃおかしいわ)

敬語を控えろと言われ、これまでの自分を振り返るレウルス。客観的に見てみると、たしかにただの農民ではないと疑われるのも仕方がない。その疑いも完全に晴れたわけではないというのは、ナタリアの目を見れば一目瞭然《りょうぜん》だった。

「けっこうよ。貴方にはこれから冒険者として活動してもらうけど……」

そこまで言葉を進め、ドミニクをちらりと見やるナタリア。そんなナタリアに頷きを返したドミニクは周囲に視線を滑らせると、二人組の男性に目を向ける。

「ニコラ、シャロン。お前らに任せて良いか?」

「おやっさんの頼みなら断れないっすね」

「請け負った」

ドミニクが声をかけると、そんな返答をしつつ二人組の男性が歩を進めてくる。

片や、天然なのかセットしているのか、乱雑に切られた燃えるような赤髪を逆立たせた青年。髪の色もそうだが、人懐こさと凶暴性が同居したような笑顔が印象的である。

ところどころ小さな傷が目立つ革鎧を身に付け、腰元には使い込まれた様子の剣が吊るされていた。他にも短剣や硬質な音を響かせる物体——手ごろな大きさの石が入った革袋を腰のベルトから下げており、戦い慣れた雰囲気が漂っている。

片や、小柄な体躯と知性の色が見え隠れする瞳が印象深い中性的な少年。

隣に立つ青年とよく似た赤色のショートカットの髪と、ところどころ似ている顔立ち。それらを見比べると赤の他人とは思えず、もしかすると兄弟なのかもしれない。

こちらは急所を最低限守る部分的な革鎧に灰色の外套《がいとう》と軽装であり、その手には杖らしき物体が握られていた。ただし杖というには長く、身長と同程度の長さがある。穂先はないが槍か何かに使うのだろうか、とレウルスは思った。

そこまで考えた時、レウルスは『おや？』と内心だけで首を傾げる。少年の顔立ちや装備以上に、気を惹かれる点があったのだ。

（……この子、女の子じゃね？）

羽織った外套のせいでわかりにくいが、肩や腰の骨格を見る限り男性的というよりは女性的である。装備を確認する振りをして視線を飛ばした胸元は見事に起伏がなかったが、同時に、喉仏なども確認できなかった。

「ボクの顔に何か？」

「……いや、軽装なんで大丈夫なのかと思ってな」

訝《いぶか》しげに、というよりは無表情で声をかけられ、レウルスはとぼけるように肩を竦める。

聞こえた声も女性にしては低く、男性にしては高い気がしたが、まだ声変わりをしていないと考えれば十分にあり得る範疇《はんちゅう》だった。

「話は聞いてたぜ。レウルスって言ったか？　俺はニコラ。中級中位の冒険者だ。こっちは弟のシャロン。しばらくの間は俺らが面倒見てやるよ」

レウルス達の会話を遮るようにそう言って赤髪の青年――ニコラが気さくに笑う。そこに嫌味な雰囲気はなく、純粋に後輩の面倒を見るつもりらしかった。

「ボクはシャロン。階級は兄さんと同じで中級中位。よろしく」

ニコラとは対照的に落ち着いた雰囲気の少年――シャロンもレウルスの面倒を見ることに賛成らしい。

（弟……弟かぁ……）

シャロンを弟だと紹介したニコラに頷きを返したレウルスだったが、色々と事情があるのだろうと判断してそれ以上は何も言わなかった。

「しっかし、トニーさんはともかくおやっさんの推薦たぁ珍しいっすよね」

「たしかに……でも、ドミニクさんの推薦を受けたボク達が言えた義理じゃない」

軽く自己紹介をしたニコラとシャロンは、親しげな雰囲気でドミニクに声をかける。ドミニクは厳つい顔に少しだけ笑みを浮かべると、親指でレウルスを示した。

「恩と義理を知っている。それだけあれば十分だろう」

「なるほど、そりゃごもっともで」

「それなら期待しておく」

そういって笑い合うニコラ達だが、レウルスは置いてけぼりにされた気分である。それでもすぐにニコラから視線を向けられると、親しげに背中を叩かれた。

「それじゃあ早速行くか」

「行くって……どこにです？」

なにが『それじゃあ』なのだろうか。そんな疑問を滲ませるレウルスだったが、ニコラは顔をしかめて強めに背中を叩いた。

「おいおい、ナタリアの姐さんからも言われただろ？　まずはその口調をやめな。俺もお前もドミニクのおやっさんに推薦された、言わば兄弟みたいなもんなんだからよ」

「がふっ……うっす。了解っすニコラ先輩」

「先輩……良い響きじゃねえかオイ」

ひとまず先輩と呼ぶレウルス。すると、何故かニコラは目を閉じて肩を震わせた。

「おいおいニコラ、後輩に良いところ見せようとして失敗すんなよ？」

「面倒見た初日に魔物に食われでもしたら一生笑いもんだぞオメェ」

「うるっせぇな！　んなこたぁわかってるよ！」

遠巻きに見ていた他の冒険者らしき者達からからかいの声が飛び、即座にニコラが言い返す。これまでの会話で薄々察していたレウルスだったが、どうやらニコラはお調子者とでも評すべき性格らしい。

「それじゃあシャロン、任せたわよ」

「……わかった」

反対に、シャロンは冷静な性格のようだ。今もナタリアと言葉を交わしているが、そこに何かしらの意味が含まれているように思われてレウルスとしては気が気ではなかった。

できれば確認したいところだったが、藪《やぶ》をつついて蛇が出てきたら堪らない。そのため聞かなかったことにして話題を変える。

「それでニコラ先輩、一体どこに行くんだ？」

「決まってんだろ？　魔物退治だよ」

ひとまず会話の軌道修正を試みるレウルスに対し、ニコラはあっさりと行先を告げる。ただし、その内容はレウルスとしても予想外だったが。

「魔物退治……俺、素手なんだけど」

まさかまた石を拾って魔物を殴らなければならないのか。先日の兎はたまたま倒せただけで、同じことをやれと言われれば死ぬ可能性が高いと身を震わせるレウルスである。

「『冒険者組合』から武器も防具も貸与されるわよ？」

しかし、そんなレウルスの恐怖を振り払うようにナタリアが口を挟んだ。

「……聞いてないぞ」

「言おうとしたらどこかの誰かさんに遮られたのよねぇ」

どうやら水税の免除などの話を聞いた際、本来ならばその辺りの説明もあったらしい。それを遮ったのはレウルス自身のため、バツが悪くてそっと視線を逸らす。

「魔物や不審者と素手で戦わせるわけにはいかないでしょう？　質はそれほど良くないけれど、最低限武装を整えられるはずよ」

それとも貴方は素手で魔物を倒せるのかしら、と言われてレウルスは頭を掻く。

角兎を倒した時でさえ、拾った石とはいえ武器があったからこそ倒せたのだ。武器や防具を貸してもらえるのなら、ありがたく借りておこう。そう決断するレウルスに対し、ニコラが真面目な顔で声をかける。

「武器や防具は体に合った物を使うのが一番だからな。金が貯まったらちゃんとした物を作った方がいいぜ」

「そうなのか？」

「ああ。体格や筋力に合わせて色々となぁ……武器にしても重心が違えば扱いやすさも変わる。防具も体の大きさにきちんと合わせないとな」

前世の知識に照らし合わせて考えてみれば、服のサイズはきちんと合った物を選べということだろうとレウルスは納得した。

「それに、組合で借りられるやつは質が悪いからな。下手すりゃ一回の戦闘で駄目になる」

「あら、それはこの組合の管理が悪いということかしら？」

レウルスに注意を促すニコラだったが、ナタリアから少しばかり冷たい声をかけられて焦ったように首を横に振った。

「い、いやだなぁ姐さん。そんなわけないっすよ！　俺も駆け出しの頃にゃあ助けられましたって！」

冷や汗を掻きながら弁明するニコラ。ナタリアは浮き出た汗を拭うニコラの様子に満足したらしく、その口元に笑みを浮かべた。

「ふふふ……まあいいわ。見逃してあげる。その代わり、その坊やの面倒はきちんと見てあげなさいな」

「うーっす、了解っすわ」

ほっと安堵の息を吐き、ニコラは肩を撫で下ろした。そしてレウルスへと向き直ると、受付の一角に造られた扉を親指で差す。

「それじゃあ俺らがお前さんの装備を見繕ってやるよ」

「はい、お願いします……じゃない、えーと、頼むよ先輩？」

ついつい敬語で答えてしまったレウルスは訂正する。前世も含めればニコラやシャロンは自分の半分程度しか生きていない若輩になるが、今世では年上で冒険者としては先輩だ。

敬語は使わないように意識してもどう話せば良いか迷ってしまい、レウルスとしては少しばかり生意気で横柄な言葉になったが、ニコラは気にした様子を見せずに歩き出した。

慣れるまでに時間がかかりそうだ、などと考えながらニコラの後を追うレウルスだったが、ニコラは武器等が置かれている部屋の扉に手をかけた状態で振り返る。

「っと、武器とかを選ぶ前に先輩として一つ忠告しておくか」

その言葉にレウルスは何事かと身構えるが、ニコラはレウルスの反応を見て苦笑した。

「警戒すんな。この町の冒険者として覚えておくべき最低限の規則を教えるだけだ」

「この町を魔物とかから守る……ってことじゃなくてか？」

冒険者の役割に関してはナタリアから聞いた。それ以外にも何かあるのかと疑問を言葉にしてみると、ニコラはそれまでの気さくな笑顔を引っ込めて視線を鋭いものへ変える。

「――堅気の奴らにゃ絶対に手を出すな。それさえ守れば大抵のことはどうにかなる」

真剣な表情で告げるニコラに対し、レウルスは無言で首肯した。

（不良というかチンピラというか……ヤがつく自由業？）

それも古いタイプの。レウルスは冒険者の立ち位置についてそんなことを考えるが、冒険者に求められる役割としてはそれほど変わらないのかもしれない。

他に生きる道が見当たらなかったとはいえ、冒険者としての特権に釣られて即断したのはまずかったのではないか。しかしながら他に食っていける道がなく、レウルスは深々とため息を吐くのだった。

そして二十分後。

武器と防具の保管庫でニコラとシャロンに見繕ってもらった装備で身を固めたレウルスは、先ほどとは違った意味でため息を吐いていた。

「なんだろう、この防具に着られている感じは……」

ニコラとシャロンの手を借りながら防具を身に着けたが、どうにも違和感が拭えない。

革鎧を纏って留め具で固定し、手足には革製の手甲と脚甲を装備している。革靴もあったため履き替えたが、元々は他人の靴らしくこちらも違和感が大きかった。

革鎧は上半身と腰元を覆う形になっているが、余計な装飾などはないためレウルスが考えていたよりも軽い。手甲と脚甲を含めて五キロもないだろう。

前世ではソフトレザーアーマーと呼ばれた薄手の革鎧だからこそ軽いのかもしれないが、胸部などは複数枚の革で補強されているため、ある程度の防御力は期待できそうだった。

そんなレウルスの左腰には鞘に収められた一振りの剣が下げられている。さらに反対側、右腰には皮袋が下がっており、中には投石用の石が三つほど入っていた。近接戦闘用の武器だけでなく、距離があっても攻撃ができるようにとニコラが勧めてきたのである。

更に腰の裏には鞘に収められた短剣を括りつけてある。レウルスとしては複数の武器があるのは歓迎すべきことだったが、魔物との戦いで短剣を使うことはないだろう。短剣で戦うとなると、魔物と触れ合うほどの距離で戦うことになるからだ。

剣もニコラが選んだもので、二キロ程度の重量がある。刃渡りは七十センチに届くかどうかだが柄はそれほど長くなく、切っ先に近づくにつれて剣の幅が大きくなっていた。

反りはほとんどないが片刃であり、レウルスが握ってみたところ先端付近に重量が寄っているように感じられる。刀身には溝が彫られているが、それが何の役割を果たすのかレウルスにはわからない。

そもそも、剣をまともに振れるかどうかもわからないのだ。やせ細ったレウルスの体に合わせて防具はきつく締め付けており、予想より軽いといっても動きが制限されそうだ。

そんな状態で金属の塊である剣を振るうことができるのか。仮に振るえたとしても剣の重量に振り回されてしまうのではないか。

「……準備が整ったか」

これで本当に大丈夫なのかと不安に思うレウルスだったが、ドミニクから声をかけられて姿勢を正す。どうやら装備を選ぶ間ずっと待っていたらしく、ドミニクは腕組みをしながらレウルスの姿を上から下まで眺めた。

「まあ……悪くはない、か」

「当たり前っすよおやっさん。なにせこの俺が選んだんですからね！」

親指を立てて笑うニコラ。レウルスとしてはどんな評価が返ってくるか不安だったが、冒険者になりたての装備としては間違っていないようだ。

そのことに安堵したレウルスは、ひとまず不安を忘れてドミニクへと頭を下げる。

「何はともあれ……感謝しますドミニクさん。俺が魔物と戦えるかわかりませんし、装備だけでどうにかなるとは思えませんが、冒険者として生きることができそうです」

できれば穏当で真っ当な職に就きたかったが、それは贅沢だろう。元農奴のレウルスを受け入れてくれる場所がラヴァル廃棄街以外にも存在すると考えるのは楽観が過ぎる。

仮に存在したとしても、飢え死にする前に辿り着けたとは到底思えない。そうである以上、こうして冒険者になったのも一種の天命だと思えた。

そんなことを考えるレウルスだったが、ドミニクからじっと見つめられて首を傾げる。

「何か変なところでもあります？」

革製とはいえ鎧で身を固め、剣まで下げたのは前世を含めてこれが初めてだ。そのため何か気になることがあるのかと尋ねてみるが、ドミニクは何も答えない。

「……俺が相手でも畏まる必要はない」

それでも、僅かに時を置いてからぶっきらぼうにそんなことを言った。ドミニクの言葉を受けたレウルスは目を瞬かせるが、敬語やさん付けがまずかったのかと思考を巡らせる。

「えーっと……それじゃあ、おやっさんって呼んでも？」

ニコラに倣ってドミニクを『おやっさん』と呼ぶのはどうだろうか。安直に考えたレウルスだが、命の恩人であるドミニクを軽く扱うつもりもない。

「好きに呼べ。俺は店に戻る」

はたして『おやっさん』と呼ぶのが正しかったのか、間違っていたのか。ドミニクは背を向けて冒険者組合の扉へと歩き始めた。そして扉を開け――そこで肩越しに振り返る。

「ニコラとシャロンに任せた以上は大丈夫だろう。一仕事終えたら飯でも食いに来い……もちろん怪我もなく、な」

そう言って今度こそ歩き去るドミニク。レウルスはそんなドミニクの背中を見送ったが、ドミニクの料理店で食事ができると思えばやる気も増すというものである。

レウルスは無意識の内に剣に柄に手を這わせ、これからのことに思いを馳せた。

（どれぐらい稼げるのか……いや、おやっさんの言う通り無事に帰る方が先決か）

怪我に気を付けながら頑張って稼ごうと決意するレウルスの肩を、ドミニクとの会話を聞いていたニコラが笑いながら叩いてくる。

「おやっさんもああ言ってるし、早速行くか——魔物退治だ」

まずは冒険者としての第一歩を踏み出すべく、レウルスは気合を入れて頷くのだった。

第3章：冒険者の仕事

――新入社員だというのに、仕事の手解きを受けることなく客先出向を命じられた。

今の気分を例えるならばそんなところだろう。冒険者というものは習うより慣れろの精神らしく、剣の振り方一つ教えられずに魔物を退治することになったのだ。

「いきなり実戦とか死にそうで怖いんだけど……」

場所はラヴァル廃棄街から東に十分ほど進んだ林の傍。そこは先日レウルスが角兎と遭遇した林であり、ニコラ達も定期的に訪れている場所らしい。

そんな林の傍で恐々と呟くレウルスに対し、シャロンは無表情で声をかける。

「剣を使うに当たって最初に教えるべきは剣術じゃないのかってこと？」

「ああ……こっちは完全に素人ってことを考慮してくれると嬉しいよ、本当に」

教わる側としては文句を言いにくいが、素人が剣を持っても満足に扱えるとは思えない。

「レウルス。これからお前さんが戦う相手はなんだ？」

「魔物、だよな？」

ここまできて魔物以外と戦わされても困る。そんな困惑を込めて答えるレウルスに対し、ニコラは真剣な表情で頷いた。

「そう、魔物が相手だ。剣で戦う以上は剣術を学ぶのも道理だろうが、剣術ってのは大抵が人間相手に発展してきた戦法って言える。もちろん魔物に通じる剣術もあるんだろうが、そんなもんを教えられる奴ぁラヴァル廃棄街にゃいねぇ」

ニコラも我流で腕を磨いたということだろう。そう考えたレウルスに対し、ニコラは表情を崩して苦く笑う。

「ついでに言やぁ、剣術ってのは技術だ。正式に習おうと思えば長い時間がかかる。金と時間に余裕があるならそれもいいんだろうが……」

そこまで言ったニコラは頭を振って表情を元に戻すと、己の得物である剣の柄を軽く叩いてから話を続けた。

「魔物ってのはな、種類が多い上に個体によっては大きさも変わる。相手が人間なら背丈に極端な大きな差はねえが、魔物だと同じ種類なのに倍ぐらい違うこともあるからな。そんな奴らを相手にするのに、剣術を学んでいてもそこまで意味がねえんだよ」

（たしかに……犬や猫ならまだしも、恐竜相手に剣術が役立つかって言われるとなぁ）

野犬ぐらいならば剣でも倒せそうだが、体長が何十メートルもある恐竜を剣一本で倒せと言われても無謀でしかない。人間の中にそれほど巨大に育つ者はおらず、剣術で戦える相手の大きさも自然と決まるというものだ。

「実戦を繰り返せば勝手に体が戦い方を覚えるだろ……死ななければ、な」

「それはそれで極端すぎじゃ……」

普通の剣術が魔物相手ではそれほど役に立たないというのは理解した。だが、だからといって何も学ばずに魔物と戦うのもどうかとレウルスは思う。

「剣を握って、相手を斬れる位置に移動して、相手に避けられないよう剣を振るう……簡単なことだろ？」

「簡単に聞こえるけど、下手すりゃ死ないか？」

「死なないよう相手の攻撃を避けりゃ良い」

言うは易し、行うは難しの典型ではないか。それも難易度が非常に高い難問である。

「シャロン先輩……」

「縋るように見られても困る。乱暴な言い方だけど、兄さんの言うことも正しい。ボクは距離を取って魔法で戦うけど、距離を詰められた時の戦い方を実戦で学んだ」

ニコラが相手では話にならないとシャロンに視線を向けるレウルスだったが、シャロンは取り合わない。冗談でも何でもなく、訓練なしで魔物と戦わなければならないようだ。

それが冒険者の鍛錬方法というのならば拒否はできない――できないのだが、不安と不満を抱いても罰は当たらないだろう。

「何のために俺達がついてきたと思ってんだよ。お前を魔物と戦わせるにしても、まずは手本を見せるに決まってるじゃねえか」

せめて弱い魔物が出てきますように、と居るとも知れない神に願うレウルスだったが、苦笑しながらかけられたニコラの言葉で思考を打ち切られた。

「手本ってことは……っ」

どのように戦うのか見て学べということか。そう尋ねようとしたものの、首筋に怖気が走って言葉を途切れさせた。

獅子の魔物と遭遇した時と比べれば遥かに弱いものの、嫌な予感が襲ってきたのである。その反応に従ってレウルスが周囲を見回してみると、林の奥に動く存在があった。

「おっと、言ってる傍からお客さんだ……シトナムとは運が良いな」

そんなレウルスとほぼ同時、ニコラが剣を抜いて楽しげに笑う。レウルスも腰の剣を抜こうとするが、焦りの感情が邪魔をしたのかスムーズに剣を抜くことができない。

だが、剣を抜くよりも先に林の中から出てきた魔物を見て、思わず固まってしまった。

（カマ……キリ？）

ニコラの口振りから判断するに、シトナムと呼ばれているらしい魔物。それは一メートル近い体高と両手の先に生えた鋭利な鎌が目立つ、カマキリに似た生き物だった。

全身が緑色で、草原に潜めば体が保護色となって見落しそうである。相手もレウルス達の存在に気付いていたのか、両手の鎌を構え、背中の羽を広げて威嚇《いかく》の体勢を取った。

「き、気持ち悪いなオイ……あの大きさで普通なのか？」

レウルスは若干引きながら尋ねると、ニコラは剣を構えたままで笑う。

「アレはまだ成長途中だ。運が良ければもう少しデカい奴に会えるぜ？」

「いや、それは運が悪いと言うべきじゃ……」

シトナムと呼ばれたカマキリの魔物の習性なのか、それとも魔物全般に言える習性なのか、三対一だというのに逃げる様子はない。それどころか両腕の鎌をすり合わせて金属音を鳴らし、人の腕ぐらいならば噛み切れそうな大きな口を開閉して牙を剥く。

もしもエイリアンが実在すればこんな感じではないか、と腰を引かせるレウルス。魔物退治をするべく訪れたのでなければ、即座に回れ右して逃げ出すところだ。

「落ち着いてレウルス。シトナムの危険度は下級中位。君はイーペルを狩ったことがあると聞いた。それなら大丈夫」

「……ちなみに俺が倒した兎の危険度は？」

「下級下位」

「カマキリの方が格上じゃねえか!?」

シャロンの言葉にレウルスは思わず叫んでいた。体の大きさや両腕の鎌はレウルスの目にも脅威に映ったが、兎よりもカマキリの方が格上という事実は中々に信じ難い。

「相手がシトナムなら勉強にはもってこいだ。レウルス、よく見とけよ？」

それだけを言い残し、剣を構えたニコラが地を蹴った。レウルスは思わずニコラを止めようとするが、ニコラは風のような速度で走っていく。

ニコラはシトナムとの間にあった三十メートル近い距離を二秒とかけずに走破すると、シトナムが鎌を振るうよりも先に踏み込み、剣を振るってシトナムの胴体を両断した。

「……速過ぎやしませんかね」

返す刃でシトナムの首を刎《は》ね、レウルスがそう呟くまでかかった時間は約五秒。シトナムが確実に死んだことを確認するニコラを他所に、シャロンが口を開く。

「シトナムは両腕の鎌に注意していれば苦戦する相手じゃない。魔法も使ってこないし、飛び道具もない。少し外殻が硬いけど、組合から支給された武器でも十分に狩れる」

それに、と言葉をつなげ、シャロンはレウルスを横目で見る。

「背丈は低いけど、足で立って腕で攻撃……さらに頭が急所で首を切り落とせば間違いなく死ぬ相手。君の練習相手には打ってつけだとボクは思う」

「人間の動きと大きく変わらないから戦いやすいと？」

言葉の意図を汲んで尋ねてみると、シャロンはどこか満足そうに頷いた。

「そういうこと。腕が三本以上あったり、空を飛んだり、魔法を使ってくる魔物と比べれば簡単に倒せる。まあ、油断しているとあの鎌で胴体を真っ二つにされるけど」

「真っ二つって……」

「切れ味だけは本当にすごい。質が悪い革鎧だと防ぎきれずにそのまま真っ二つになる。その分、安全に倒すことができれば冒険者にとっては美味しい相手」

美味しいと聞いてレウルスの食欲が刺激されたが、言葉通りの意味ではないだろう。その証拠にニコラは短剣でシトナムの鎌を切り落とすと、レウルスとシャロンを呼び寄せる。

「これから先、シトナムを倒したら最初に両腕の鎌を回収しろ。こいつは頑丈だし切れ味も良い。柄を付けりゃそれだけで農作業で使える鎌に早変わりだ」

「倒した証拠になるし、冒険者組合に持ち込めば退治した報酬と併せて報奨金を払ってくれる。冒険者として生活するなら、まずは魔物の特徴と回収すべき素材を覚えること」

意外と、と言っては二人に失礼なのだろうが、魔物退治の研修としては悪くないとレウルスは思った。最初は魔物と戦うと聞いて危険だと思ったが、手本を見せた上で注意点や倒した後のことまで教えてくれるのである。

二人の言葉に頷くレウルスだったが、シトナムの死骸を見てその場に膝を突いた。

「ん？　どうしたんだ？」

「いや、ちょっと……」

レウルスは手に持っていた剣を地面に置き、代わりに短剣を抜く。そして不慣れながらも短剣を振り下ろしてシトナムの腕の外殻を割ると、中を覗き込んだ。

シトナムの腕は五センチほどの太さだが、外殻の中身を確認してみると白さを帯びた透明な肉が見える。

「シトナムって毒はあるのか？」

「聞いたこたぁねえな」

「なるほど……はぐっ」

――毒がないなら食べてみよう。

そんなことを即断し、レウルスはシトナムの肉に噛み付いた。匂いがそこまで強くなかったのも決断の理由である。見た限りでは寄生虫もいないように思えた。

「はあああぁぁっ⁉　ちょ、お前、なにやってんだ⁉」

「え？　いや、食えるかなーと」

もちゃもちゃとした歯応えに眉を寄せながら答えるレウルス。外殻と違って肉の太さは三センチ程しかなかったが、昆虫とは思えないサイズのシトナムの腕は食べ応えがある。

「あ、けっこうイケる。生臭いしちょっと苦いけど意外と美味しい」

少なくとも食べられないほどではない、というのがレウルスの感想だった。

「……シトナムを食べる人、初めて見た」

「どんだけ飢えてんだよオイ……」

引き気味に呟き、ニコラとシャロンはレウルスから距離を取る。レウルスはそんな二人の反応に首を傾げると、シトナムの肉を噛み千切りながら不思議そうに言った。

「食えるなら木の根でも雑草でも虫でも食べてたし。毒がないなら食べれるかなーと」

「腹ぁ壊しても知らねえぞ？」

「大丈夫大丈夫。生まれてこの方、腹を壊したことないんで」

今の世界に生まれて唯一良いことがあったとすれば、何を食べても問題のない頑丈な胃袋を持っていたことだろう。それが生まれつきのものか、食えるものならば何でも食わなければ生きていけない環境で鍛えられたのか、それはレウルスにもわからなかったが。

「そういえばシャロン先輩は魔法が使えるんだよな？　それで火を熾《おこ》したりできるか？」

「火炎魔法は才能がない……興味から聞くけど、もし火を熾せたらどうするつもり？」

「え？　これを焼いて食べるんだけど……」

生でも食べられるが、肉は焼いた方が美味しいだろう。今の体になってから肉を食べる機会はほとんどなかったが、世界が変わろうと焼き肉の美味さは変わらないはずだ。

不思議そうに答えるレウルスに、ニコラとシャロンは何度目かになる引き攣った笑みを返すのだった。

「腹が膨れたらやる気が出てきた！　魔物を倒したら金になるし食える！　冒険者って素晴らしい！」

ニコラが倒したシトナムの肉を平らげたレウルスは、それまでとは打って変わって溌剌《はつらつ》とした様子でそんなことを叫んだ。

たしかに魔物は恐ろしい。シトナムの危険度は下級中位と下から二番目であり、そんなシトナムでさえ粗末とはいえ防具で身を固めた人間の胴を両断することができるという。

レウルスが以前倒した角兎――イーペルの危険度は下級下位と最低に分類されるらしいが、鋭い角で刺されれば死ぬことも十分にあり得た。

下手すれば容易く死に、下手せずともふとした拍子に怪我をしそうな魔物退治。そんな危険な仕事を行うにあたりやる気が激減していたレウルスだったが、倒した魔物の素材が金になる上、腹も満たせるとなれば話は別だ。

今まで魔物の体の大きさやその攻撃力にばかり気を取られて恐れていたが、倒すことができればその体の大きさはレウルスにとって歓迎すべき事柄となる。

体が大きいということは、それだけ食べ応えがあるということだ。ニコラとシャロンの反応を見る限り食べられる魔物は少ないのだろうが、レウルスはそのようなこと微塵も気にしない。物理的に食べられるから食べる、それだけで良いのだ。

さすがに寄生虫や毒を持っているとわかっているならば余程空腹でない限り食べないが、それ以外の場合は躊躇なく食べることができるだろう。

例え異端で異質で異常だと言われようと、飢えることと比べれば遥かにマシなのだ。さすがに二度目の人生も栄養失調が一因で死にたくはない。

魔物と戦うことへの恐怖が完全に払拭されたわけではないが、倒した分だけ食料と金になると思えば我慢できた。シトナムの場合は両腕の鎌だけが有用と聞いたが、それ以外の部分は好きにしても良いのなら飢え死にする危険性は低くなるだろう。

「盛り上がってるところ悪いんだが、魔物を倒した後の助言をしとくぜ」

助言という言葉にレウルスは拝聴するべく背筋を正したが、魔物を食料にするという考えに目を輝かせたままだったため、ニコラは少しだけ距離を離しながら話を続ける。

「シトナムなら気にする必要はねえが、イーペルみたいに殺すと血の臭いがきつい魔物を狩ったら注意しろ。下手すりゃその血の臭いに釣られた他の魔物が寄ってくるからな」

血の臭いに敏感な動物がいるというのは、前世でも聞いたことがあるレウルスである。そのため素直に頷くが、すぐに質問が浮かんだ。

「つまり、血の臭いでおびき寄せて一気に狩ったら食べ放題ってことだな？」

「さっきまで魔物退治に怯えてた奴の台詞とは思えねえな……」

一気に物騒になったな、とニコラは頬を引き攣らせた。怯えすぎるのも問題だが、血気に逸るのも問題である。ただし、レウルスの場合は血気というよりも食い気に逸っているのであり、ニコラとしてもどう注意すれば良いかわからない。

「雑魚を集めて一気に狩るのも一つの手だが、運が悪いと大物を釣っちまう。対処できる相手なら良いが、中級以上の魔物が出てくることもあるからな」

「いまいち基準がわからないけど、同じ中級の先輩達なら倒せるんじゃないのか？」

魔物の脅威度によって分類されているようだが、その基準まではわからない。それでも中級中位の冒険者であるニコラ達ならば大丈夫ではないかと思ったレウルスだが、ニコラは困った様子で視線を逸らした。

「当たり前だろ……と、言いたいんだがなぁ。中級下位ならともかく、それ以上となると厳しい……というか死ぬ可能性が高いな」

「ボク達が中級中位の冒険者だから中級以上の魔物が相手でも大丈夫だと思った？」

「そうだけど……違うのならどんな基準なのか余計にわからなくなるぞ」

下級中位のシトナムを容易く仕留めたニコラでさえ、中級の魔物と戦うのは難しいらしい。そのことを疑問に思うレウルスだったが、苦笑を浮かべたシャロンがそれに答えた。

「冒険者の階級は強さだけじゃなく、依頼の達成率や冒険者組合への貢献も加味されて判断される。だから中級の冒険者でも下級の魔物を倒せないことがある」

「なるほど……実績を含めた総合的な能力で冒険者としての格が決まるわけか」

「そういうこと。ずば抜けた強さを持っているけど依頼の達成率が悪い、もしくは素行が悪い。そんな理由から上の階級に行けない者もいる」

単純に強いだけでは冒険者として大成できないようだ。下級下位のレウルスにとってはまだまだ先のことだろうが、なるべく品行方正に過ごそうと決意する。

ニコラとシャロンは中級中位の冒険者だが、その領域に到達するまでどれほどの時間がかかるかわからない。それでも真面目に仕事をしていれば評価につながるだろう。

（一度も冒険者として仕事をしたことがない奴が考えることじゃないけどな……）

そんなことを考えながらニコラ達が首に下げている冒険者の認識票を見る。中級中位の冒険者ということは相応の実績を積み重ねてきたということであり――。

「あれ？　先輩たちの認識票って俺のと違うよな？」

ニコラとシャロンの認識票を見たレウルスは疑問を覚えた。金属板で作られている点では同じだが、ニコラ達の認識票は文字を彫り込んであるだけなのだ。

レウルスの場合は淡く光を放つ文字で書かれており、二人の認識票の方が地味と言えた。

「……ボクも兄さんも中級中位だから。下級下位の君とは違う」

「へぇ……中級になったら認識票も変わるのか」

疑問に答えたのはシャロンだ。どうやら階級によって認識票も変わるらしいとレウルスは納得する。だが、レウルスの様子に何を思ったのか、シャロンは目を細めながら言う。

「ところでレウルス。君は今まで農奴として生きてきたと聞いた。でも、ずいぶんと頭が良い気がする。理解が早くて疑問もきちんと確認するのは感心する」

「お、それは俺も気になってたぜ。どことなく品が良いっつーか頭が良いよなお前」

「……そう、なのか？　先輩達の教え方がわかりやすいってだけの話だと思うんだけど」

ニコラとシャロンの指摘に首を傾げるレウルスだったが、前世の経験がある分何も知らない農奴と比べれば理解が早いのも当然だろう。

現在生きている世界と前世を比較し、整合性を取る必要があるが、前世での知識と照らし合わせればある程度は理解できるのだ。

「俺がいた村では頭を働かせて上手く立ち回らないと下手すりゃ村の連中に殺されるからなぁ……この歳まで生きて成人したと思ったら、奴隷として売り飛ばされたけどさ」

だが、前世の記憶があるとは説明できない。そのためこれまでシェナ村で受けてきた仕打ちについて匂わせ、表情も苦々しいものに変えることで誤魔化すことにした。

「そうか……苦労したんだなぁ。よし、帰ったらおやっさんの店で飯を奢ってやるよ！」

「……まあ、苦労は人を育てるとも言う」

レウルスの話を聞いたニコラは同情するように呟き、次いで明るく笑いながらレウルスの背中を叩く。シャロンは肩を竦め、それ以上追及することなくニコラへと視線を向ける。

「兄さん、奢るのは構わないけど帰るまで油断しないで」

「わかってるって。この辺で見かける魔物なら後れを取ることもねえ。レウルスにもちゃんと経験積ませてやるし、運が良けりゃ金になる魔物も狩れる。それで良いだろ？」

シャロンのたしなめるような言葉に対し、ニコラは笑って流す。兄弟ということもあり、ニコラとシャロンは互いに気安い間柄のようだ。

「それなら次はあの兎が良いな。肉が食いたい」

「……な、生でか？」

欲望に忠実な発言をするレウルスだったが、ニコラは頬を引き攣らせた。巨大カマキリを生で食べたことが衝撃だったらしいが、レウルスは腕を組んで悩ましげに頭を振る。

「ドミニクのおやっさんに料理してもらうのが一番なんだけど、最悪生のままでも……」

——栄養として考えれば生で食べた方が良かった気がする。

レウルスの前世での知識がそう訴えかけてくるものの、料理をできる人と環境が揃っているのならわざわざ生で食べる必要もないだろう。

「今日を乗り切ったら君は火打石でも買うべき。さすがに生で食べると体に悪い」

「火打石……魔法が使えればなぁ。火を熾せるだけでも十分なのに……」

前世も含めればいい歳になっているレウルスだったが、男としての性なのか、魔法という言葉の響きに惹かれる気持ちがある。

漫画やアニメに出てくるような強力な魔法とまでは言わないが、せめてライターの代わりになるぐらいの魔法が使えればと思ってしまう。火打石を買えば良いと言われても、きちんと使いこなせる自信がない。

火打石で火花を起こせることは知っていても、実際に火を点けるとなると話は別だ。燃えやすいものならばすぐに火が点くのか、それとも何かしらのコツがあるのか。

「火を熾す程度の魔法具《まほうぐ》ならラヴァル廃棄街でも売ってある。魔法具は知ってる？」

「なんだそれ。名前だけ聞くと……魔法が使えるようになる道具か？」

「そう、『魔石《ませき》』という魔力を帯びた石があれば誰でも使える……っと、ボクも話がズレてしまった。レウルス、色々と知りたいのはわかるけど、まずは魔物退治を終えてから」

油断と呼べるほど気を抜いていたわけではないが、今は魔物退治に集中すべきだ。レウルスにもそれが理解できたため口を閉ざし――チリ、と首筋に震えが走った。

（これは……もしかすると、もしかするのか？）

獅子の魔物――キマイラと遭遇した時と比べれば微細な嫌な予感。しかし、この予感は魔物の接近を知らせているように感じられ、レウルスはぐるりと視線を巡らせた。

反応があったのは少し離れた林の中。鬱蒼《うっそう》と、と表現するには木がまばらだが、乱立する木立が視線を遮って林の奥までは見通すことができない。

それでもレウルスは目を凝らして何か異常がないか確認する。己の考えが間違っていなければ、何かが潜んでいるはずなのだ。

（……本当にいたよ）

木陰から窺うようにして覗く、緑色の体。それは今しがたニコラが倒したシトナムと同種のものであり、三人で固まっているレウルス達を警戒しているようだった。

「先輩、見過ぎないよう注意しながら向こうの木を確認してくれ」

「あん？　って……おー、お前中々良い目をしてんな」

レウルスが声をかけると、ニコラもすぐに気付いたのか感心したように呟く。シャロンもそれは同様であり、周囲を見回す振りをしながらシトナムの姿を捉えていた。

「……ボク達よりも先に見つけた。レウルス、君は案外冒険者向きなのかもしれない」

「アレが食べられる生き物だと知って、頑張って見つけたんだ」

「そ、そうなんだ……」

真顔で誤魔化すレウルスに対し、シャロンは頬を引き攣らせながら頷く。レウルスは何故シャロンが引いているのだろうかと思いつつも、腰の剣を引き抜いて左手で握った。

シトナムがレウルスにとっては食料になるとわかったからか、剣を抜く動作にも迷いがない。続いて腰元の皮袋から石を取り出し、右手で握る。

「危ない時は助けてやる。でも少しの怪我ぐらいなら放っておくからな」

「了解……そんじゃ、やってみるか！」

レウルスは気合いの入った声を発して突進していく。そしてある程度まで近付くとシトナムが威嚇の体勢を取ったため、走った勢いをそのままに石を振りかぶった。

「どー――っせえええええい！」

己を鼓舞するためにも声を張り上げ、全力で踏み込んで右腕を鞭のようにしならせる。そしてシトナム目掛けて石を投擲《とうてき》すると、即座に剣を右手に持ち替えた。

石は風を切ってシトナムに向かうと、そのまま胴体に直撃する。鈍い音と共にシトナムの体が後ろへと大きく揺れたのを視界に捉え、レウルスは剣を構えたままで直進した。

いくら魔物でも、一メートル程度の生き物に人間が全力で石をぶつければそれなりに効果がある――そう考えたのは油断と言うべきか、はたまた魔物の異常さこそを驚くべきか。

投石が直撃したことで体勢を崩したかに見えたシトナムだったが、レウルスが近づくと即座に体勢を立て直し、両腕を広げて飛びかかってきたのだ。

『シャアアアアァァッ！』

左右へと広げられたシトナムの両腕の先には鈍く光る鎌がある。そして正面から突撃してきたレウルスは格好の獲物であり、胴体を分割するべく左右の鎌が真横へと振るわれた。

「うおおおおおおぉぉっ!?」

思ったよりもダメージがないシトナムの動きに、レウルスは剣を振ろうとした腕を無理矢理止めて咄嗟にスライディングする。そうして飛び上がったシトナムの真下を潜り抜けるが、それまで胴体があった場所をシトナムの鎌が斬り裂くのを見て冷や汗を流した。

（速ぇっ!?　ってか怖っ！　風切り音がすげぇ！）

何とかスライディングで回避したレウルスだったが、戦いは始まったばかりである。即座に跳ね起きて剣を構え直すと、見守っているニコラ達へと叫んだ。

「先輩コイツやべぇ！　任せたいんだけど!?」

勢いだけでどうにかなるほど魔物退治は甘くないらしい。シトナムの耐久性を甘く見ていたレウルスは即座に助けを求めたが、ニコラは鞘に剣を収めたまま腕を組んだ。

「よーし、そんじゃあ一つ助言をしてやるよ」

「助言よりも加勢してくれよ⁉」

三メートルほど距離を取ってシトナムと向かい合っているが、歯を噛み鳴らしてキチキチと威嚇音を向けてくるのだ。レウルスとしては助言よりも助けがほしいところである。

「ソイツの鎌は切れ味が良いし両腕についてるから厄介だ。まともに受けたら押し切られるかもしれねえ……が、それなら当たらなきゃいいだけの話だ。もっとよく見ろ」

「も、もっと具体的に！」

牽制《けんせい》のために剣を突き出しながらレウルスが叫ぶ。さすがに視線を外すことはないが、一メートルサイズとはいえ魔物と直接対峙していると恐怖感がこみ上げてきた。

回避すれば死傷しないのは道理だが、簡単にできれば苦労はしない。振り回される鎌は細い木ならば容易く両断し、威嚇音を上げる牙は人の肉程度簡単に噛み千切るだろう。

（……ん？　鎌？）

だが、シトナムと対峙していたレウルスは思考に閃くものを感じ、牽制を続けながらシトナムの様子をじっと確認する。

二本の足で立ち、両腕の鎌を誇示するよう広げ、威嚇するように羽を広げて牙を鳴らすその姿。実戦の緊張を必死に抑え込んで観察してみるといくつか気付く点があった。

羽を広げてはいるが自由に飛び回ることはできないらしく、見た限りでは両足だけで立つ際にバランスを取る役割を兼ねているようだ。

一番の脅威と思われた両腕の鎌も、切れ味はともかく形状が鎌であることに変わりはない。ブーメランのように飛んでくることもなく、攻撃の幅が小さいように思えた。

（もしかして……）

突き出していた剣を引き、両手で構えてからレウルスは地を蹴る。ただし今度はシトナムに向かってではなく、シトナムの周囲を回るよう円状にだ。

するとシトナムはレウルスの動きに追従すべくその場で回り始めたが、その動きはレウルスと比べて少々遅い。体の大きさと移動距離の違いから余裕をもって追従できると思われたが、その動きから判断する限りシトナムは方向転換が苦手なようだ。

加えて、今レウルスがいる場所は林の中である。シトナムの中心に置いて円を描きながら移動しつつ、乱立する木々の中から盾に出来そうな太さの木を探していく。

（俺の動きに合わせて方向転換するだけか……魔法が使えるなら話は別なんだろうけど）

シトナムが遠距離から攻撃できるならレウルスも余裕は持てなかっただろう。自分の方が勝機を握っていることが確信でき、レウルスは剣を握っている両手に力を込める。

最初に手本としてニコラがシトナムを倒したが、何も真正面から倒す必要はない。魔物と戦う際にどんな戦法を取ろうと卑怯だなんだと言われることもないはずだ。

レウルスはシトナムの周囲を駆け回ると、隙を見計らって小石を拾い上げる。そして挑発するように何度も小石を投擲すると、痺れを切らしたのかシトナムが飛びかかってきた。

背中の羽をよりいっそう強く羽ばたかせ、鋭利な光を宿す鎌を振りかざして突っ込んでくるシトナム。それを見たレウルスは即座に足を止めると、心中でカウントダウンを行う。

（三……二……一……今っ！）

首を刎ね飛ばそうとする、シトナムの両鎌。左右から挟み込むようにして迫るその一撃は、巨大なハサミが迫るようなものである。それでもレウルスは冷静に行動を――背負った木から身を離し、再びシトナムの股下にスライディングを敢行《かんこう》した。

『ッ!?』

レウルスの行動にシトナムは驚きの鳴き声を上げる。切り落とそうとしたレウルスの首は既になく、空振りした両腕の鎌がレウルスの背後にあった木の幹に深く食い込んだ。

「っしゃあっ！」

回避しつつ斬れるような技術はなく、防御しながら相手の隙を狙う器用さもない。そのためシトナムの動きを止めることだけに集中したレウルスだったが、シトナムが木の幹に鎌を食いこませたのを見て思わずガッツポーズを取った。

だが、喜んで終わりではない。レウルスはすぐさま体勢を立て直し、剣を構えながら地を蹴る。そして木の幹から鎌を抜こうとしているシトナム目掛け、全力で剣を振るった。

今のシトナムはレウルスに対して背中を向けている状態である。その上、両腕の鎌が木に食い込んでいるため斬撃を回避することもできないだろう。

そう自分に言い聞かせるレウルスだったが、いくら思考は冷静でも体はついてこない。首を落とせば死ぬと聞いてはいたが、振るった剣が狙い通りに動くかはまた別の話である。

勢いに任せ、思い切り踏み込んで振るった剣。シトナムとの身長差もあり、それはまるでバッティングのような形でシトナムの首を真横から落とそうとする。

「……あっ」

シトナムの首を落とす――よりも先に、剣先が木に食い込んだ。シトナムの動きを止めるために選んだ木によって、今度はレウルス自身が動きを止められたのである。

剣は刀身の半ばまで木の幹に食い込んでおり、即座に引き抜くのは不可能だ。刃はギリギリでシトナムに届いておらず、剣の軌道上にあった羽を斬り裂いただけである。

（剣……食い込んで……嘘だろ⁉）

己がイメージしたものとは異なる結果に気付くまで一秒。シトナムを殺すどころか一転してピンチになったことに気付き、レウルスは内心で叫んでいた。

（自分が利用した木に剣を食い込ませるとか何やってんだよ俺⁉）

予想していなかった結果にレウルスの思考は真っ白になる。木の幹に力いっぱい斬り込んでしまったことで手に痺れが走り、剣の柄から手を離してしまう。

シトナムは羽を切られたことに怒りを覚えたのか、牙を噛み鳴らしながら両腕の鎌を木の幹から引き抜き始めた。レウルスの剣よりも深く食い込んでいるためすぐに抜けることはないだろうが、魔物の膂力《りょりょく》ならばレウルスよりも先に引き抜けるだろう。

『ギギギギギッ……』

鎌を木の幹に食い込ませたまま、肩越しに振り返って威嚇するように鳴くシトナム。昆虫らしい無機質かつ不気味な瞳で見上げられたレウルスは、背中に怖気が走るのを感じた。

（近くで見ると余計に気持ち悪いなおい！　てか怖えぇっ！）

間近で見た巨大なカマキリは、恐怖と同時に気持ち悪さをもたらす。食用になるからと自分を誤魔化していたが、間近で見たシトナムに対する嫌悪感は強く。

「っ！　オラァッ！」

嫌悪感から咄嗟に前蹴り――所謂ヤクザキックをシトナムの背中に叩き込み、シトナムを木の幹に押し付けて動けなくした。そして比較的痺れが弱い左手で腰に吊るした短剣を引き抜き、逆手に構えてシトナムの頭部へと振り下ろす。

その体の大きさと比較してシトナムの頭は小さいが、両腕の鎌が木の幹に食い込んでいる上に背中から蹴り込んで固定している状態ならばレウルスでも十分に狙える。

恐怖心に駆られて振り下ろした短剣は、狙い違わずシトナムの後頭部を捉えた。切っ先が緑色の外殻へとめり込み、そのまま突き破ってシトナムの頭を木に縫い付ける。

短剣を突き刺した場所からは緑色の血液らしき液体が溢れ、その色がレウルスの気分を削いでいく。それでも仕留めることができたと安堵するレウルスだったが、突き立てた短剣から逃れようとシトナムの体が動いていることに気付き、頬を引き攣らせる。

それでも、突き立てた短剣を引き抜くなり今度は横薙ぎに振るう。それは驚きを起因とするほぼ無意識での行動だったが、この場においては最善と言えた。

短剣でシトナムの首を薙ぐと、硬質な手応えと共に外殻に食い込んだ。その感触から首を刎ねるには程遠いと察したレウルスは体重を乗せ、強引に刃を埋めていく。

「……なんとか勝てた、か」

そして、力任せにシトナムの首を切り落としてからそう呟くのだった。


「よしよし、戦いながらでも冷静だったな。そんだけ度胸がありゃ十分だ」

「割と頭の中が真っ白になったんだけど……」

レウルスに対するニコラの評価は悪くないものだった。だが、レウルスとしては剣が木の幹に食い込んだ上、仕留めたと思った相手が生きていたりと散々な気分である。

「それでもきちんと動けたし問題はねえ。まあ、腕の一、二本は覚悟してたけどな……」

「そんなに危険なら事前に教えてくれよ!?」

木の幹に食い込んだ剣を引き抜いていたレウルスだったが、想定されていた被害の大きさに目を剥いて叫んでしまった。そんなレウルスに対し、シャロンがたしなめる。

「兄さんなりの冗談。多少の傷なら見逃したけど、さすがにそこまで重傷となると話は別。怪我を負う前にこっちで処理した」

「できれば多少の傷も勘弁してほしいんだけど……ちなみに処理ってどうやって？」

ニコラもシャロンも距離を取って観戦していたため、レウルスに何かあっても即座に割って入ることはできなかったはずだ。

「ボクの魔法。シトナムなら一発で殺せる自信がある」

過信でも何でもなく、厳然たる事実としてそう述べるシャロン。レウルスはそんなシャロンの言葉に首を傾げ、疑問を発する。

「シャロン先輩が魔法を使えるってのは聞いたけど、実際に見たことがないから何とも言えないんだよな……どんな魔法なんだ？」

「ボクが使える魔法は氷魔法」

その言葉からある程度推察はできる――が、実物を見ていない状態で理解しても不自然だろうとレウルスは判断し、不思議そうな顔をした。

「見てみないとわからない？……それなら少し実演してみる」

そう言ってシャロンは左手に握り拳サイズの氷を生み出す。何の前触れもなく出現した氷の塊を見たレウルスは素で驚くと、指先で氷を突きながら震える声を吐き出した。

「お、おぉ……なんだこれ……冷てぇ……」

「多少距離が離れていても、シトナムぐらいなら瞬時に氷漬けにできる。君が危ないと判断すればすぐに魔法を使った……レウルス？」

シャロンの手の平から氷を退けても消える様子はない。突然氷を弄り始めたレウルスにシャロンが怪訝そうな顔をしたが、レウルスはそれに構わず短剣の柄で氷を叩き始めた。

ガンガン、と叩くこと二度。氷が複数の欠片に割れるが、それでも消える様子がない。レウルスは氷を摘まんで口に放り込むと、音を立てて噛み砕く。

「これは……ふぅむ……」

口の中を満たす冷たさを堪能し、音を立てて氷の破片を飲み込む。続いて残った氷も口に入れて噛み砕くと、レウルスは満足そうに頷いた。

「これが氷魔法……すげぇ」

純粋に、心から感嘆の言葉を漏らすレウルス。こうして間近で見てみると、魔法が存在しなかった前世とは本当に違うのだと実感する。

「氷漬けにできるのはわかったけど、氷魔法って他に何ができるんだ？」

「氷で矢を作って撃ったり、巨大な氷で押し潰したり……あとは相手の魔法を防ぐのにも向いてる。ボクはあまりしないけど、人によっては氷で武器を造り出すこともある」

まるでゲームのようだとレウルスは思ったが、前世で幼少の頃に遊んだはずのゲームの内容がほとんど思い出せず、内心だけで軽く凹む。

前世の記憶が薄れるのを実感する度に郷愁《きょうしゅう》にも似た感慨が胸の内に湧き上がるが、レウルスがそれを表に出すことはなかった。

「魔法って何も唱えずに使えるんだな。もっと面倒なものかと思ってたよ」

前世への未練を振り切るよう、頭に浮かんだ話題を振ってみる。シャロンは何も唱えずに魔法を使っており、その点が気になったのだ。

「『詠唱』のこと？　さすがに君に氷魔法を見せるだけで『詠唱』を使う必要はない。シェナ村では魔法を使える人が『詠唱』してた？」

「ああ、遠目に見ただけなんだけどな……シャロン先輩は必要ないのか疑問に思ってさ」

もちろん嘘である。シャロンが言う『詠唱』など見たことはない。情報を得るために嘘を吐く形になってしまったが、シャロンはレウルスの説明に納得したようだった。

「魔法を使えなければ気になってもおかしくない。魔法についてどこまで知ってる？」

「炎が出せる、氷が出せる……出した氷は食べられる」

「うん、何も知らないと考えた方が無難」

シャロンはニコラに周囲の警戒を頼むと、両手を開いて指を折り始める。

「じっくりと教えたいけど、町の外だから簡単に説明する。まず、魔法には属性魔法と呼ばれるものが六つある。火炎魔法《かえんまほう》、氷魔法《こおりまほう》、風魔法《かぜまほう》、雷魔法《かみなりまほう》……それと水魔法《みずまほう》と土魔法《つちまほう》」

「ん？　水魔法と土魔法に何かあるのか？」

シャロンの言い方が気になり、疑問を示すレウルス。シャロンはそんなレウルスの言葉に苦笑すると、肩を竦める。

「水魔法と土魔法は歴史が浅い魔法。最初に挙げた四つの属性魔法はともかく、水魔法と土魔法を属性魔法に含まないと考える魔法使いもいる」

「んん？　名前を聞いた限りだとその二つも属性魔法っぽいんだけど……」

そもそも属性魔法が何なのかわからなかったが、字面だけで判断するならば水も土も他の魔法と似たようなものに思えた。むしろ水魔法よりも氷魔法の方が違う気がするレウルスである。火炎魔法も火魔法《ひまほう》で良いじゃないか、と思った。

「ボクも実際に確認したわけじゃないけど、水魔法と土魔法が両方あるいは片方存在しない国もあるらしい。他の魔法はどの国でもあるらしいけど」

「だから他の四つと違って仲間外れにされることもある、と……」

魔力がない自分にはそれほど縁がなさそうな話だ。レウルスはそう考えたが、魔物が魔法を使ってくる可能性を考えると知識として覚えておく必要はあるだろう。

「属性魔法とは別に補助魔法と治癒《ちゆ》魔法がある。治癒魔法はその名の通り、傷を癒して治す魔法。解毒なんかもこれに含む。それと補助魔法は少しわかりにくい。さっき兄さんがシトナムを倒した時も使ってたけど、気付いた？」

「え？　いや、滅茶苦茶速いなぁってぐらいしか……」

ニコラが何かしらの魔法を使っていたと聞いても、それぐらいしか思いつかない。他に何かあったのかと疑問に思うレウルスだったが、シャロンは手を叩いて頷いた。

「正解。兄さんが使ってたのは『強化』の魔法。身体能力を向上させる効果がある」

「『強化』……身体能力っていうと、力が強くなったり速く走れたり？」

「その認識で構わない。熟達した人なら武器に『強化』を使って切れ味を上げる、頑丈にする、他人の身体能力を上げる……そんな使い方もできる」

身体能力が向上すると簡単に言うが、それだけでもどれほどの恩恵になるか。シェナ村にいた頃に『強化』が使えれば農作業も楽だったのに、などとレウルスは思考した。

「魔法には今説明した属性魔法六種類と補助魔法、それと治癒魔法の合計八種類が存在する。マタロイでは魔物や冒険者と同様に下級下位から最上級まで分類されてる」

「上に行くほど威力が上がる感じか？」

「そう。あとは魔力の消費も大きくなる。魔力の消費を抑えながら魔法の威力を上げることもできるけど、それは本人の能力次第」

シャロンの説明はレウルスとしてもイメージがしやすいものである。いくら前世の記憶がボロボロとはいえ、ゲームや漫画の情報が全てなくなっているわけではないからだ。

「そこで『詠唱』して威力を上げたりするわけか……」

「……？　そうだけど、『詠唱』はよっぽど状況が整っていないと使えない」

『詠唱』に関しては所謂切り札みたいなものだろうと考えたレウルスだったが、シャロンは不思議そうな顔をする。

「どういうことだ？　魔力を多く使うって言っても、威力が上がるなら便利じゃんか」

「……君が正面から魔法使いと戦うと仮定する。相手が『詠唱』を始めたらどう動く？」

突然の質問にレウルスは目を瞬かせた。それでも言われた通りに魔法使いと交戦した場合のことを想像し、自信なさげに答える。

「えっと……『詠唱』の邪魔をする？」

「どうやって？」

どれぐらいの時間で『詠唱』が完了するかわからない以上、近づいて止める気にはならない。かといって投石程度では止められると思えず、レウルスは答えに窮してしまった。

「兄さん、答えは？」

「んなの相手の喉を潰しゃ良いだろ。ま、喉が潰せる状況なら首を落とすけどな」

「……殺伐とし過ぎじゃないか？」

改めてここが異世界だと思い知らされる解答に、レウルスの頬が勝手に引き攣る。

「別に喉を潰さなくてもいいし、相手が詠唱できない状況に追い込めればそれでいい……でも、殺すのが一番手っ取り早くて確実」

（夢も浪漫《ろまん》もねぇ……）

『詠唱』と聞いて失ったはずの童心が少しだけ疼いたが、現実は殺伐としているようだ。変身ヒーローを変身する途中、あるいは変身する前に殺すような所業である。

「『詠唱』には時間がかかるから状況が整っていないと使えない。それに、魔法の威力を上げたとしても扱う技量がないと暴発する」

「威力が上がるけど魔力を多く使って、暴発する危険性があって、敵に最優先で狙われて、なおかつ時間もかかる……事前に『詠唱』しておいて出会い頭に叩き込めばどうだ？」

暴発の危険性は排除できないが、これならば有用ではないかとレウルスは考えた。

「『詠唱』すると普段以上の威力になると言った。それは制御の難しさにも直結している。『詠唱』してまで発現した魔法をそのまま維持してたら暴発する可能性が高い」

『詠唱』した場合、好きなタイミングで発射することはできないようだ。火を点けた爆弾を握っているようなものなのだろう、とレウルスは納得する。

「魔法が使えないからわからないと思うけど、『詠唱』してまで魔法を使おうとすれば多少距離があっても気付ける。でも、仲間に守ってもらいながら使えるなら有用」

「壁役がいれば使えるってわけか。話を聞いた感じ、必須じゃないなら普通に魔法を使った方が良さそうだなぁ……まあ、俺はその普通もよくわからないけどさ」

魔法について覚えておいた方が良いとは思うレウルスだが、自分が使えないとなると興味が半減してしまう。『詠唱』に関しては頭の片隅に覚えていれば大丈夫だろう。

「魔法の威力は魔力を増やせば上がる。ただ、魔法は実力に合った威力で使うのが普通。暴発もそうだけど、魔力の消耗はなるべく抑えるべき」

「……魔力って消耗を抑えるべきなのか？」

一晩寝たら全回復するんじゃないか、と前世で遊んだゲームの知識からそんなことを尋ねるレウルス。そんなレウルスの質問に、シャロンは訝しげな顔をしながらも首肯した。

「魔力はそう簡単に回復しない。ボクの場合、まったくのゼロから全快するまで半月は必要。その間に魔法を使うとさらに延びる。魔力が多い人はもっと時間がかかる」

「そ、そんなにか……」

「そんなに。だから魔法使いは魔力の残量に注意しながら戦う。一日に回復する魔力は体感で理解してるから、それを大きく超えないようにしてる」

魔法はもっと便利なものだと思っていたレウルスだったが、魔法を使うには色々と注意しなければならないようだ。それでも色々と興味を惹かれたため他にも話を聞こうとしたが、それを遮るようにニコラが声を上げる。

「お喋りはそこまでにしとけ。次の獲物がきたぞ」

ニコラの言葉を聞いたレウルスは質問を止め、弾かれたように周囲を見回す。そうして周囲を確認してみると、離れた場所にある木陰からこちらを窺う角兎の姿を発見した。

「今度は俺の方が早く見つけたな」

「周囲を警戒していた兄さんの方が先に見つけるのは当たり前」

誇らしげに胸を張るニコラに対し、シャロンが冷たい声色でツッコミを入れる。レウルスはそんな二人の言葉を聞きつつ、心中で疑問の声を発した。

(どういうことだ？　あの角兎が相手だと嫌な予感がしない……集中してみたら少しだけ違和感はあるけど……勘なんて曖昧なものだからか？)

シトナムが相手の時は反応した嫌な予感。それがほとんど働いていないことに疑問を覚えるレウルスだったが、その点に関して深く考える時間はない。

「イーペルは狩ったことがあるんだろ？　手本はいらねえよな？」

イーペル——角兎は狩ったことがあるからと早速戦わせようとするニコラ。そんなニコラに対し、レウルスは慌てた様子で首を横に振る。

たしかに角兎は一度倒したことがあるが、その時は石で撲殺するという凄惨極まる方法だった。しかも、どうやって撲殺したのかと聞かれるとレウルスとしても困る。武装を整えている現状でもまともに戦って勝てる自信がないのだ。

「そうか……それなら、イーペルを簡単に倒せる方法があるからよく見てろよ」

そう言うなりニコラは角兎に向かって石を投げつけた。すると角兎は鳴き声を上げながら木陰から飛び出し、応戦するようにニコラ目掛けて一直線に駆け出す。

簡単に倒せる方法とは一体何なのか。そんな方法があるのかと訝しむレウルスの視線の先で、ニコラは鞘から抜いた剣を両手で握って大上段に構えた。

地面を疾駆し、ニコラを射程に収めるなり鋭い角を前面に突き出して跳躍する角兎。その姿は弓から放たれた矢のようでもあり——。

「——ハァッ!」

真正面から迫る角兎を、真正面からニコラが両断した。迫りくる角兎が間合いに入った瞬間、ニコラは大上段に構えた剣を振り下ろして叩き斬ったのである。

「…………はあ?」

真正面から頭蓋を叩き斬って地面に叩きつけたニコラ。その姿に間の抜けた声を漏らすレウルスだったが、さすがに今のは『イーペルを簡単に倒せる方法』ではないだろう。

かなりの速度で正面から飛び掛かる角兎を真正面から斬り伏せたその荒業。角兎の体重を考えると、斬って即死させたとしても勢いが止まらずに角が刺さりそうだ。

「どうよ?」

剣を振るって刀身に付着した血と肉を落としつつ、ニコラが尋ねてくる。

「どう……って?」

「参考になったか？」

一応、そうではないことを祈って確認するレウルスだったが、ニコラの口振りと態度から判断する限り今の荒業がイーペルを簡単に倒す方法だったのだろう。

「俺がやったらそのまま串刺しだよ……」

レウルスは肩を落としながら呟く。ニコラは『強化』という魔法を使えるようだが、レウルスが同じことをしようとしても突進の勢いに負けてそのまま串刺しになるだろう。

「イーペルの角は鋭利だが、長さは剣よりも短い。しかも攻撃する時は真正面から飛び込んでくるんだ。度胸さえありゃ剣を突き出してるだけでも勝手に刺さって倒せるんだよ」

「……もうちょっと現実味がある倒し方を教えてほしかった」

自分の武器の方が長いのだから、突き出してさえいれば勝てる。それは理屈として理解できるが、実践できるかどうかは別の話だ。

レウルスには真正面から斬り伏せる技量もなければ、突撃してきた角兎に吹き飛ばされないよう剣を突き刺し、支えるだけの腕力もない。

「あ、殺す時は角を折るなよ？　鍛冶屋が槍の穂先として買い取ってくれるからな。それに毛皮も肉も売れる」

レウルスの反応を気にもせず、角兎を倒した後の報酬に関して話すニコラ。そのマイペースぶりに地団駄《じだんだ》を踏みたくなったレウルスだが、ニコラは真剣な表情を浮かべ、息絶えた角兎を指差す。

「いいかレウルス。手本ってのはそのまま真似しろって意味じゃねえ。お前なりに噛み砕いて理解すりゃいいんだよ。さっきシトナムを倒した時、上手くやってたじゃねえか。俺の説明でイーペルの気を付けるべき点もわかっただろ？」

「……正面から突っ込んでくるなら、正面に立たない。基本的な攻撃手段が角で刺すだけなら、太い木や岩の前に立って突っ込んでこれないようにする。それでも突っ込んでくるなら障害物を利用して攻撃を防ぐ……とか？」

角兎の角は革鎧程度ならば貫くと聞いていたため、攻撃自体をさせない、あるいは妨害することを主眼に置いてレウルスが答える。

「おう、上出来だ。ついでにイーペルの捌き方も教えとくぜ。シャロン、警戒は任せた」

ニコラは短剣を抜くと、息絶えた角兎の傍に膝を突く。そして短剣で角を切り取ると、慣れた手つきで角兎の首から股下にかけて刃を走らせた。

「レウルス、兄さんがどうして角から回収したかわかる？」

内臓の位置や血抜きの仕方も説明するニコラだったが、話が一区切りつくとシャロンが声をかけてきた。その問いかけにレウルスは数秒間考え込むと、角兎に視線を向ける。

「角が一番高く売れるから……か？」

「半分正解。高く売れるものから先に回収するのは正しい。でも、血の臭いで強い魔物が寄ってくるかもしれないから、イーペルの死体を餌にして逃げるためでもある」

可能ならば毛皮や肉も回収するが、強力な魔物が寄ってきた場合には時間稼ぎのためにも角兎の死体を放置して逃げるようだ。

（たしかに血の臭いがきついしな……この臭いに釣られて魔物が近寄ってきたとしても、戦うことなくエサが確保できるなら向こうも無理に追ってこないか）

折角仕留めた獲物を手放したくなかったが、以前遭遇したキマイラのような魔物から逃げ出せると思えば惜しくはない。もっとも、確実に逃げ切れる保証はないわけだが。

「つまり、魔物から素材を回収する時は優先順位をつけて手早く行うべき」

「そんなわけで角を先に切り取ったわけだ。よし、肉も取れたし一度町に戻るか」

血の臭いを気にしているのだろう。レウルスとしても鼻が曲がりそうだが、人間の鼻でもこれほど臭うということは遠くにいる魔物にも気付かれそうである。

「賛成……でも遅かった」

周囲を警戒していたシャロンが呟くと同時、首筋に氷でも当てられたような嫌な予感がレウルスの体を貫く。全身の毛穴が開くようなその感覚に息を呑みつつ視線を巡らせてみると、遠くの空に動くものを見つけた。

「紫色の……鳥？　いや、鳥にしてはずいぶんとでかい気が……」

己の目を疑うように呟くレウルスだったが、その視界に映っていたのは紫色の巨鳥だ。翼を含めれば三メートルほどの体躯を持つ紫色の鳥が、一直線に向かってくるのだ。

「ありゃトロネスか……」

ニコラが呟くが、どうやら飛んできている巨鳥はトロネスというらしい。足の鉤爪《かぎづめ》で人を掴み、そのまま持ち上げて空を飛びそうな魔物が三匹も飛来してくる。

まだ距離があるものの、鳥の飛行速度を考えれば接敵まで時間がない。レウルスは剣を抜こうとしたが空を飛ぶ相手に剣が届くはずもないと考え直し、革袋から石を取り出した。

「先輩方、あの紫の馬鹿でかい鳥はどれぐらい強いんで？」

弱ければ良いのだが、などと思いながら尋ねると、ニコラが訝しげな様子で首を傾げる。

「分類としちゃあ下級上位だ。飛んでるってのも厄介だが、風魔法を使ってくるからシトナムやイーペルより厄介……なんだが……」

「飛んできた方向が問題」

シャロンに言われてレウルスも気付いたが、今まで交戦していたイーペルやシトナムとは異なり、紫の巨鳥が飛んできたのは林とは別方向である。

「トロネスがいるのはもうちょい西の方なんだよ。飛べるからこっちまで来るのはおかしくねえが、血の臭いに釣られるにしちゃ距離がありすぎる」

石を取り出しながら喋るニコラだったが、その顔は腑に落ちないと言わんばかりだ。シャロンは表情が変化していないためわかりにくいが、杖を構えて警戒を強めている。

「そもそも、この短時間で三種類の魔物に遭遇するってのがおかしくてな。日によっちゃあ魔物に遭遇しないってこともある。偶然かもしれねえが……いや、まずはこの場を切り抜ける方が先決か。町に向かわれても厄介だし、迎え撃つぞ」

そう言われてレウルスは紫色の巨鳥を遠望し、呟く。

「魔法を使ってくる魔物相手のお手本を見せてもらってないんだけど、どう思う？」

「訓練初日から中級手前の魔物とやり合えるなんて運が良いな。お前さんツイてるぜ」

「それって絶対に運が良いって言わねえ……」

強い敵と戦えることを喜べるような戦闘民族の生まれではなく、そのような育ちもしていない。石を投げても届くかすらわからず、レウルスにはまともな攻撃手段がないのだ。

「安心しろ。シャロンがいる以上は問題もねえ。相手の攻撃にだけ注意して見とけ」

ニコラはそう言うが、シャロンが実際に戦うところを見ていないため安心できない。それでもニコラは心の底からシャロンを信頼しているらしく、何の気負いもなかった。

そのためレウルスも戦闘態勢を取るが、それを制するようにシャロンが杖を持ち上げる。そして、数秒とかけずにシャロンの周囲に氷の塊が四つ生み出されていく。

氷の形状は棒状であり、大きさは二十センチ程度。その上で先端を尖らせた氷の矢だ。ただし、レウルスからすれば矢と言うよりは氷の杭にしか見えなかったが。

シャロンが氷の矢を生み出したことを敵も察知したのだろう。それまで真っ直ぐ飛んでいた巨鳥三匹は力強く羽ばたき、一匹が急加速、残り二匹が旋回して回避行動を取る。

「――撃ち落とす」

そう呟くなり、シャロンは杖を振り下ろす。それと同時に空中に生み出された氷の矢が次々に放たれ、風を切りながら巨鳥へと迫った。

シャロンの狙いは急加速して回避しようとした巨鳥で、四本の氷の矢の内二本は左右への回避を防ぐための牽制、そして残り二本が本命として巨鳥の胴体へと叩き込まれる。

『ギャギュッ!?』

ドン、という鈍い音と共に巨鳥が悲鳴を上げ、空に血しぶきが舞う。氷の矢は一本が羽を貫き、もう一本が胴体ど真ん中に直撃したのだ。

自身が加速していたこともあり、氷の矢が衝突した際の衝撃は相当なものだったのだろう。怪鳥は錐揉《きりも》み回転をしながら落下し、頭から地面へと叩きつけられて砂煙を上げる。

「うぉ……グロい……」

地面に叩きつけられた巨鳥の姿を見たレウルスは、小さな声で思わず呟いた。地面には物の見事に血の花が咲いており、落下の衝撃の凄まじさを物語っている。

(魔法ってのはもっとこう、綺麗で華やかなもんかと思ったが……)

魔法という言葉とは裏腹に、その運用方法は非常に血生臭い。剣を使った戦闘と異なり、長距離から一方的に相手を殺したシャロンの魔法に戦慄《せんりつ》すら覚える。

「ぼさっとすんなレウルス！　次が来てんぞ！」

ニコラから鋭い叱責《しっせき》の声が飛ぶ。その声に慌てて集中するレウルスだったが、接近途中で左右に分かれて旋回した巨鳥の片割れが自分に狙いを定めていることに気付いた。

もう一匹はニコラに狙いを定めたらしく、一直線に突っ込んでくる——と思いきや、何故かその場で滞空し、羽を大きく羽ばたかせた。

「チッ！　風魔法だ！　避けろ！」

巨鳥の動作を見て慌てたようにニコラが叫ぶ。それを聞いたレウルスはどこに逃げれば良いのかと逡巡したが、巨鳥の羽ばたきに合わせて何かが放たれるのを感じ取った。

(何か……飛んできてるっ⁉)

一体何が、と思うよりも早くレウルスの体は動いていた。目には見えなくとも、危険な何かが接近してきていると本能が察したのだ。

着地を考慮せず、咄嗟に水泳の飛び込みのように真横へ飛ぶ。そして次の瞬間、それまで立っていた場所が盛大に吹き飛んだ。

「はっ？　な、何だっ⁉」

地面を転がったレウルスは即座に身を起こして状況を確認するが、風に吹かれて土煙が晴れると、まるで巨大なハンマーで殴りつけたように陥没した地面が見える。

(避け損ねてたら……)

それほど大きく凹んでいるわけではないが、地面を凹ませるとなるとどれほどの威力があったのか。直撃していればレウルスも無傷では済まなかっただろう。

「よし！　よく避けた！　シャロン！」

魔法の威力にレウルスが戦慄していると、ニコラがレウルスを励ますと同時にシャロンの名を呼ぶ。するとシャロンは先ほどと比べて小さい氷の矢を十発ほど宙に生み出し、レウルスに向かって風魔法を放った巨鳥へと一斉に撃ち放った。

飛来する氷の矢に気付いたのか、狙われた巨鳥は即座に回避行動を取る。しかし先ほどよりも数が増えた氷の弾丸を全て避け切ることはできず、羽を撃ち抜かれて落下し始めた。

ニコラは落下する巨鳥を見るなり剣を抜いて駆け出し、落下した巨鳥の首を刎ね飛ばす。その間にシャロンは立ち位置を変え、レウルスを守るように立ちはだかった。

最後の一匹は仲間が殺されて怖気づいたのか、この場から逃げ出そうとする。それを見たシャロンは杖を掲げて再度氷の矢を生み出すと、その背中に向かって容赦なく発射した。

「これで終わり」

シャロンの言葉通り、その攻撃を以って三匹の巨鳥との戦いは終わりを告げたのだった。

「……思ったより楽勝だったな」

剣に付着した巨鳥の血をボロ布で拭いつつ、ニコラが呟く。それを聞いたレウルスは眉を寄せ、ため息を吐いた。

「魔法を避け損ねたら死んでいたかもしれないけどな……」

「避けたんだから細かいこと気にすんな、と言いたいところだがよく避けたな。風魔法ってのは目に見えないから避けにくいんだが……」

血を拭った剣を鞘に収め、短剣で紫の巨鳥の解体を始めながらニコラが言う。それを聞いたレウルスは何と答えたものかと悩んだが、結局は曖昧に濁すことにした。

「えーっと……勘？　なんかヤバイと思ったから避けた……みたいな？」

「良い勘だな。大事にしろよ」

それだけで納得したのか、ニコラは深く追及しなかった。巨鳥と戦う前にあった余裕が何故かなくなっており、仕留めた三匹の巨鳥を手早く解体してシャロンへと視線を送る。

「退くぞ」

「賛成」

シャロンと短く言葉を交わし、これまでに集めた魔物の素材や肉をニコラがまとめて担ぐ。そのどこか慌ただしさを感じる行動に疑問を覚えたレウルスだったが、ニコラとシャロンの真剣な様子を察して何も言わなかった。

「先頭はシャロン、真ん中にレウルス、殿《しんがり》は俺だ。町まで距離はねえが、気を抜くなよ」

レウルスには理由がわからないが、自分よりも遥かに格上の冒険者二人が真剣なのだ。そのためレウルスは無言で頷き、この場を後にするのだった。


「……生きて戻ったか」

ラヴァル廃棄街に戻ったレウルス達だったが、ドミニクの料理店に足を踏み入れるなりどこか安堵した様子のドミニクがそんな言葉をかけてきた。

「そりゃ当然っすよおやっさん！　ちゃんと俺とシャロンで面倒みたんですから！」

「その割にずいぶんと早く帰ってきたようだが……」

正確な時間はレウルスにもわからないが、現在の時刻は正午を多少過ぎたぐらいだろう。

ドミニクもニコラとシャロンの様子から何かがあったと察しているのか、鼻を鳴らしてレウルス達が持ち込んだ今日の成果へと視線を向ける。

「イーペルの角に毛皮に肉、シトナムの鎌、それにトロネスの羽か。短い時間の割にずいぶんと獲物が多いな。怪我は……なさそうだな」

怪我の有無を確認するドミニクに対し、ニコラとシャロンは笑って頷く。ドミニクは二人の様子に再度鼻を鳴らすと、厨房で料理の手伝いをしていたコロナへと声をかけた。

「獲物を取ってくるのは良いが、ずいぶんと血生臭いな……コロナ、水と手拭いだ」

ドミニクの言葉を聞き、コロナが駆け寄ってくる。手には水が入った木桶と人数分の手拭いを持っており、レウルス達の元に辿り着くと手拭いを水に浸し、絞ってから手渡した。

「どうぞみなさん。すぐに飲み水も持ってきますから」

「ああいや、コロナの嬢ちゃんにそこまで手間をかけさせるわけにゃあ……」

「ありがとうコロナ。兄さん、こういう時は甘えるべき」

恐縮した様子のニコラと親しげに手拭いを受け取るシャロン。その違いを不思議に思うレウルスだったが、コロナから手拭いを差し出されて反射的に受け取る。

「レウルスさんもどうぞ」

「おっと……ありがとうコロナちゃん」

魔物の解体などはニコラが行ったため血で汚れているわけではないが、魔物との戦闘で冷や汗を掻き、挙句に何度か地面を転がり回ったことで砂や土が付着している。そのため手や顔を拭いて綺麗にしていると、コロナがまじまじと見つめてきた。

「冒険者として初めて魔物と戦うって聞いて心配してましたけど……」

レウルスの頭から爪先まで眺め、少しの怪我もないことを確認するコロナ。そして心底安堵したように、胸に手を当てながら微笑む。

「――うん、無事で良かったです」

本当に心配していたのだと思わせる声色と仕草に、レウルスは真顔で戦慄する。

（やばいなにこの子可愛い。天使か女神なんじゃねえの？）

今世においては他人の優しさにほとんど触れたことがないレウルスにとって、コロナから向けられた心配と安堵の情は驚愕に値するものだった。

「ボクは組合に用があるからこれで失礼する。兄さん、あとはよろしく」

ある種の感動にも似た感情を覚えるレウルスを他所に、シャロンがそんなことを言い出す。ニコラもそれを止めることはなく、これまで担いでいた魔物の素材などを手渡した。

「報告は任せた。こっちはレウルスを労っとく」

「ん。終わったらボクも合流する」

魔物の素材を軽々と持ち上げ、足早にこの場を後にするシャロン。反応が遅れたレウルスが慌てて何事かと尋ねようとすると、それを遮るようにニコラが肩を叩いた。

「ま、お前が気にすることたぁねえ。冒険者として初めての魔物退治を生きてやり遂げた……今はそれだけで十分さ」

それ以上は聞くなと言わんばかりの態度にレウルスは口を閉ざすと、ニコラは小さく笑ってからドミニクへ視線を向ける。

「というわけでおやっさん、コイツに何か食わせてやりたいんですが」

「まだ準備中で賄《まかな》いぐらいしかないが……まあいい。少し待ってろ」

一仕事終えたら飯を食いに来いとは言っていたが、これほど早く帰ってくるとは思わなかったのだろう。それでも約束通り食事を振る舞うつもりのドミニクはコロナを連れて厨房に戻ると、それほど時間をかけずにコロナがすぐに何かを運んできた。

「主菜はもう少し待ってくださいね。それまではこれをどうぞ」

そう言ってコロナがテーブルに置いたのは、陶器製のコップである。中には薄いオレンジ色の液体が入っており、一体何だろうかとレウルスは首を傾げた。

「食前酒です。薄めたお酒に果汁を足してみました。美味しいって評判なんですよ？」

匂いを確認してみると、甘そうな香りと一緒に少しだけ酒精の匂いがした。今世で初めて嗅ぐ酒の匂いにレウルスが眉を寄せていると、ニコラがコップを持ち上げて差し出す。

「というわけでほれ」

何の真似かと考えるレウルスだったが、酒が入ったコップを差し出されてやることなど一つしかないだろう。例え世界が変わろうとも、前世と変わらないこともあるのだ。

「初めての魔物退治の成功を祝って」

口の端を釣り上げて笑うニコラに対し、レウルスもコップを持ち上げて同じように笑う。

「色々あったけど、生きて戻ってこれたことに感謝して」

『乾杯』

そう言ってコップをぶつけ合い、酒に口をつける。

——今世で初めて飲んだ酒は、これまた美味い美酒だった。

「ニコラとシャロンは組合からの依頼でしばらくいないの。坊やもそれなりに使えるみたいだし、今日からは一人で動いてちょうだいな」

「一日で指導が打ち切られるとか冗談だろ……」

魔物退治を行った翌日。再びドミニクの料理店の物置にて夜を明かしたレウルスは、冒険者組合に向かうなりナタリアから投げかけられた言葉にそう呟いていた。

「というか先輩達に依頼？　ニコラ先輩なんて昨晩遅くまで酒飲んでたけど大丈夫か？」

レウルスが初めての魔物退治を無事に終えたお祝いと称し、ドミニクの料理店で閉店まで騒いでいたのである。冒険者組合で用事を終えたシャロンも合流し、更には他の冒険者まで加わってのどんちゃん騒ぎを繰り広げていたのだ。

「ニコラはアレでしっかりしているから、仕事に影響が出るまでは飲まないわ。シャロンもついてるから大丈夫でしょう」

「はぁ……ニコラ先輩って酒に強いんだな。問題がないなら良いんだけどさ」

むしろ問題があるとすれば自分の方だろう、とレウルスは思う。ナタリアの話が嘘でも冗談でもないのなら、今日からは一人で動くことになるからだ。

レウルスはニコラやシャロンから冒険者という職業について色々と教わったが、さすがに一日で放り出すような雰囲気ではなかった。ニコラ達の口振りから判断しても、しばらくの間は共に行動していたはずである。

（急に組合の依頼が入ったっていっても、それなら俺の教育を後回しにすればいいだけの話だろ？　たしかに昨日だけでも色々と経験できたけど、指導を打ち切って仕事を与えるには早すぎるような……何か大きな問題でも起きたのか？）

話を聞き、実際に戦うところも見たが、ニコラとシャロンはラヴァル廃棄街の冒険者の中でも指折りの存在らしい。そんな二人を駆り出す必要がある依頼とは、一体何なのか。

ナタリアに対して視線を向けてみるが、薄く微笑んでいるだけで何も窺い知ることができない。これ以上は語ることもないと言わんばかりのその態度に、レウルスは内心だけでため息を吐いて深く追及することを避けた。

「それで？　一人で動けって言われても何をすればいいのかすらわからないんだけど？」

「そうねぇ……街の周辺で魔物が近づいてこないか警戒してくれればそれで十分だわ」

町周辺の見回りだけで良いようだ。さすがに新人だけで魔物と戦わせる気はないらしい。

「ああ、もちろん魔物を見つけたら坊や一人で倒してしまっても構わないわよ？」

「ははは、無茶を仰る」

艶のある笑みを浮かべて無理難題を言い出すナタリアにレウルスが笑い返すと、ナタリアは笑みの種類を変えながら小さな布袋を取り出す。

「一人で魔物を倒せるようになれば、もっと多くの報酬が出るわよ？」

「……それは？」

布袋の中身を察しつつも尋ねてみると、ナタリアは丁寧な手つきで布袋を紐解き、その中身をレウルスへと見せる。

「昨日の魔物討伐の報酬よ。イーペル一匹にシトナム二匹、それにトロネス三匹を倒した報酬と、諸々の素材の売却額……そこから税金を引いて三等分した分が入ってるわ」

そう言われて布袋の中を確認してみると、そこには数枚の何かが入っていた。逆さにして手の平の上に取り出してみると、硬貨らしき物体が七枚ほど転がり出てくる。

思わず沈黙し、瞬きを繰り返すレウルス。己の色覚が狂っていなければ、手の平の上でその重さを主張する物体は銀色に輝いているように見えた。

「報酬の七百ユラはたしかに渡したわよ。大事に使いなさいな」

「ちょ、ちょっと待ってくれ姐さん。大事に使えって言われてもコレってどれぐらいの価値があるんだ？　金に触ったのは初めてで……できれば説明してくれないか？」

できればと言いつつも、その顔は切羽詰まっている。今世で初めて得た報酬は精神的にもずしりと重く、その価値がわからなければ使う気になれなかった。

「あら、そうなのね……坊やもこの町の身内だし、それぐらいなら教えてあげるわ」

真剣なレウルスの様子を見て何を考えたのか、ナタリアは受付の奥に引っ込んだかと思うと、木製の盆に何かを載せて運んでくる。

何事かとレウルスが覗き込んでみると、そこには五種類の硬貨が並べられていた。

「これらはマタロイだけでなく、カルデヴァ大陸全土で使われているお金よ」

盆の上には小振りの銅貨に大きめの銅貨、レウルスが手にした銀貨、更には小振りの金貨に大きめの金貨が並んでいる。

銅貨と金貨は大小二種類、銀貨だけは一種類のようだが、それぞれ規格に則って作られているらしく似通った形をしていた。

小振りの銅貨と金貨の形状は、前世の知識で例えるなら百円玉に近い。百円玉を二枚張り合わせたような厚みがあり、銅貨には見たことのない花が、金貨には中年男性らしき人物の肖像画が刻まれている。

銀貨は五百円玉をやや厚くしたような形だった。表面にはドラゴンをデフォルメ化したようなマークが刻まれており、鋳造等の技術もそれなりに発達していることが窺える。

残った大きめの銅貨と金貨に関しては、金貨が角が丸い名刺サイズのカード型インゴットだ。厚さはそれほどでもないが、手に持てばずしりと重いだろう。大きめの銅貨は名刺を半分に折り曲げた程度の大きさである。

「銅貨、大銅貨《だいどうか》、銀貨、金貨、大金貨《だいきんか》の五種類よ。銅貨が一ユラ、大銅貨が十ユラ、銀貨が百ユラ、金貨が千ユラ、大金貨が一万ユラ……坊やに渡した報酬は七百ユラだから、銀貨七枚になるわ」

そう言われて布袋の中身を再確認すると、たしかに七枚の銀貨が入っていた。

「貨幣は全部で五種類だけど、普段目にするのは金貨までかしら。大金貨は高額の取引や強力な魔物を対峙した報酬ぐらいにしか使わないの」

「そうなのか……種類はわかったけど、それぞれどれぐらいの価値があるんだ？」

貨幣の種類については理解したが、肝心の価値まではわからない。今回受け取った報酬である銀貨七枚はどれほどの価値があるのか。

銀貨――銀色の貨幣で思い出すのは、前世で使用していた五十円玉や百円玉である。もしも銀貨が平成日本における五十円や百円程度の価値しかないのならば、魔物退治の危険度と報酬がまったく釣り合っていないと言えるだろう。

「そうねぇ……それなら銅貨を基準にして説明しましょうか」

盆の上に置かれた銅貨を煙管で指すと、ナタリアは思考を巡らせるように目を細める。

「この町で銅貨……一ユラで買える物は多くないわ。小さなパン、僅かな薪、小振りな野菜……あ、あとは水が桶一杯で一ユラね。それと塩が少し買えるぐらいかしら」

（塩が高い気もするけど、一ユラが百円ぐらいか？　それなら銀貨七枚で……）

日本円で計算すると七万円ぐらいだろうか、とレウルスは結論付ける。

命がけで魔物と戦った対価にしては少ない気がしたが、数時間で稼げたと考えれば破格だろう。魔物を倒せる力さえあれば冒険者という職業は案外儲かるものなのかもしれない。

（小さいとはいえパンと野菜が一ユラで買える……つまり七百ユラで七百個？　うわ、なんだそれ……腹いっぱい食えるじゃないか！）

今世では満腹になるまで食べたことなどなく、シェナ村にいた頃は夢や目標のように思っていた。

前世での食生活を思えば夢のスケールが小さすぎるが、今世における食糧事情とシェナ村での状況を振り返ってみれば叶う可能性自体が存在しなかったのである。

――聞く人によっては鼻で笑われそうな、夢とも呼べない目標。

それが今回の報酬を使えばあっさりと叶うことにレウルスは感動したが、ナタリアから感情が見えない目を向けられていることに気付き、その思考を打ち切った。

「……何かあるのか？」

「この冒険者組合の受付として、少しばかりね」

今はまだ僅かな接点しかないが、この世界で出会った人物の中でも目の前の女性は一番底が知れないところがある。そのためレウルスは背筋を正してナタリアの言葉を待つと、ナタリアは真剣な顔をしながらレウルスが持つお金を煙管で指した。

「そのお金はあなたのものよ。どう使おうが自由だわ。酒を飲んでも良いし娼婦《しょうふ》を買っても良い、賭博《とばく》に費やしても良い……でも、本当ならそのお金は手に入らなかった」

そう言われて銀貨が入った布袋に視線を落とすレウルス。

この世界において初めて手に入れた貨幣は、魔物退治の対価として得たものだ。しかし、ナタリアの言葉通り本来ならば手に入れることはできなかっただろう。

冒険者の先輩であるニコラとシャロンがいたからこそ手に入れることができたのであり、レウルス一人で魔物退治を行ってもこれほどの収入が得られたとは思えない。

「冒険者の先達を同行させても、初めての実戦で命を落とす子もいる。例え死ななくても、腕や足を失う子もいる。その点、五体満足で乗り越えたあなたは恵まれているわ」

下級下位の魔物である角兎が相手でも命がけだったのだ。下級上位の魔物と遭遇した今回は、運が良くても負傷、幸運に幸運が重なったとしても逃げて帰還できたかどうか。

「――さて、そんなあなたは一体何にお金を使うのかしら？」

その言葉に、ナタリアが何を言いたいか理解する。今回の報酬は泡銭《あぶくぜに》とまでは言わないが、レウルス一人では到底手に入れられなかった貴重なお金だ。

レウルスも戦ったとはいえ、一人前の冒険者であるニコラとシャロンを含めて均等に三等分したこのお金は、その額や単純な重量と比べて遥かに重いものなのだ。

戦いにおける貢献度を考慮すれば、レウルスが受け取れる報酬は現状の半分が良いところだろう。それでも均等に三等分し、ニコラやシャロンが文句を言わないのは何故なのか。

（多分、ニコラ先輩達も最初はそうだったんだろうな……）

おそらくは、身内になった者へのささやかな贈り物なのだろう。冒険者としての初めての実戦を乗り越えた者へのお祝いなのだ。

（で、それを理解させた上でどう金を使うのかって話か）

ナタリアが言った通り、酒色に費やしても良いのだろう。だが、冒険者として生きていく以上、ある程度まとまった金額が手に入った場合にどう使うべきかのか。

「ま、何が言いたいかは理解したよ」

「……そう。ならいいわ」

口からの出まかせではなく、きちんと理解したのだとレウルスの表情から察したのか。ナタリアはそれ以上何も言うこともなく、素直に引き下がるのだった。

「というわけでおやっさん、この前の飯代です。受け取ってください」

冒険者組合を後にしたレウルスが向かった先は、ドミニクの料理店だった。そしてドミニクの姿を見つけるなり、銀貨が入った布袋を差し出しながらそう言ったのである。

ナタリアは何に使っても良いと言ったが、レウルスとしてはこれ以上の使い道が思いつかず、また、これ以外に使おうとも思えなかった。

冒険者として考えるならば自前の装備を購入するべきなのだろうが、冒険者組合から貸し出された装備でも魔物を狩ることはできるため後回しである。

「……以前も言ったが、あの時はお前が邪魔で、娘の見えないところに行けばそれで良かったんだ。代金なんざいらねえよ」

だが、レウルスを一瞥《いちべつ》したドミニクは野良犬でも追い払うように手を振りながらそう言い返す。

レウルスが布袋から銀貨を取り出しても、ドミニクの反応は変わらない。

「あの時メシを食わせてくれたから俺は今も生きてるんですよ？　この金でも恩が返せたとは思えねえけど、やっとまともな対価が手に入ったんだし……」

「いらん。ソイツはお前が使え」

「ぐぬぬ……手強い」

レウルスにとって大金である銀貨七枚。それをちらりと見ただけで突っぱねるドミニクの姿に、レウルスは思わず歯噛みしてしまった。

一方的に感じている恩だが、放置するのはどうにも座りが悪いのだ。それは元日本人としての気質がそうさせるのか、恩が大きすぎて無視することができないのか。

「……よし。コロナちゃん、こっちおいで。おじちゃんがお小遣いあげるから」

「おじちゃんって……もう、レウルスさんったら。レウルスさんがおじちゃんだったら、わたしはおばちゃんになっちゃいますよ？」

次善の策としてコロナに金を渡そうとするが、コロナは苦笑するだけで近づいてこなかった。冗談めかしているが、レウルスが本気で全額渡すつもりだと察しているのだろう。

ドミニクもコロナも恩を与えたと思っていない辺り、レウルスにとっては厄介な話である。それでもこのままでは引き下がれず、レウルスは両手を打ち鳴らした。

「よし、それなら売り上げで貢献するしかねえ！　おやっさん、七百ユラ分メシを食わせてください！」

「今は開店準備中だ。それに七百ユラっつったら百人前はあるぞ。材料が足りねえよ」

「開店したらいいんで……いだっ⁉」

どんな形でも良いから恩返しを、と鼻息を荒くするレウルスだったが、ドミニクが投げた藁を束ねて作ったタワシが額を直撃してひっくり返る。ドミニクは床に転がるレウルスへ呆れた視線を向けると、続いてコロナへと視線を移動させた。

「コロナ、買い物に出るついでにその馬鹿を靴屋に案内してやれ。装備は組合から貸し出されるからまだいいが、せめて靴ぐらいはまともなやつを履かせねえとな」

「それなら服も買わないと、だよね？　うん、任せてっ！」

額をさすりながら身を起こそうとするレウルスを他所に、ドミニクとコロナの間でそんな会話が交わされる。

それを聞いたレウルスは、さらに恩が積み重なるのかと肩を落とすのだった。


――ラヴァル廃棄街。

その名に反して雑多ながらもそれなりに整った街並みを見やり、レウルスは様々な感情が混ざったため息を吐く。

「レウルスさん？　どうかしたんですか？」

「ああ……いや、人が多いなぁってね」

可愛らしく首を傾げるコロナに対し、レウルスは本音半分出まかせ半分で答える。

正確な数はわからないが、名前に街と付くだけあって道行く人々の数が多い。今世において生まれ故郷となるシェナ村と比べると数倍の人口がありそうだった。

「そうですか？　今の時間帯はみんな働きに出てますから、これでも少ない方ですよ？」

「これで少ないって言われると、俺がいた村なんて……って、働きに出てる？」

都会に出たお上《のぼ》りさんよろしく周囲を見ていたレウルスだったが、コロナの言葉に気になる点があったため首を傾げる。

「この町の北に大きな畑があるんですよ。そこで農作業をしたり、冒険者の人達は護衛に就いたりしてます」

「畑かぁ……村の連中に扱き使われた身としちゃあ良い思い出がねえな」

コロナの説明に笑いながら肩を竦めるレウルスだったが、良い思い出など言葉通り一つもなかった。それでも農地を耕したことがある身として、いくつかの疑問を覚える。

(この町から北の方に畑ねぇ……シェナ村からこの町に着くまで畑を見なかったけど、森が近いからか？　魔物の被害を警戒するって意味じゃ間違っちゃいないわな)

シェナ村はラヴァル廃棄街から南西の方角に位置し、レウルスが通ってきた細い街道以外はほとんどが森林に囲まれている。森林はラヴァル廃棄街の南側まで広がっており、魔物による農作物の被害を考えるならば森林から離れた場所に畑を作るのは妥当だろう。

「でも、食料の運搬を考えるならもう少しこの町の近くで畑を作った方が良くないか？　もちろん水源が近くにないと駄目だけどさ」

幼い頃から農作業に従事させられていた経験から言えば、ラヴァル廃棄街から多少離れていても畑と水源は近い方が良い。だが、ラヴァル廃棄街から離れすぎても問題だ。移動に時間がかかるとその分農作業の時間が減り、魔物に襲われる可能性も高くなる。

「ラヴァルに近い場所で作った方が税を納めるのに都合がいいですから」

「あ、そうなんだ……んん？」

農業の適地が他にない、あるいは他の場所と比べて魔物と遭遇しにくい。そんな返答があると思っていたレウルスは、コロナの言葉に一度頷いてから奇妙な声を上げてしまう。

（えっ、いや、水税の時も思ったけど税金は普通に取られるのか？　兵士がいないから冒険者って名前で自警団を組んで魔物退治してるのに？）

辛うじて疑問を飲み込むレウルス。今世においては自分がいる国の政治形態すら知らないが、前世の記憶はボロボロといっても大まかな知識が残っている。その知識と照らし合わせると、さすがにそれはおかしいのではないかという疑問が胸中に渦巻く。

（税金は取るけど守らない、自分の身は自分で守れ？　え？　どういうことなんだ？　それってアリなのか？　なんで税金納めてるんだ？）

前世でも政治や経済について詳しいわけではなかったが、話を聞いた限りでは何故税金を納めているのか理解できなかった。

（税金は取るけど政治家も市役所も警察も消防も何もしませんよ、ってぐらい酷い話に聞こえたんだが……）

もちろん、前世における政治形態などがそのまま当てはまるはずもない。しかし、課される税金と比べて恩恵が少なすぎる——むしろ皆無ではないか。

（世界が違うんだし、税金に見合った行政サービスを求める方が間違ってるのか？）

シェナ村での生活で前世の知識を当てにする危険性は学んだが、この世界における常識とのすり合わせはできていない。コロナが疑問を覚えていないというのなら、自分の方がおかしいのだろうとレウルスは結論付けた。

そんなことよりも、今は目先の生活の方が重要である。冒険者として生きていくための準備を整える方が先決だった。

「ところで、手持ちの金でちゃんとした靴が買えると思うかい？」

「予算は七百ユラですよね？　それだけあれば十分ですよ。お父さんの名前を出せば少しは安くしてくれると思いますし」

「ここでも出てくるおやっさんの名前……どんだけ恩が積み重なるのやら」

ドミニクの影響力は一体どれほどのものなのか。ほんの数日であっという間に積み重なっていく恩に、レウルスは困った様子で頬を掻いた。金銭を受け取ってもらえなかった以上、どうやって恩返しをすれば良いのか見当もつかない。

（俺を拾ってくれたコロナちゃんにも何か恩返しをしなきゃな……でもおやっさんの娘さんだし、金を渡そうにも受け取ってくれないだろうし）

いっそ恩着せがましい対応をしてくれた方がわかりやすくて良いのだが、と内心だけでため息を吐くレウルス。

二人が望まないのなら恩を返す必要もないのかもしれない。レウルスの自己満足で終わるのかもしれないが、命を救われた恩を放置するのはなけなしの矜持《きょうじ》が許さないのだ。

（こんな世界だからこそ、ってのもあるんだろうけどな……）

腹が満ち、十分に休息を取ることができた現状だからこそ持つことができた余裕かもしれない。

だが、ドミニクとコロナを筆頭に、冒険者という形ながらも受け入れてくれたラヴァル廃棄街に対して恩義を感じる己の心を偽ることはできそうになかった。

「あっ、靴屋はここですよ。あっちが服屋です」

つらつらと考え事をしていたレウルスだったが、そんなコロナの声で我に返った。言われるがままに視線を巡らせてみると、靴の模様が刻まれた看板が目に入る。

（これが靴屋……ち、小さくね？）

靴屋を見たレウルスは、思わず頬を引き攣らせてしまった。眼前にあったのは木造の建物だったが、その規模は小さいと言わざるを得ない。大通りに面しているため立地は悪くないものの、大きく開け放たれた扉から見えた内部の広さは六畳程度だ。

靴の材料や工具らしき物体がところ狭しと置かれており、外観よりも狭く見える。前世の靴屋のように足のサイズごとに量産品が並べられているわけもなく、店主が客に合わせて手作りで一つ一つ作り上げるのだろう。

レウルスは頭の中で算盤《そろばん》を弾きつつ、今後必要になると思われる物を思い浮かべていく。

（靴と着替え、それと当座の生活費ってところか……）

できれば装備一式を揃えたいところだが、銀貨七枚ではさすがに無理だろう。そう判断したレウルスは貸し出しの防具で当面を凌ぎ、少しずつでも良いから装備を整えていこうと決意するのだった。

靴屋で注文を済ませ、服屋でシャツとズボンを購入したレウルスは早速着替える。

服屋といっても中古の服しか置いておらず、新品の服は靴屋と同様に注文して一から作る必要があった。

ラヴァル廃棄街の住民が着古した衣服を服屋が買い取り、そのまま売れるものは洗濯してから売り、少しの虫食いや穴程度ならば当て布をして塞いでから売り、損傷が酷い場合は雑巾や裁縫用の端切れなどにしてから売る。

それがラヴァル廃棄街では普通のことらしく、レウルスが元々着ていた衣服も買い取られることとなった。ただし長年の生活でボロボロになっていたため、シャツとズボンで買い取り額は銅貨三枚である。

シャツとズボンを買ったおまけとして靴下を銅貨三枚で売ってくれたが、いくらボロボロだったとはいえ長年着ていた物が安値で買い取られるのは奇妙な寂しさがある。

だが、あまりにもボロボロ過ぎて着替えとして使うことができない以上、手元に置いておくことはできない。かといって雑巾にしようにも、レウルスに裁縫の技術はない。

(まあ、あの村との決別って意味でも良かったのかもな……)

そう自分に言い聞かせ、レウルスはあっさりと割り切った。

注文した靴と洋服代で銀貨五枚が消えてしまったが、少しずつでも己の環境が改善していくのは言い様のない嬉しさがある。残った金は生活費にするつもりだったが、冒険者として活動を続けていけば徐々に必要な物を買い揃えることができるだろう。

「ところでレウルスさん。今日からしばらくはニコラさんとシャロンさんが一緒じゃないんですよね？　お仕事は大丈夫そうですか？」

「た、多分？」

これからの生活に思いを馳せていたレウルスだったが、コロナからの問いかけに少しだけ気弱になる。指導が一日で打ち切られたことを思い出し、不安が湧き出てきたのだ。

「止めることはできませんけど、慣れるまでは安全な依頼を受けてくださいね？」

「安全な依頼があればいいんだけどね……どこで魔物と遭遇するかわからないしさ」

冒険者になってしまった以上、単純な肉体労働を受けられるとは思わない。ナタリアからも説明を受けたが、魔物と戦えると判断されたからこそ冒険者という職に就けたのだ。

「農作業に行く人達の護衛とか、この町の周辺に魔物がいないか確認したりとか……完全に安全ってことはないですけど、魔物を狩ってお金を稼ぐより安全なはずですよ」

「護衛、か……」

自分の体すら満足に守れないというのに、他人を守るなど不可能だ。己の実力を客観的に見て考えた場合、それは無謀でしかないだろうとレウルスは思う。

「毎日護衛の冒険者と一緒に畑に行きますから、魔物も近づいてこないんです。近づくと危ないって学習してるんでしょうね」

（それ、護衛が弱いって判断されたら遠慮なく突っ込んでくるんじゃ……）

魔物にも学習能力があり、痛い目を見れば様々なことを学ぶ。その程度は魔物の種類によって異なるが、何度も痛い目に遭っているならば魔物も早々に襲ってこないだろう。

だが、護衛の冒険者が弱いのならば容赦なく襲ってきそうだ。

「他人を守りながら戦う腕がないし、大人しく町の周辺で魔物の監視でもしてるよ」

ラヴァル廃棄街の周辺は平地で、魔物の生息域である山や森からは距離がある。もちろん完全に安全とは言えないが、先日出かけた林よりも格段に危険度が下がるだろう。

例え魔物と遭遇しても、一度撤退して他の冒険者と袋叩きにすれば比較的安全に狩れる。どんな魔物と遭遇したか報告するだけでも役目を果たしたと言えるはずだ。

「夕食の用意をしておきますから、怪我無く帰ってきてくださいね？　魔物と戦わなくても、動けばお腹が減るでしょうし……そうだ、お布団ももう少し良いのを用意しなきゃ」

「あ、いや、それは……」

コロナはレウルスがドミニクの料理店に再び宿泊すると思っているようだ。レウルスとしてはありがたい話だが、世話になり過ぎるのもどうかと戸惑ってしまう。

そんなレウルスの心中に気付いたのか、あるいは気付かなかったのか、コロナは陽だまりのように温かく微笑んだ。

「ごはんは大勢で食べた方が美味しいですし、気持ち良く眠るためにもお布団は必要ですよね？　さすがに新品のお布団は用意できませんけど、うちで使わなくなったお布団があるから干しておきます」

（なんだこの子。やっぱり天使か……）

それが当然だと言わんばかりのコロナの態度に、レウルスは人知れず感動する。この世界に生まれ変わって十五年、コロナのように心優しい他人に出会ったのは初めてだ。

余程ドミニクが大切に育て、コロナもそれに応えて真っ直ぐに育ったのだろう。前世ですら中々お目にかかれなかった善良ぶりである。

（そこまで迷惑をかけるのは……でも断れば寝る場所が……む、ぬ、ぐぐぐ……）

ここまで純粋な善意を目の前にすると、シェナ村で擦り切れたと思っていた他者への遠慮が激しく刺激された。だが、温かな食事と安全な寝床というエサを目の前にしては、レウルスの遠慮など風で飛ぶ埃にも等しい。

「……うん、それじゃあ頼むよ。生活費は残してあるし、今から稼いでくるから……」

他に泊まる場所のアテもなく、ドミニクの料理以上に心惹かれるものもなく、レウルスはあっさりと頷いてしまった。

「それじゃあお待ちしてますねっ」

何が嬉しいのかニコニコと笑うコロナの言葉に、頑張って依頼を完遂しようと決意するレウルスだった。

ラヴァル廃棄街に辿り着いて一週間が過ぎた。

ドミニクの料理店の一室――と呼ぶにはかなり手狭な物置。その中で朝の気配を感じ取ったレウルスは自然と目を覚まし、木箱のベッドから身を起こす。

軽く伸びをしてしっかりと目を覚ますと、物置の扉がノックされた。

「レウルスさん、起きてますか？」

「今起きたよ。おはようコロナちゃん」

扉越しに聞こえてきたのはコロナの声で、この一週間で聞き慣れたものだとレウルスは内心で苦笑する。

そしてコロナが用意してくれた手桶と水で顔を洗い、ドミニクが用意してくれた朝食をぺろりと平らげ、冒険者組合へと足を向けた。

(ううむ……夢じゃないんだよなぁ……)

この一週間で多少なり顔を覚えたラヴァル廃棄街の住人達と挨拶を交わしつつ、内心だけで感慨深く呟くレウルス。時折夢ではないかと思って頬を抓《つね》っているが、しっかりと痛みを伝えてくるため夢ではないのだろう。

前世で送っていた生活と比べた場合、ラヴァル廃棄街での環境は酷いものだ。住環境に衛生状態、さらには魔物による危険など、快適とは言い難い。

だが、それでもシェナ村での生活と比べれば天と地の差があった。

冒険者として食い扶持《ぶち》を稼ぐことができ、ラヴァル廃棄街の住人達は身内には優しく温かい。理不尽に虐げられることはなく、人間として生きていると実感できるのだ。

――たったそれだけのことが、レウルスにとってどれだけ貴重で嬉しいことか。

「うーっす、おはようございます」

足取りも声色も軽く、冒険者組合の扉を開ける。今日も今日とて仕事に邁進《まいしん》し、少しでも金を稼がなければならないのだ。金の有無が食事の質に直結するため、レウルスとしてはこれ以上ないほど大事である。

「よう『魔物喰らい』」

「おう、腹壊してねえか？」

レウルスが冒険者組合に足を踏み入れると、同業者たちが気さくに声をかけてくる。どこかからかうような声も混じっているが、悪意を感じないためレウルスも笑って答えた。

「今まで腹を壊したこたぁねぇよ。魔物でも美味しく食べられる馬鹿舌に感謝してるぜ」

『魔物喰らい』――ここ最近、レウルスを指して呼ぶあだ名である。

字面だけ見れば魔物退治の達人のようにも感じるが、文字通り魔物を喰らうことからつけられたあだ名だった。他の冒険者は倒した魔物の素材以外を放置することが多いため、勿体ないと思ったレウルスが食べてしまったのである。

角兎ならともかく、巨大なカマキリにしか見えないシトナムを生で食べたことにより、ある種の畏れとからかいを込めてそう呼ばれることになってしまった。

（意地汚いかもしれないけど、目の前で食べ物が捨てられてたら勿体ないじゃん……）

魔物を仕留めた冒険者にも許可を取ったため、レウルスとしては問題がないつもりである。いくら食生活が改善されているとはいえ、目の前の食べ物を見逃せないのだ。

ドミニクのおかげで栄養状態は大きく改善しているが、長年酷使した体は常に栄養を求めている。そのため捨てられている魔物の死骸は片っ端から食べているのだが、冒険者という職に就く彼らから見てもレウルスの行動は異端らしい。

「死骸を放置すると他の魔物が寄ってくるから、全部食べる……これはつまり、俺の腹を満たせてラヴァル廃棄街に魔物を近寄らせない、一挙両得の名案と言えるのでは？」

「坊や……貴方は何を馬鹿なことを言っているの？」

魔物を食べることを正当化しようとするレウルスに対し、カウンター越しにナタリアの呆れたような声が飛んでくる。

「姐さん姐さん、俺としちゃあこれ以上なく大事なんだが」

「だからといって火を通さずに食べるのは馬鹿のやることでしょう……」

相変わらず扇情的な服装のナタリアに対し、レウルスは食べられること以上に大切なことはないと言い切った。しかし、ナタリアの声色に変化はない。レウルスの行動を馬鹿のやることだと思っているようだ。

「だったら今度からはちゃんと焼いて食うよ」

「食べないという選択肢はないのかしら……ほら、まずは準備してきなさいな」

そう言われてレウルスは武具の保管庫へ足を向ける。そして革鎧を身に付け、手甲を嵌め、剣帯で剣を腰に下げ、短剣を鞘ごと腰裏に固定し、脚甲《きゃっこう》を装着し、靴を履き替え――。

「っと……危ねぇ。こっちは自前だった」

装備は冒険者組合で借りられるが、靴屋に頼んでいた靴が完成したため昨日から使用しているのである。まだまだ履き慣れていないが、これから足に馴染んでくるだろう。

それでも、現時点でも借り物の靴と比べて装着感が良い。他の装備も重要だが、一日中歩き回ることもあるため真っ先に靴を買ったのは良い選択だったといえる。

今後は金を貯め、他の装備を作ってもらおうとレウルスは決意した。

「さて、と……姐さん、今日はどんな依頼があるんだ？」

装備を整えたレウルスは保管庫から出ると、受付で煙管を弄ぶナタリアへと話しかける。

「そうねぇ……農作業の護衛か町周辺の監視のどちらかね」

「つまり、いつも通りってことだな」

ナタリアからの返答を聞き、レウルスは小さく苦笑した。ニコラとシャロンが帯同した初日の魔物退治以降、レウルスに回ってくるのは二種類の依頼だけである。

以前コロナが話していた比較的安全な依頼であり、駆け出し冒険者のレウルスに任せられるのはその程度ということだろう。

「それじゃあ町周辺の監視で」

レウルスは即断する。他者を護衛する腕がない以上、選択肢はないに等しいのだ。

他の冒険者も参加するため護衛の依頼を受けても良いが、今のレウルスでは足を引っ張るだけである。護衛が他の護衛に守られるという笑えない状況に陥る可能性もあるため、当面は一人で腕を磨こうと思っていた。

町周辺の監視は魔物を発見できなくとも報酬があり、他者を守る必要がなく、単独で受けることができ、もしもの場合は味方の手を借りて魔物を倒せば良い。そのような理由からレウルスが受ける依頼はラヴァル廃棄街周辺での監視一択だった。

冒険者としての階級が上がるか、共に行動できる仲間を見つけて複数で動ければ他の依頼も受けられるだろうが、今のレウルスにはそのどちらもない。

（せめてニコラ先輩達からもうちょっと教えを受けられたらなぁ……）

一日だけ面倒を見てくれたニコラとシャロンの顔を思い浮かべ、レウルスはため息を吐く。冒険者組合からの依頼に対応しているとは聞いたが、最後に顔を合わせて以来その姿を見かけることはなかった。

「ま、その辺は我が儘《まま》かね。それじゃあ姐さん、俺も出るわ」

装備も身に付け、依頼も受けた。そうなれば、あとはお仕事の時間である。


（今のところは異常なし……と）

ラヴァル廃棄街を後にして二時間。時折場所を変えて見回っていたレウルスだったが、幸いと言うべきか魔物を見つけることはなかった。

森などの魔物が出やすい場所にはなるべく近づかず、遠目に確認するだけである。頻繁に空を見上げては飛んでいる魔物がいないか確認しているが、今のところ影も形もない。

（つっても、空を飛んでる魔物がいても手出しはできないよな）

手頃な大きさの石を見つける度に拾っているが、空を飛んでいる魔物に命中させることができるとは思えない。そもそも飛んでいる高さによっては届きもしないだろう。

ニコラが使っていた『強化』の魔法でもあれば話は別なのだろうが、魔力の欠片もないレウルスではない物強請《ねだ》りに過ぎない。

（まぁ、そもそも魔法自体意味がわからんしなぁ……）

ニコラやシャロンから話を聞き、レウルスなりに情報を集めてもみたが、魔法に関してはお手上げと言う他ない。

――魔法とは、魔力を用いた世界への干渉である。

魔法とはなんぞやとナタリアに尋ねた際、そんなニュアンスの言葉が返ってきた。魔力を用いることで火を熾したり水や氷を生み出したり、風を吹かせたり雷を降らせたり、挙句の果てに地面を割ることすらできるらしい。

「うん――意味がわからん」

話を聞いたレウルスの反応はその一言に尽きる。

魔法という存在は前世においてはゲームや漫画などで馴染みがあるが、あくまで架空の存在だ。少なくとも前世のレウルスは魔法が実在するなど聞いたこともない。

それだというのに魔法が実在する世界に生まれ変わり、いざ話を聞いてみればあまりにも感覚的過ぎる。魔力を持ち、魔力を操ることができれば呪文や詠唱も必要なく、予備動作なしに魔法を行使できるのだ。

魔法を使える人間なら相手の魔力を感じ取り、魔法の前兆を読み取ることもできるらしいが、魔法が使えない者からすれば物騒極まりない話である。悪意のある者が魔法を使った場合、平和な街中で突如人体発火ショーでも開催されそうだ。

魔法は属性によって分類され、威力によって階級も決まるが、裏を返せばそれだけである。使用する個々人の技量と魔力量によって威力も大きく変動し、魔力が続く限り魔法を行使することができる。

一度に多くの魔力を消耗すると体に大きな負担がかかるらしいが、それも慣れれば軽減できるらしい。

——その事実の、なんと恐ろしいことか。

シャロンに聞いた限り、魔力は回復するのに時間がかかるようだ。だが、回復にかかるコストは時間だけだとも言える。使える魔法の属性にもよるが、魔力の消耗だけで遠距離からの攻撃手段が手に入るというのはレウルスからすれば恐怖でしかない。

(魔法が使える魔物を狙うのは諦めよう……戦うとしても、ちゃんと装備を整えて、魔物と戦うのに慣れてからだな)

どんな魔物と遭遇するかは運次第だが、今のところは魔物と戦うことに慣れるべきだろう。その過程で金を稼ぎ、装備をある程度揃えてから挑むべきだ。装備が良ければ魔物に勝てるわけではないが、劣悪な装備では死ぬ可能性も跳ね上がる。

装備を整えていく内に、装備に見合った技量も身につくだろう。冒険者家業を続ければ筋肉や体力もつくに違いない——死ななければ、だが。

「さて、と……それなら少しでも金を稼げるよう頑張りますかねぇ」

今できることといえば集中して魔物を探し、自分一人で倒せる魔物を見つけることができれば倒して報酬を上乗せし、そうでないなら退いて安全策を取ることだけである。

一度死んだことがある以上、再び死にたいとは到底思えない。ある程度のリスクは許容するが、無鉄砲に魔物に挑む必要もないのだ。安全に、確実に、金を稼げればそれで良い。

レウルスは外見の年齢はともかく、中身はそれなりに歳を重ねている。だからこそ安全策を取ることに躊躇はなく、それが恥だとは思わず。

――この世界に安全策など存在しないと知るには、前世での経験が仇となる。

「……ん？」

注意深く見回していたレウルスの視線の先、百メートルほど離れた場所にある林の中で何かが動いた。

それを見たレウルスは剣の柄に手をかけつつ、このまま観察するかすぐに撤退するか逡巡する。倒したことがある魔物なら戦っても良いが、初見の魔物ならば逃げるべきだろう。

そんなことを考えつつ少しずつ林から距離を取っていると、林の中に見えた影がゆっくりと姿を見せる。

現れたのは、身動き一つしないシャロンを抱え、全身を血に濡らしたニコラだった。

第4章：役割と恩義と激闘と

ゆっくりと、足を引きずるようにして近づいてくるニコラ。その姿にしばし呆然としていたレウルスだったが、数秒で我に返ると慌てて駆け寄った。

「ニコラ先輩！　一体何があったんだ⁉」

返り血なのか、それともニコラ自身の血なのかはわからない。頭から爪先まで、至るところに血を滴らせるその姿は尋常な様子ではなかった。

「おう……レウルス……か……少し、肩を貸してくれや……組合に……」

「く、組合？　いや、それよりも先に手当てをしないと！」

「そんなもん……後回し、だ……」

医療の心得はないが、腕や足の出血程度ならばレウルスにも止血ができる。傷口よりも上の部分を布で縛るという単純なものだが、しないよりもマシのはずだ。

それだというのに、ニコラは首を横に振って治療を拒んだ。シャロンを横抱きにしたまま、レウルスを押し退けるようにしてラヴァル廃棄街へと進もうとする。

「その怪我でどうしようっていうんだよ！　一体何が……ああもうっ！」

なんとかニコラを止めようとしたが、一向に止まる気配がない。その様子から今は一刻を争うのだと察し、レウルスは思い切り頭を掻いた。

「だから待てって！　せめてシャロン先輩は俺が抱えるから！」

「……いや、それは……」

ニコラは素人目に見ても重傷だ。意識がない――もしかすると死んでいるかもしれないシャロンを抱えたまま歩けるとは思えなかったが、ニコラは何故か躊躇している。

「時間がないんだろ⁉　だから俺が……って先輩⁉」

多少強引にでもシャロンを受け取ろうとニコラに触れた瞬間、ニコラの体が大きく揺らいだ。ほんの軽い接触だけでニコラは倒れそうになり、レウルスは慌てて支える。

（冷たっ⁉）

ニコラの体は、驚くほどに冷たかった。まるで血が通っていないのかと疑うほどに体温が低く、驚愕から目を見開くレウルスにニコラが苦笑を向ける。

「……アイツを撒こうと……川に、入ったから……な……」

「アイツ？　って、川に入ったのになんでそんなに血だらけなんだよ⁉」

「……後で……話す……だから、俺を組合に……」

喋る余裕すらないのか、ニコラは目を閉じてしまった。その様子に焦ったレウルスはニコラの体を支えながら座らせ、シャロンを強引に奪い取って地面に寝かせる。

続いてニコラの防具を手早く外し、腰から剣を鞘ごと引き抜いて地面に置くと、剣帯を解いた。細い革で作られた剣帯はそれなりに頑丈であり、長さもある。

レウルスも防具を外して剣帯を用意すると、ニコラを背負い、剣帯を使って自分の体に縛りつける。シャロンを連れて行くには文字通り手が足りないのだ。周囲を見回しても冒険者仲間の姿は見えず、レウルス一人の力でどうにかするしかなかった。

「装備を置いていくし引き摺《ず》って行くけど文句言うなよ先輩！　シャロン先輩も連れて行くにはこれしかねえ！」

「ああ……文句は……ねえ……」

ニコラの体を固定し終えると、レウルスはシャロンの傍で膝を突く。そしてどういった形で抱きかかえるか逡巡したが、ニコラの心情を汲んで横抱きに抱えることにした。

ニコラを背負ったままでシャロンの背中と膝下に両腕を差し入れ、大きく息を吸い、全身に力を入れて一気に持ち上げていく。

「ふんっ！　ぬっ、ぐぐ……お、重てぇ……」

意識があるニコラはともかく、シャロンは鉛のように重い。意識がない人間はここまで重たいのか、とレウルスは歯を噛み締めた。

ニコラの装備を外し、シャロンも軽装備だが、二人合わせれば優に百キロを超えるだろう。レウルスも装備を外しているが、一歩踏み出すだけで膝が折れそうになる重さだ。

「なる、べく……急いで……くれや……死にたくなけりゃあ……な……」

「背中でおっかねえこと言うなよ先輩！　死にたくねえし、死なせねえからな！」

今の状態で魔物と遭遇すれば危険極まりない。それに加えてニコラの言葉には不穏さしかなく、

レウルスは重い足音を立てながら必死に前へと進んでいくのだった。

「あぁ……くそっ、疲れたっつうか、腕が動かねぇ」

「人を二人も抱えてよくここまでたどり着いたなお前……ほら、水だ」

運良く魔物と遭遇せず、無事にラヴァル廃棄街の入口までたどり着いたレウルスは、門番のトニーから呆れたような、感心するような声をかけられた。

その後ろではトニーと同様に門番を務める冒険者達がニコラの治療を行いつつ、移動のための担架を用意していく。レウルスはトニーから渡された陶器のコップを震える手で受け取ると、一気に水を飲み干して大きく息を吐いた。

「はぁ……生き返った」

水を飲んで呼吸を落ち着かせるレウルスだったが、腕の震えは止まらない。自分の意思に反して痙攣《けいれん》する両腕を見下ろしたレウルスは、さすがに無理が過ぎたかと項垂れた。

「シャロンの方は気絶してるだけだ。ニコラは……ま、これなら死にゃしねぇから安心しろ。血を流しちゃいるが急所は辛うじて避けてるからな」

「死ななくても後遺症が残る、なんてオチじゃねえだろうな……いつつ、こりゃ明日は絶対筋肉痛だな」

筋肉痛で済めば良いが、とレウルスは内心だけで呟く。

「シャロンは良いとして、ニコラは組合に連れて行って報告する必要があるな……レウルス、お前も同行しろ。まだ歩けるな？」

「第一発見者ってことで事情聴取でもされんのか？　俺も担架に乗せていってくれよ」

二人も抱えて歩いてきたのだ。全身が気怠く、できることなら運んでほしかった。

「若いんだから大丈夫だろ。ほら、とっとと歩け」

「若いって言える歳じゃ……ああくそっ、若かったわ俺」

思わず本音が零れるが、今のレウルスは十五歳だ。若いから大丈夫というのも無責任な言葉だが、肉体的には事実のためレウルスも素直に従うことにした。

「装備を捨ててでも二人を連れて帰ってきたのは十分な手柄だ。胸を張れよ」

そう言って笑うトニーを先頭に、レウルスは冒険者組合に向かう。最低限の治療を終えたニコラは担架に乗せられた状態で運ばれるが、トニーの言葉に同意するよう声を発した。

「トニーさんの……言う通りだ。いくら『強化』でもたせてたっていっても……あの状態で町まで戻るのは……きつくてな。お前があそこにいて良かったぜ……」

途切れ途切れだが、先ほどと比べると力のある声だった。レウルスは視線を逸らして頭を掻こうとする――が、思ったように腕が動かず頭を振るに留めた。

「この前色々と教えてもらったからな……気にするなよ先輩。一日で指導を打ち切られた時はどうしようかと思ったけどな」

「ははは……悪い悪い。組合の依頼優先だ……でも、それでお前があそこにいたんだから、打ち切って正解だったか？」

冗談混じりに言うと、ニコラもそれに応えるよう笑った。血が抜けて顔色が真っ白だが、トニーの言う通り命を落とすということはなさそうである。

　それでもこれ以上喋らせるのは体に障るだろうとレウルスは口を閉ざし、一行は足早に冒険者組合へと向かう。その様子からただ事ではないと察したのだろう。道行く人々は何も問いかけることなく、整然と道を譲った。

　時間をかけずに冒険者組合へと到着すると、トニーが先頭に立ったままで荒々しく扉を開ける。その勢いにレウルスは驚くが、それだけ大事なのだと知らせるためなのだろう。

「騒々しいわね、トニー」

「悪いな。急ぎの用があったもんでよ」

　受付に座っていたナタリアが非難するように声をかけたが、トニーの様子に小さく眉を寄せる。次いで、視線を滑らせて担架で運ばれるニコラを見た。

「すまねえ姐さん……しくじった」

　その言葉が何を意味するのか、レウルスにはわからない。冒険者組合からの依頼でニコラとシャロンが出払っていると聞いたが、その内容までは知らされていないのだ。

「……シャロンは？」

「無事だ……一気に魔力を使ったせいで気を失っちゃいるが、大きな怪我もねえよ」

　状況が理解できないレウルスを他所に、ニコラと数度言葉を交わしたナタリアは目を細めて煙管で受付の机を軽く叩く。

「それで、相手は？」

「発見したがこっちの位置がバレて交戦……その時点で撤退を決断したが逃げ出す隙がなくてな。俺が時間稼ぎをして、シャロンがでかいのを撃ち込んでから逃げた。ただ、振り切れたとは思えねえ……川に入って臭いを消したが、血を流しすぎたからな……」

目を伏せて答えるニコラは、まるで詫びているようでもある。ナタリアはそんなニコラに視線も向けず、何かを考えるよう中空へ視線を向けた。

「シャロンが気絶している以上、あなたは報告のために戻る必要があった……そう考えると責められないわね」

「すまねえ、姐さん……」

会話を聞いていたレウルスは内容の理解ができず、合間を見てニコラに問いかける。

「先輩、事情は大体理解できたけど何と戦ったんだ？」

二人は何かと戦ったが、敗れて逃げてきたらしい。ニコラとシャロンが敗れるような魔物が相手となると、相当に強力な魔物が出たのだろう。

「レウルス、お前も他人事じゃねえぞ……俺とシャロンが戦ったのは、キマイラだ」

レウルスの質問に返ってきたのは、聞き覚えがある名前だった。それは、シェナ村から出荷された際に商人の幌馬車を襲った巨大な魔物の名前である。

「坊やの話を聞いたのもそうだけど、最近町の周囲に出てくる魔物の数が増えてたのよ。それで二人に調査と可能なら討伐をと思ったのだけれど……」

「そういえば先輩達が不思議そうにしてたもんな……アレか」

魔物と頻繁に遭遇すること自体が何かしらの異常を知らせていたらしい。

キマイラはレウルスが戦ったことのある魔物よりも遥かに強いのだろう。それを察した他の魔物が逃げ出し、ラヴァル廃棄街の近くまで逃げてきたのではないか。

ニコラとシャロンはそれを察し、冒険者組合に報告した。ナタリアはその報告を重要視し、調査を二人に命じた。それが今回の騒動の発端であり、ニコラとシャロンがレウルスの指導を打ち切って町を離れた理由だったのだ。

（俺の話だけじゃ確証がないから先輩達がキマイラの調査をして、可能なら討伐も……）

新人冒険者の指導を打ち切って依頼を受けるのも当然と言うものだ。近辺に危険な魔物が現れ、その影響で弱い魔物の行動が変化していると聞けば動かない理由がない。

キマイラと遭遇したレウルスの話もあり、実際に魔物の遭遇頻度が上がっていることから冒険者組合は即座にニコラとシャロンを派遣したわけだが、その結果は――。

「ニコラ先輩とシャロン先輩の二人で勝てないなんて、どうすりゃいいんだよ……」

指導を受けた際に見たニコラとシャロンの実力は高いものだった。そんな二人でも勝てなかったキマイラの強さに、レウルスは絶望すら覚えそうになる。

「……？　レウルス、お前何か勘違いしてないか？」

顔色を悪くしたレウルスに、当のニコラが不思議そうな顔をした。そんなニコラの反応に、レウルスも不思議そうな顔をする。

「え？　先輩達って強いじゃないか。魔物を簡単に倒してたし、魔法も使えるだろ？」

その場にいたレウルス以外の全員が口を閉ざし、沈黙が訪れた。驚いたような、呆れたような視線が周囲から集中し、レウルスは何か変なことを言ったのかと狼狽《ろうばい》する。

「たしかにニコラとシャロンはこの町の冒険者の中でも強い方よ。でも、それはあくまで冒険者という括りの中での話なの」

真っ先に沈黙から抜け出したのはナタリアで、煙管で机を軽く叩きながら説明を行う。

「そうね……お隣のラヴァルに駐屯している兵士で例えると、訓練を終えた正規兵、その中でも中堅どころに届くかどうかってところかしら。新兵より強いことは確かだけどね」

「……なんだって？」

ナタリアの言葉に耳を疑うレウルスだが、それを咎める者はいない。

（ニコラ先輩とシャロン先輩で正規兵ぐらいの強さなのか？　あんなに強いのに？）

信じ難いと言わんばかりにレウルスが目を瞬かせると、ナタリアは小さくため息を吐く。

「冒険者は正式に訓練を受けたわけじゃないわ。国や領主の後ろ盾のもとで日頃から人間や魔物と戦うためだけに訓練を行う兵士と比べると、冒険者の方が圧倒的に弱いのよ」

「圧倒的に弱い……冒険者って強いと思ってたんだけど。兵士より強い冒険者とか……」

ボロボロの前世の記憶ではあるが、そういった存在が登場する物語はいくつもあった。それがアテにならないとわかっていても、レウルスとしては聞かざるを得ない。

「坊や、考えてごらんなさい」

え、マジで？　と混乱するレウルスに、ナタリアは幼子に言い含めるように告げる。

「衣食住が保証された上で正式に訓練を受けることができて、例え怪我をしても治療を受けられて、整備の行き届いた武器や防具が用意されていて、個人戦だけでなく集団戦まで行えるよう徹底的に鍛えられた兵士……それが冒険者より弱いと思う？」

「思わないです、はい……」

深く考えずとも、それは当然の話だった。この世界は前世とは異なり、人間だけでなく魔物という脅威が存在するのである。

その対抗手段として兵士を——冒険者と違って正式な訓練を積んだ戦力を用意するのは当たり前であり、その兵士が冒険者に劣るはずもない。

（軍人とヤクザの違い……みたいな感じか）

戦うための技術と武器を保有するとしても、その方向性と質には大きな違いがある。冒険者という言葉の響きがレウルスの思考を停止させていたが、きちんと戦い方を学んだ兵士と比べて冒険者が勝る点などほとんどないのだ。

（前世の知識って本当に使えねえな……むしろ足を引っ張るだけじゃねえか……）

前世で学んだことなど、この世界では役に立たない。それを改めて痛感したレウルスは深呼吸をして意識を切り替えると、代替案を口にした。

「魔物退治もできるのなら、兵士にキマイラを倒してもらえばいいんじゃないか？」

冒険者よりも兵士の方が強いというのなら、兵士に任せれば良い。レウルスが考えたのはそんな単純な、しかし戦力の運用という面では妥当な話である。

だが、何故か再び場に沈黙が満ちてしまった。

「……え？　これも駄目なのか？」

その雰囲気から何を言われるのか察し、レウルスは冷や汗を流す。その顔は冗談であることを期待するように引き攣っていたが、ナタリアは薄く笑ってその期待を両断する。

「坊や、この町の名前を言ってみなさいな。それが答えよ」

「は？　ラヴァル廃棄街だろ……って、まさか」

ラヴァル廃棄街という言葉の意味を理解し、レウルスの冷や汗の量が一気に増えた。

（まさか……キマイラみたいな強い魔物が出ても放置されるのか？）

キマイラを間近で見たことがあるレウルスからすれば、その危険性は嫌でも理解できる。アレは歩く災害に等しく、生半可な戦力では容易く蹴散らされるだろう。

「もちろん、今回はラヴァルの兵士も動くでしょう……でも、それはラヴァルという町に住まう民を守るためであって、我々ラヴァル廃棄街の民を救うためではないわ」

ラヴァルの兵士もさすがに動くが、その助力は得られないとナタリアは断言する。

そう語るナタリアの顔に浮かんでいたものは諦観か、あるいは納得か。その表情を見たレウルスは頬を流れ落ちる冷や汗を拭い、口元を引き攣らせる。

「おい……まさかとは思うけど、この町って……」

石壁と堀によって外敵の侵入を防ぐラヴァルの町と、木の柵と土壁程度の防衛設備しか持たないラヴァル廃棄街。キマイラが襲うとすれば、どちらが先か。

遅まきながらそれを悟って絶句するレウルスに対し、ナタリアは何故か苦笑を向けた。

「そう――こういう時のためにこの町があるのよ」

要は、ラヴァル廃棄街は強力な魔物への囮《おとり》なのだ。冒険者の手に負えないほど強力な魔物が現れた時、ラヴァルの町が魔物を倒せるだけの戦力を集める時間を稼ぐために。

「囮なんてもんじゃねえ……ただの生贄《いけにえ》じゃねえか！　それで良いのかよ!?」

最初から襲っても良い人間を用意しておけば、ラヴァルの町が魔物に襲われる確率も下がる。そういう理屈なのだろうが、襲われる側からすればたまったものではない。

「生贄、ね……キマイラならまだマシよ。町に侵入を許したとしても……まあ、大人を五人も平らげれば満足して帰るでしょう。空腹になればまた襲ってくるでしょうけどね」

淡々と告げるナタリアだが、レウルスには何故平然としているのかわからない。それでも言い募ろうとするレウルスに対し、ナタリアは会話を打ち切るように煙管を振った。

「坊やはこの町に来て日が浅いから理解できないだけよ。さあ、今日のところはドミニクさんのところに帰って休みなさいな。明日からは忙しくなるわよ」

「っ……わかったよ」

これからキマイラの対策会議でもするのだろう。そこでレウルスにできることはなく、苛立ちを覚えながらも引き下がる。

ナタリアの言葉に自分以外反論しなかったことが、レウルスには余計に腹立たしかった。

翌日、ラヴァル廃棄街では朝からピリピリとした空気が広がっていた。近辺にキマイラが現れたことが周知されており、緊張と恐怖が空気を伝って広がっているようである。

「一晩経って頭を冷やしたと思ったが、まだ荒れてんのか」

場所はラヴァル廃棄街の南門。そこで木製の門を背にしながら、ラヴァル廃棄街の空気を感じ取って眉を寄せるレウルスに対し、傍にいたトニーが苦笑しながらそう言った。

キマイラの出現により、冒険者は全員が駆り出されている。それは駆け出し冒険者のレウルスも例外ではなく、比較的安全な見張り役を任されたのだ。

前日に放棄した装備は緊急事態ということで咎められることはなく、新たに借りることができた。最近慣れてきた武装の重さが今は少しだけ頼もしい。

幸いなことに、ニコラとシャロンを運んだことによる筋肉痛は大したことはない。冒険者として活動できる程度の痛みしか伝えてこない年若い体に感謝したいレウルスである。

他の冒険者は二手に分かれており、一方は農作業者の護衛に、もう一方はラヴァル廃棄街の周辺でキマイラの襲来に備えていた。また、キマイラを恐れて普段の行動範囲から外れて襲ってくる魔物もいるため、そちらの処理も担当している。

「だってよトニーさん、いくらなんでもこりゃおかしいだろ。この町を囮にして時間を稼いで、その間に戦力を整える？　最初から整えとけよって話だよ！」

ラヴァルの町にどれだけの兵士が所属し、どれほど強いのかわからないが、即座に対応できない戦力に意味があるのか――ラヴァル廃棄街が在るから腰が重い可能性もあるが。

「なあレウルス。お前さん、キマイラの魔物としての階級は知ってるか?」

「……これだけの騒ぎになるのなら上級ぐらいか?」

さすがに最上級ではないだろうが、それでもまさか下級や中級ではないはずだ。そんな予想を込めて答えるレウルスに対し、トニーは周囲の警戒として遠くを見ながら呟く。

「中級上位だ……上級にも届いてねえんだよ。それにある程度の知能もあるから、ラヴァルの町みたいに防壁が整っている場所を攻めることも稀《まれ》だ」

キマイラですら中級に属する魔物と聞き、レウルスは頭が痛くなった。だが、今はそれよりもトニーの言葉の先を促す。

「ラヴァルから距離が離れてるなら、そのまま放置するかもしれねえ。あわよくば俺達が倒すかもってな。例え倒せなくても、弱らせることぐらいはできるって考えだろうさ」

そう語るトニーだったが、先日のナタリア同様それが当然だと言わんばかりの口振りだった。レウルスは数秒間絶句していたが、よりいっそう不機嫌そうに歯を噛み締める。

「……この町ってさ、俺にとっちゃあ最高に過ごしやすい、居心地が良い場所なんだよ」

「へぇ……ずいぶんと持ち上げてくれるな。何を思ってそう考えたか聞かせてくれよ」

不機嫌そうなままで呟くレウルスに対し、トニーは興味深そうに目を瞬かせた。

「俺がいた村と比べれば不当に虐げられることもないし、理不尽な目にも遭わないんだ。働けば美味いもんを食えるし、屋根も壁もしっかりしてる場所で寝られる……」

前世と比べれば、ラヴァル廃棄街での生活も酷いものだろう。だが、シェナ村での生活と比べれば雲泥の差であり、それこそ天国もしくは極楽浄土とすら言える。

――だからこそ、ナタリアやトニーの態度が気に入らないわけだが。

「でもさぁ……なんでみんな最初からコレが当然だって受け入れてるんだよ」

短い滞在期間だったが、レウルスにとってラヴァル廃棄街は過ごしやすい場所だった。ドミニクやコロナが特にそうだが、一度受け入れれば身内として気安く接してくれたのだ。

それは十五年にも渡る厳しい生活で擦り減っていたレウルスの肉体と精神を癒し始め、愛着を抱かせるには十分なものだったのである。まだまだ胸を張ってラヴァル廃棄街の人間だとは言えないが、レウルスにとっては大切な場所になりつつあった。

あるいは――既に大切な場所と言えたかもしれない。

例え囮扱いされようと、住人達が強力な魔物相手に犠牲前提で考えていようとも、だ。

「なんだよ強い魔物への囮って……この世界ってやっぱり理不尽だよな」

「ハッ、世の中そんなもんさ」

不満が渦巻いて愚痴となって零れるが、それを聞いたトニーは鼻で笑い飛ばすのだった。


この世界でも時間の概念があり、ラヴァル廃棄街では一時間おきに鳴らされる鐘の音が生活の指針になっている。朝から魔物の警戒を続けていたレウルスだったが、正午を知らせる鐘の音が鳴り響くなりトニーから昼食を取ってくるよう勧められた。

駆け出し冒険者のレウルスでは体力と集中力がもたないと判断され、背中を押されるようにして食事がてら休憩を取るように言われてしまったのだ。

たしかに集中力が落ちていると感じていたレウルスはトニーの言葉に甘え、ドミニクの料理店に足を向ける。普段ならばまだ店が開いていないのだが、普段と違って多くの冒険者がラヴァル廃棄街の近くで活動しているため、前倒しで開店しているのだ。

「こんちわーっす。おやっさん、昼飯……を……」

ドミニクの料理店に入り、食事を注文しようとしたレウルスの声が途切れる。他の冒険者がいると思ったものの、人影はほとんどない。その代わりに店内にいたのは――。

「ん？　なんだ、このガキは？」

レウルスが見たことのない、強面の男だった。

ドミニクと言葉を交わしていたその男の身長は百八十センチを超えており、筋骨隆々とした体躯を持ち、似たような体格のドミニクと比べても一回り大きく見えるほどだった。

ズボンに半袖というシンプルな衣装を身に付けているが、隆起した筋肉によって今にもはち切れんばかりである。その上、レウルスが絶句したのには別の理由があったのだ。

剃っているのか、あるいは自然とそうなったのか、スキンヘッドの頭部。左目には黒い眼帯を付け、顔のいたるところに傷跡が走っている。その中でも一際目を引くのは右頬の傷であり、斬られたのか抉られたのか、一本の巨大な傷跡が浮かび上がっていた。

もしも前世の道端で出会えば、即座に視線を外して道を譲っていただろう風貌である。よく見れば首回りや両腕にも傷跡があり、男の纏う雰囲気に剣呑な色を付け足していた。

「レウルスか……すまんが今は少し立て込んでいてな」

戦慄するレウルスに気付き、ドミニクが声をかけてくる。それでようやく我に返ったレウルスは何度も頷くと、即座にこの場から逃走を図ろうとした。

「レウルス？　ああ、そういえばドミニク、お前が推薦した奴がそんな名前だったか」

だが、名前を呼ばれたことでレウルスは逃げ出すタイミングを見失った。聞かなかったことにして回れ右をしたかったが、僅かに細まった男の眼差しがそれを許さない。

「どんな奴かと思ってはいたが、まさかこんなガキとはな。ニコラやシャロンは使い物になったが、コレが役に立つとは思えん……耄碌《もうろく》したか？」

「……ハハハ。なんというか、すいませんねこんなので。こちとら田舎から出てきたばかりの田舎者なんで、勘弁してくださいよ」

ドミニクを馬鹿にするような言葉を聞き、レウルスは逃げ出そうとしていた足をしっかりと床につける。そしてその上で男を睨みつつ、反発するように言い返す。

恩人であるドミニクを侮るような発言を聞いた以上、逃げるわけにはいかなかった。

「……ほう」

逃げ出さず、挑むように睨み返すレウルスを見て男は少しだけ感心したような声を漏らす。続いてレウルスを頭から爪先まで眺めると、鋭く細めていた右目を少しだけ緩めた。

「ふん……この町に来た経緯は聞いちゃいるが、少しは使えそうじゃねえか」

「そりゃどうも……で、アンタは誰だよ」

相手の立場がわからない以上は下手に出るべきだろうが、男の態度がレウルスから礼儀を剥ぎ取っていた。噛み付くようにしてレウルスが尋ねると、男は鼻を鳴らす。

「俺はバルトロ。冒険者組合で組合長をやっている」

「冒険者組合の……組合長？」

つまり、レウルスにとっては自分が所属する組織の長だ。それでも相手の立場を知ったからといって態度を変える気になれず、レウルスは眉をひそめて尋ねる。

「……で？　その組合長がおやっさんに何の用だよ」

食事をしに来た、という柔らかな雰囲気ではない。ドミニクとバルトロの間には真剣とも緊張とも取れる気配が漂っており、レウルスでさえ感じ取れるほどだ。

「なに、大したことじゃない。今回の件でドミニクにも助力を頼みに来ただけだ」

警戒するように尋ねるレウルスに対し、バルトロは何でもないことのように言う。それを聞いたレウルスは目を瞬かせると、厨房に立つドミニクに視線を向けた。

「おやっさん、炊き出しでもするんですか？　だったら手伝いますよ？」

料理店を営むドミニクが手伝えることなど、それこそ料理に関係することだろう。そう考えて提案するレウルスに対し、ドミニクは小さく首を振った。

それならば何を手伝うのか。首を傾げるレウルスを見て、バルトロは訝しげな顔になる。

「なんだ小僧、お前はドミニクの腕を知らんのか？　今は引退しちゃいるが、元々はこの町でも有数の冒険者だったんだぞ？」

「……え？」

そう言われてレウルスはドミニクを見る。バルトロほどではないが、百八十センチ近い身長に筋骨たくましい肉体はたしかに荒事に向いてそうだ。

それに加えて、ドミニクは魔法を使えるとも聞いていた。どんな魔法かまではわからないが、魔法が使えるのならば弱いということもないだろう。

「ちなみに、冒険者としてはどんなものなんで？」

「上級下位だ」

「上級……下位……ニコラ先輩達より上じゃ……というか、キマイラより格上？」

たしかに堅気の雰囲気ではなかったが、それほど強いとは思わなかった。その驚きからレウルスは目を見開くものの、当のドミニクはため息と共に肩を竦める。

「……昔の話だ」

それは謙遜《けんそん》か、あるいは事実なのか。淡々と答えるドミニクを尻目に、バルトロは何かを思い出すように目を細める。

「昔と言ってもそれほど時間も経ってねえだろうに。小僧、ドミニクについてはこの町じゃあ有名な話だ……まあ、この町に来たばかりじゃ知らねえのも仕方がねえか」

「でも、今は冒険者を引退してるんだろ？　それを引っ張り出すってのはどうなんだよ」

バルトロがドミニクの腕を見込んでこの場に来たというのは理解した。しかし、ドミニクが言う通りそれは過去の話だろう。

料理店を営むようになった以上、冒険者としての腕も落ちているはずである。それだというのにわざわざドミニクを頼るというのが、レウルスには納得できなかった。

「腕が落ちて勘も鈍っているだろう。だが、それでも手を借りる必要がある」

レウルスの言うことなど、バルトロも理解している。しかしそれでもドミニクの助力が必要だと言い放ち、続いてため息を吐いた。

「ニコラとシャロンの二人でも仕留めきれなかったんだ。そうなると切れる札も多くねえ。だが、この町の冒険者組合長としては何を使ってでも町を守る義務がある」

「……ああ、わかっている。俺で良ければ力を貸そう」

ある程度話がまとまっていたのか、それとも途中で乱入したレウルスにも聞かせるためだったのか。ドミニクの返答を聞いたバルトロは満足そうな様子で店の外へと歩き始める。

レウルスは反射的にバルトロを引き留めようとしたが、レウルスもラヴァル廃棄街の一員だからこそバルトロが話を聞かせたのだと察し、口を閉ざした。

ドミニクが請け負った以上言えることはなく、レウルスは客席に座り込んで頭を掻く。

「色々と思うところはあるけど……おやっさん、何か適当に料理を頼みます」

何も言えなくなったからこそ、まずは腹ごしらえをしようとレウルスは思った。

ドミニクも戦うことになるようだが、それはキマイラが襲ってくればの話である。防御を固めたラヴァル廃棄街を警戒し、別の場所に縄張りを変えるかもしれないのだ。

ドミニクの料理が出来上がるまでの間、今回の騒動が何事もなく沈静化することをこの世界に居るとも知れぬ神様に祈るレウルスだった。

——翌日、早朝から鳴り響いた警鐘の音に、祈りなど無意味だと思い知らされることになったが。


地獄という言葉がある。

宗教的な意味合いだけでなく、凄惨な出来事などを指しても使う言葉だ。レウルスとして新たな生を歩んでいる彼にとって、人生のほとんどは地獄と形容する他ない。

死んでしまった以上前世での死因についてはわからないが、過労が原因だと思っている。それはすなわち、命を落とすほど長期間、過酷な労働に従事したということに他ならない。

そんなレウルスとしても、新たな生で得られた生活は地獄でしかなかった。成人の年齢までよく生き残れたと、自画自賛するほどの過酷さだったのだ。

『早く水を運べ！　休んでるんじゃねえぞ！』

夢の中、当時向けられていた罵声が響き渡る。それは両親を亡くして十日と経っていない、体の半分ほどある桶を両手で抱えて歩くレウルスにかけられた言葉だ。

村というものは共同体で、両親が死んでも村が面倒を見てくれる。両親が死んだ直後はそう考えていたレウルスだったが、現実は非情を超えて地獄だった。

村の中でも身分の差があり、レウルスはその最底辺である農奴だ。農民の更に下、農民達にこうはなりたくないと思わせる卑賤《ひせん》の立場。そんな立場だからこそ、両親を失ったばかりで幼児としか呼べないレウルスも働かされたのだ。

シェナ村の外れに流れている小川まで歩き、水を汲んでは畑に運び、再び小川に戻る。それを毎日のように繰り返すこと二年。栄養不足ながらも少しは身長が伸びた頃、今度は鍬を持って畑を耕すように言われた。

『水はあっちのガキに運ばせる。お前は畑を耕せ』

そう言われて視線を向けると、そこにはかつてのレウルスと似たような年齢の少年がいた。話を聞く限り、レウルスと同じく両親が魔物に殺された子どもらしい。

レウルスと違う点があるとすれば、その少年には前世の記憶がなかったことだろう。空腹に泣き、毎日強制される水運びに泣き、水を運んでいる最中に転んで泣き、両親が死んだことを思い出して泣き、村の上役に殴られて泣き、蹴られて泣いた。

自分の体力を把握し、死なないよう適度に手を抜いていたレウルスと違い、その少年はずっと泣いていた。そして、一週間と経たずに命を落としたのである。

『チッ……すぐにくたばるなんざ使えねえな。おい、その死体はちゃんと埋めとけよ。それと畑に撒く水は自分で汲んでこい！』

日が昇っても起きてこない少年を蹴り飛ばし、息絶えていることを確認するなり村の上役は吐き捨てるようにそう言った。そして、レウルスが行うべき仕事が増えたのだ。

村の共同墓地の端――村の中でも身分が低い者が埋められる場所に運び、もしもの際に魔物に掘り起こされないよう深く穴を掘り、土を被せ、墓石代わりに一本の杭を打ち込む。

『いつまでやってんだ！　さっさと働け！』

そして、最後に少年の冥福を祈ろうとして上役に殴り飛ばされた。他人のために祈る時間も余裕も与えるつもりはないらしい。

それでもレウルスは歯を食いしばり、死なないように注意しながら働き続ける。時折連れてこられる年下の少年少女を何度も見送りながらも、働き続ける。

そうやって畑を耕し続けて五年が経ち、今度は村の外の畑を耕すように言われた。魔物が跋扈《ばっこ》する外界は危険が溢れており、運が悪ければ一日で死ぬ。それでももしかすると村から逃げ出せるかもしれないと考え、レウルスは慎重に農作業を行った。

その結果として、魔物の脅威を知った。正確には村の外の危険度を知った。逃げ出すことは自殺に過ぎないと判断し、転機の到来を待った。

農作業の合間に監視の隙を突いては虫や草を食み、泥水を啜り、上役達が求める作業量のギリギリを見極め、辛うじて生を繋いだのである。

もっとも、レウルスは一人で監視は複数だ。他にも農作業者がいるが、全ての監視を掻い潜るのは困難である。何度か手抜きがバレたが、それでも殺されることはなかった。

相手は農奴を殺したいのではない。あくまで労働力として酷使したいのであり、酷使することにも慣れていた。手抜きがバレた際は袋叩きにされたが、多少の出血や打撲はあるものの、骨を折ったり内臓を傷めたりすることはなかった。

『次に手を抜いてたら魔物のエサにするぞクソガキが！』

倒れるレウルスにそんな脅しを吐き、農作業に戻らされる。その時は血が流れていたため嗅覚の鋭い犬型の魔物を呼んでしまい、必死に逃げ回ったものである。

村から売り飛ばされるまでそんな生活が続いたが、夢の中で振り返ったレウルスとしては死んだ方が楽だったろうと思う。だが、既に一度死んだ身なのだ。何故前世の記憶を持って生まれ変わったのかはわからないが、二度死にたくはない。

例え泥水を啜り、虫や雑草、木の根を齧ってでも、生きていたかったのだ。

前世の記憶がなければ早々に死んでいただろうが、前世の記憶があったからこそ今まで生き延びて苦労してきたとも言える。

――それでも、死ぬよりはマシだ。

そう思って生きてきたからこそ、今があるのだ。


カンカンカン、と甲高い金属音が鳴り響く。ドミニクの料理店の一室――物置の中で寝ていたレウルスは、遠くから聞こえるその音で目を覚ました。

それは時間を知らせる鐘の音ではなく、有事を知らせる警鐘。それに思い至ったレウルスは瞬時に意識を覚醒させると、手作りの藁ベッドから跳ね起きる。

「っ、なんだ⁉　何が起きたっ⁉」

夢でシェナ村での生活を思い出していたからか、自分がいる場所がどこなのかと軽く混乱した。

それでもすぐに我に返ると、頬を叩いてから物置の端に目を向ける。

そこにあったのは、キマイラに備えて特別に持ち帰ることを許された装備一式。それらを手早く身に付けたレウルスは物置から飛び出ると、ドミニクと鉢合わせる。

「おやっさん、コレは⁉」

「魔物の襲撃だろう。キマイラかどうかはわからんがな」

危急の事態らしいが、ドミニクは平静そのものだ。店の外からは冒険者のものと思しき声が聞こえ、それに気付いたレウルスは冒険者達に合流するべく駆け出そうとする。

「落ち着け……まずは水を飲め」

しかし、慌てた様子のレウルスをドミニクが止めた。コップに水を入れて差し出すと、レウルスは僅かに躊躇してからコップを受け取り、一気に水を飲み干す。

「お前がこの町の役に立とうって意気込むのは嬉しいがな、寝起きに飛び出しても役には立たん。せめて頭をはっきりさせろ」

長年の農奴生活で朝に弱いわけではないが、ドミニクの言う通りだろう。納得したレウルスはもう一杯水をもらい、手拭いに振りかけてから顔を拭く。

「レウルスさん、おはようございます。これをどうぞ」

続いて、調理場で作業をしていたと思しきコロナが顔を出した。普段と違って柔和な笑顔はそこになく、僅かに緊張を滲ませている。

そんなコロナが差し出したのはパンに薄切りの肉と野菜を挟んだサンドイッチであり、レウルスは有り難く受け取った。

「おはようコロナちゃん。それとありがとう。早速食べさせてもらうよ」

それだけを告げて早速サンドイッチにかじりつくレウルス。そしてほんの一、二分でサンドイッチを食べ終えると、最後に水を飲み干して立ち上がった。

「うっし……落ち着いたぜおやっさん。それじゃあ俺も様子を見てくる。コロナちゃんは絶対に店の外に出るなよ」

目を覚まして十分も経っていないが、水と食事のおかげでしっかりと目が覚めた。レウルスは剣帯を使って剣を腰に固定すると、懐から大銅貨を一枚取り出してテーブルに置く。

「あっ、待ってくださいレウルスさん。これを持っていってくれませんか？」

駆け出そうとするレウルスをコロナが止め、蔓で編まれたバスケットを差し出す。一体何が入っているのかとレウルスが首を傾げると、コロナは申し訳なさそうに微笑んだ。

「すぐには無理かもしれませんけど、休憩の時にでも冒険者の人達に食べてほしくて」

そんな言葉を聞きながらバスケットを受け取ると、中にはレウルスが食べたものと同じように作られたサンドイッチが入っていた。それなりに量が入っているのかズシリと重い。どうやらレウルスよりも先に起き、あらかじめ作っておいたらしい。

「わかった、みんなに渡しとくよ……全部俺一人で食べちゃいたいぐらいだけどな」

「もう、だめですよ？　昼食を用意しておきますから、帰ってきてから食べてください……ちゃんと、怪我せずに帰ってきてくださいね？」

レウルスの冗談に笑顔を浮かべたコロナだったが、最後には不安そうな顔へと変わってしまう。それを見たレウルスは頬を掻くと、安心させるように笑い飛ばした。

「俺は弱いし、遠くから石でも投げてるさ。コロナちゃんの手料理を楽しみにしとくよ」

虚勢を張るように軽口を残し、レウルスはドミニクの料理店から飛び出すのだった。


早朝のラヴァル廃棄街をレウルスが駆け抜けていく。普段ならば早朝から活動している住人達の姿はなく、大人しく家の中に閉じこもっているようだった。

時間をかけずに人通りのない道を走破すると、ラヴァル廃棄街と外界を隔てる門へとたどり着く。そして周囲を見回すと、数人の冒険者の姿を見つけて駆け寄った。

「何が起きたんだ……って、ニコラ先輩⁉　もう起き上がって大丈夫なのかよ⁉」

ニコラの姿を見つけ、レウルスは驚きの声を上げる。そこにいたのは全身に包帯を巻き、レウルスと同様に冒険者組合から貸し出された安価な装備を身に付けたニコラだった。

「よう、レウルス。昨日は助かったぜ」

レウルスの姿を見つけるなりニコラは笑って手を上げるが、立つことすら難しいのか地面に座り込んでいた。顔色は真っ白で、まるで幽鬼のようである。

言葉を飾っても重傷者としか言いようがなく、言葉を飾らなければ半死人だ。

「俺が仕留めきれなかった魔物が相手なんだ。大人しく寝てるわけにゃいかねえだろ」

「そこは寝てろよ！　倒れたらそのまま死にそうじゃねえか⁉」

笑って言い放つニコラに対し、レウルスは大人しく寝ていろとしか言えなかった。安静にしていなければ死んでしまうと、素人目に見ても明らかだったのである。

レウルスは周囲にいた冒険者達に視線を向けるが、彼らは肩を竦めて苦笑するだけだった。レウルスと同じように説得をしたのだろうが、ニコラが聞かなかったのだろう。

「何も考えずにここに来たわけじゃねえ。キマイラの習性でな……取り逃がした獲物には強い執着心を抱く。だから、俺が町の中にいると被害が大きくなるかもしれねえんだ」

キマイラが取り逃がした獲物に執着するというのなら、ニコラを追いかけてラヴァル廃棄街に突っ込んでくる危険性があった。それに思い至ったレウルスは口を閉ざす。

「本当ならその場で殺されるべきだったんだが、キマイラの動向を報告する必要があったしシャロンもいた……痕跡はなるべく消したつもりだったんだがなぁ……」

「……もしかして、もうキマイラが来てるのか？」

警鐘が鳴っていたのはそのせいなのか。それならば時間的余裕は既にないことになる。

「いや、まだだ。キマイラから逃げ出した魔物が森から出てきてはいるがな」

そう言って会話に割り込んできたのはトニーだ。その後ろにはシャロンの姿もあるが、ニコラと違って元気そうで、レウルスに気付くと小さく頭を下げる。

「レウルス、昨日はボクと兄さんを助けてくれてありがとう。感謝する」

「俺は偶然あの場所にいただけだから……というか、先輩もニコラ先輩を止めてくれよ」

「兄さんは頑固だから言っても聞かない」

感謝の言葉を述べてくるシャロンにニコラを止めるよう言うが、あっさりと断られてしまう。レウルスは肩を竦めると、気になったことを尋ねることにした。

「ところで先輩、キマイラは逃がした獲物に執着するって聞いたけど、それなら俺も？」

もしもそうなら、今回の騒動の一因になってしまう。むしろ発端の可能性もあり、レウルスは恐る恐ると尋ねる。

「可能性は否定できないけど、ボク達と違って攻撃してないのなら影響はないと思う」

「攻撃してたらその場で死んでるよ……でも、そうか」

それは慰めの言葉だったのか、事実を述べただけなのか。シャロンは気にしないように言う。その言葉で安堵するレウルスだったが、トニーが笑いながら口を開く。

「キマイラから逃げてこの町に来るまで一日は経ってたんだろ？　もしもお前を狙ってたらこの町に到着する前に死んでるって」

「ぐっ……事実だから何も言い返せねえ……」

トニーの言う通りだろう。仮にレウルスを追ってきていたのなら、とっくの昔に殺されていたはずだ。ニコラと違って『強化』を使えないレウルスでは、逃げ切れるはずもない。

そうやって言葉を交わしていると、会話を遮るように警鐘が鳴り響く。それはレウルス達がいる南門ではなく、他の場所から聞こえていた。

「……外から、か？」

ラヴァル廃棄街の外から聞こえる警鐘にレウルスは首を傾げる。規則正しく鳴らされるその音には何かしらの意味があったのか、トニーは苦虫を噛み潰したように眉を寄せた。

「索敵に出てたやつが魔物を見つけたみたいだな……やれやれ、せっかく休憩に来たっていうのによ。昨晩から寝ずの番だぞクソッタレ」

「それならトニーさん、コレでも食べて休んでいてくれよ」

不機嫌そうに呟くトニーだが、徹夜で見張りをしていたらしい。それならば愚痴が出ても仕方がないとレウルスは笑い、コロナから受け取っていたバスケットを手渡した。

「コロナちゃんお手製の料理だよ。みんなで食べてください、だってさ」

「おおっ！　そりゃありがてぇや！」

レウルスの説明を聞き、早速バスケットの中身を漁り始めるトニー。それを見たレウルスは苦笑すると、緊張を誤魔化すためにも笑った。

「さて……俺も一働きしてくるか。監視も良いけど、魔物を倒して金を稼がないとな！」

「おうおう、若いモンは元気でいいねぇ。戦いに出るのは良いけど、『魔物喰らい』らしくその場で魔物を食い始めるなよ？」

「いくらなんでもそこまで食い意地張ってないっての……」

それでも、美味しい魔物だったら食べてしまうかもしれない。レウルスがそんな言葉を飲み込んでいると、それまで座り込んでいたニコラが体を震わせながらも立ち上がった。

「俺も出るから安心してくれよトニーさん。レウルスの指導も少ししかしてなかったし、丁度良いってもんだ」

「半死人が何言ってんだ。いやまあ、レウルスよりは戦えるだろうけどよ」

戦おうとするニコラをトニーは止めない。ニコラが半死人だと思いつつも、本人が戦うのならばその決断を尊重するようだった。

「あー……ニコラ先輩、無理だと思ったらすぐに下がってくれよ？」

「ボクもついていくから大丈夫。無理そうなら首根っこを掴んで町の中に放り込むから」

シャロンの発言は冗談ではなく本気だろう。付き合いが浅いレウルスにもそう感じさせる声色で告げると、ニコラは降参するように両手を上げた。

「装備のほとんどが借り物だからな。大人しく雑魚を狩ってるって」

「大人しくするつもりがあるのなら、すぐにでも医者にかかるべきじゃねえかな……」

キマイラの習性が本当ならば、今の事態を引き起こした一因が自分にあるとニコラは考えているのだろう。そんな状況で大人しく治療を受けているつもりはないらしい。

「……兄さんは本当に頑固なんだから」

小さく呟いたシャロンの声を耳に拾いつつ、レウルスは町の外へと足を向ける。

今世で大半を過ごしたシェナ村を魔物から守れと言われれば、笑顔で見捨てただろう。

だが、レウルスにとってラヴァル廃棄街は自分が人間であることを思い出させてくれた場所だ。

今しがた交わしたニコラ達との会話も、心地良いと思えたのだ。魔物という恐ろしい存在と戦う必要があるとしても、それでも守りたいと思える場所なのだ。

この世界で初めて得た居場所で、恩義がある相手もいる大切な場所を守る。ここで逃げては安っぽい己の意地すら貫けなくなる。

駆け出し冒険者の自分が何の役に立つかわからない。それでも自分の新たな居場所を守るべく、レウルスは気合いを入れて駆け出すのだった。

——そして、そんな中途半端で生ぬるい決意は容易く霧散する。

レウルスがソレを感じ取ったのは、逃げるように森から飛び出してくる魔物を倒し終わった直後のことだ。

先日交戦した角兎を二匹、巨大なカマキリとしか思えないシトナムを一匹仕留めたところで、全身が貫かれるような悪寒を感じ取った。それは首の裏が粟立ち、全身の毛穴が開いたような、圧倒的な悪寒である。

「ヒ……グ……」

大気すらも震わせるような悪寒に、思わずレウルスの呼吸が止まった。まるで呼吸困難に陥ったように口を開閉させ、顔色を真っ青なものへと変える。

「おい、レウルス？　どうした？　いきなり顔色が悪くなってんぞ」

そんなレウルスを見てニコラが心配そうに声をかけるが、レウルスに応える余裕はない。

「っ……兄さん！　近くにキマイラがいる！」

ニコラと同様にレウルスの変化を不思議そうに見ていたシャロンだったが、遠くに大きな魔力が出現したのを感じ取って警戒の声を上げる。

『ガアアアアアアアアアアアアアアアアアアァァァァッ！』

そんな警戒すら掻き消すように、獣の咆哮《ほうこう》が鳴り響いた。その咆哮は空気を震わせ、魔物すらも逃げ惑うように森から飛び出し、一目散に駆け出していた。

「チィッ！　こんだけ強烈な威圧感を隠しながら移動してやがったか！　レウルスもボケッとしてんじゃねえ！　今は退くぞ！」

　重傷の身で今まで回復に努めていたニコラだったが、さすがに動かないわけにはいかない。レウルスの肩を叩いて正気に戻すと、腰に吊り下げていた小型の鐘を手に取った。

　緊急事態を知らせるよう、金属製の鐘を打ち鳴らしながら駆け出すニコラ。それに続いて駆け出したレウルスには、余裕など微塵もない。

　初めて遭遇した時もそうだったが、正気を失いそうなほどの恐怖感。それを全身で感じ取りつつ、レウルスはニコラの後を追ってラヴァル廃棄街へと向かうのだった。


　ラヴァル廃棄街の南門。キマイラの追撃を受けることなく安全地帯まで撤退したレウルス達だったが、南門にはニコラの警鐘の音を聞いて冒険者達が集まっていた。

「……とうとうこの町の近くまできやがったか」

　苦々しく呟いたのは、先日レウルスと顔を合わせたバルトロだった。筋骨隆々の上半身を金属製の部分鎧で覆い、更には巨大な戦斧を肩に担いでいる。予備の武器なのか、それとも投げるためか、腰元には二本の手斧を下げていた。

　そのバルトロの隣にはドミニクが立っており、こちらは革鎧を着込んでいる。背中には大剣を背負い、腰の裏に固定するよう短剣を差しているのが見えた。ドミニクはいつもと同様に落ち着いており、慌てて戻ってきたレウルス達を静かに見詰めている。

そんな落ち着いた様子のドミニクを見ていると、少しずつではあるがレウルスも冷静さが戻ってきた。自身を落ち着けるように深呼吸を繰り返し、頭を振って気を取り直す。

（なんだアレ……昔どっかで見たことあるぞ。包丁の一種だったような……）

そうやって落ち着きを取り戻すと、ドミニクが背負っている大剣に気を引かれた。

ドミニクの武器を前世の知識で例えるならば、鯨《くじら》包丁だろうか。幅が広く長大で、片刃で反りのある刀身は一見すると分厚い日本刀のようにも見える。

長身のドミニクが背負っているからこそ剣先が地面についていないが、剣先から柄尻まで含めれば全体で二メートル近い長さがあった。

高い身長と鍛えられた筋肉を持つドミニクだからこそ扱えそうだが、レウルスが持てば大剣の重さだけで潰されそうである。

（なんか文字が書いてあるな……読めないけど）

大剣の造形もそうだが、刀身に文字が刻まれているのがレウルスの目を引いた。刻まれた文字は淡い光を放っており、どこかで見たような、とレウルスの疑問を刺激する。

「とりあえず、南側の面子は全員集まったな」

首を傾げるレウルスを他所に、バルトロが低い声を発した。続いて周囲を見回し、この場に集まった面々を確認する。

この場に集まった冒険者は合計で二十名。ラヴァル廃棄街全体の冒険者の数と比べれば少ないが、キマイラ迎撃のためだけに全戦力を集中させるわけにはいかない。キマイラに追われた魔物に備え、町の各所にも防衛の戦力を割り振る必要があるのだ。

「ニコラ、キマイラ以外の魔物はどうだった？」

「索敵ついでにレウルスに三匹ほど仕留めさせたんですが、キマイラに追われてあちこちにバラけて出てきてましたぜ旦那。そっちもどうにかしねえと町に来ちまう」

「ふむ……そうなると、キマイラにぶつけられる戦力はさらに減るか」

ラヴァル廃棄街の一方向だけを防衛するとしても、戦力が足りない。それは冒険者としての質もそうだが、単純に数も足りなかった。

バルトロは思案するように右目を細めるが、すぐに決断したのか傍に立つドミニクを見やり、次いでシャロンへと視線を向ける。

「俺とドミニクが前に立ってキマイラを押し留める。その間にシャロン、お前は『詠唱』して全力で魔法を叩き込め」

「わかった。全力で撃てばボクは魔力切れで動けなくなるけど……」

「その時はニコラが……と、怪我で満足に動けないか。仕方ねえ……おい小僧」

冒険者組合の長が先頭に立って戦うと宣言したことにレウルスが驚いていると、何故か視線を向けられてしまった。

「レウルス、シャロンが動けなくなったらお前が町まで運べ。それぐらいはできるな？」

「……キマイラを直接相手にすることと比べたら、簡単すぎる仕事だな」

暗に『それぐらいしかできないだろう』と言われている気がして、レウルスは余裕を装って答える。しかし、そんなレウルスの言葉をバルトロは鼻で笑い飛ばした。

「何を言ってんだ？　もしも俺とドミニクがキマイラを止められなかったら、お前が壁になってでも『詠唱』の時間を稼ぐんだぞ？」

（それって壁は壁でも肉壁じゃ……）

ドミニクやバルトロが止めきれない相手に時間を稼げと言われても、一秒も稼げる気がしないレウルスである。それこそ命を賭しても大した違いはないだろう。

「シャロンの魔法は今後もこの町に必要になる。ニコラもシャロンの護衛につけるが、優先度はシャロンの方が上だ。死んでもシャロンを守れ」

「了解だぜ旦那」

シャロンを守るために死ねと言われ、それを当然のものとして受け入れるニコラ。その返答にレウルスは絶句したが、周囲の誰もが止めようとしない。

ニコラからすればシャロンは家族なのだろうが、それでも躊躇いなく命を賭けられる辺りにレウルスは今更ながら前世との差異を感じた。

レウルスとて人が死ぬところを見たことがないわけではない。シェナ村で自分よりも幼い子どもの遺体を埋葬したこともある――が、あっさりと死を受け入れられるニコラの姿に形容しがたい感情を覚えてしまう。

「……俺じゃあ時間稼ぎにもならないと思うけど、やれるだけやってみるよ」

レウルスにできたのは、曖昧な返事だけだった。

「あー……やばい。絶対向こうも気付いてるって。こっちを見てるんじゃねえか？」

先程キマイラの咆哮が聞こえた場所まで移動していたレウルスだったが、その途中で思わず足を止めてそう呟いていた。

全身が粟立つような悪寒が足を重くし、できることならこの場から走って逃げたいほどである。それでも両足に力を込め、地面を力強く踏みしめることでなんとか堪えた。

「……ニコラ？」

そんなレウルスの発言をどう思ったのか、バルトロは怪訝そうな顔でニコラへと説明を求める。しかしニコラとしてもどう説明すれば良いかわからず、頭を掻いた。

「最初にキマイラの接近に気付いたのはレウルスだった……ような？　そういや前に指導した時も、俺やシャロンより早く魔物に気付いたことがあったような……」

「えーっと、なんというか勘？　みたいなものが働く時があって……近くに魔物がいると反応するんだけど、割と曖昧なんで俺としても説明が……」

隠していたわけでもないが、率先して話していたわけでもない。キマイラから放たれる威圧感に怯えつつも説明するレウルスに対し、バルトロはため息を吐く。

「そういうことは事前に言っておけ……何か使い道があるかもしれんだろうが」

呆れた様子でそう言ったバルトロだったが、咎めるつもりはないらしい。事前に話していたとしても、レウルスの言葉が本当ならば確実に当てになるわけではないからだろう。

「で？　その勘とやらはどういう時に働くんだ？　詳しく話せ」

「魔物が近くにいると反応する……と思うんだけど、反応の強さに差があるんだ。キマイラは距離があってもすぐに気付けるけど、イーペルだと見落とすぐらい反応が弱くて……あっ、シトナムとトロネスはきちんと勘が働いたっけ」

「ふむ……魔物の気配……いや、その四種だけで考えるとイーペルだけ魔力が極端に弱いな。魔力の強弱に反応しているのか？」

（ずっと悩んでたのに、そんなにあっさりと……）

レウルスが説明していると、ドミニクが顎に手を当てながら呟く。すんなりと答えが出てきたことに驚くレウルスだったが、ドミニクが上級下位まで到達した冒険者ならば魔物に詳しくてもおかしくはない。

「魔力か……おい小僧、お前が反応してるのは魔物の魔力だけか？　この場にいる面子はお前以外全員が魔力を持っている。そっちには反応しないのか？」

「え？　あー……言われてみればたしかに。魔物とは違うけど何か感じる……ような？」

意識を集中してみると、違和感のようなものがあった。しかしそれは魔物相手に覚える悪寒ではなく、意識しなければ気付けない熱気のようなものである。

「そういやぁトロネスの風魔法を避けてたよな。あれも魔力に反応してたのか？」

レウルス達の話を聞き、周囲を警戒していたニコラが思い出すようにして尋ねた。

「……多分？　何か飛んでくると思ったから避けたんだけど……」

「魔力がないくせに魔力の感知に長けてやがるのか……今の状況だと役に立つが、有用だと言い切れるほど便利なものじゃねえな」

レウルス本人が知らなかった能力について結論付けたのか、バルトロは呆れたように鼻を鳴らす。

魔法使いでもないのに魔力の感知ができるのは便利だが、言われるまで気付けないのではあまりにも感度が悪すぎるのだ。

魔法の回避も可能になるだろうが、効果範囲が狭いものに限られるだろう。下級の魔法ならば立ち回り次第で回避できると思われるが、中級以上の魔法は基本的に範囲攻撃だ。

レウルス自身に高い回避能力がなければ宝の持ち腐れにしかならないだろう。

「精々、町の門番にして魔力を持っている奴を見分けるぐらいが限界だろうよ。厄介な奴が紛れ込むのを防げるって意味じゃあ有用だがな」

そう締め括るバルトロだったが、魔力の制御に長けていれば魔力を隠すこともできるのだ。自分が言葉にしたほど役に立つとは思えなかった。

「……来る」

そうやって言葉を交わす中、シャロンが注意を促すように呟く。それを聞いた瞬間レウルスを除く全員が戦闘態勢を取り、レウルスは目を瞬かせた。

『ガアアアアアアアアアアアアァァァッ！』

次の瞬間、遠くに見えていた木々の奥から咆哮が轟《とどろ》く。それはキマイラのものであり、反応が遅れたレウルスにバルトロがため息を吐いた。

「お前の能力は無差別に働くのかもしれねぇが、シャロンの方が反応が速いだろ。相手の魔力を読むのは魔法使いとって基本中の基本だ。お前の能力はムラがありすぎるな」

嫌な予感が魔物の魔力に反応していたのだとしても、使い手であるレウルスの程度が低ければ意味は薄い。

現状では悪寒の強さ――魔力の強弱で相手を測ることぐらいしかできそうになかった。魔法の兆候も読み取れるだろうが、バルトロの言う通り回避できるかは話が別である。

結局、この場ではほとんど役に立たないだろう。それを自覚したレウルスはシャロンの前に立つ。今の自分の役割は、シャロンの護衛という名の肉壁兼運搬係だ。

バルトロとドミニクが前衛を務めるが、もしかするとキマイラ以外の魔物が襲ってくるかもしれない。その場合はレウルスも戦う必要があった。

「最後の確認だ。俺とドミニクがキマイラを足止めするが、シャロンはキマイラが射程に入ったら『詠唱』しろ。『詠唱』が終わり次第こっちも離脱する」

バルトロは戦斧を両手で構えつつ、今回の戦いに関する作戦を伝え始める。

「ニコラとレウルスはシャロンの護衛だ。他の魔物が寄ってきたら潰せ。キマイラは雷魔法を使ってくることがあるが……そっちは俺とドミニクが撃たせん」

レウルスは無言で頷く。ニコラの容態を考えると、寄ってきた魔物は自分が対処する必要があるだろう。

「『詠唱』が終わるよりも先に俺達がやられそうになったらすぐに退け。死ぬ前になるべく時間を稼ぐが、ニコラが殿、レウルスはシャロンの身を最優先にして町まで撤退だ」

レウルスにできるのはそれぐらいだろう。それはレウルスとしても否定できず、なおかつ作戦を説明するバルトロが最も危険な立ち位置にあるということで素直に頷く。

「それと、『詠唱』が終わってから俺とドミニクが離脱できなかったら……その時は構わねえ。俺達ごとキマイラを仕留めろ。いいな？」

続く言葉は、もしもの際には自分達ごとキマイラを撃てという命令だった。バルトロの口からそんな言葉が出たことにレウルスは驚くが、シャロンは顔色を変えずに頷く。

「わかった。そうならないよう祈ってる」

仲間の命がかかっているからか、シャロンは決意を感じさせる声で答えた。

「頼むぜシャロン。ま、旦那とおやっさんで抑えきれなかったらラヴァル廃棄街の冒険者じゃあ誰にもできねえ。そん時ぁさっさと逃げな」

ドミニク達もそうだが、ニコラも覚悟を固めている。命を落とすかもしれないというのに、笑ってすらいる。

（死ぬこと前提かよ……）

躊躇なく命を賭けられる彼らがレウルスには理解できなかった。ラヴァル廃棄街での生活で冒険者に関して多少は知ることができたレウルスだが、これほどまでに命を軽く扱うバルトロ達との意識の乖離《かいり》に眩暈《めまい》すら覚える。

「レウルス、もしもの時は旦那の言う通り俺が時間を稼ぐ……まあ、つっても？　今の体じゃあ稼げて一分ってところだ。その間になんとかシャロンを逃がしてやってくれや」

絶句するレウルスに対し、ニコラは笑いかけた。身内の人間を預けるに足る信頼関係もないはずだというのに、ニコラはもしもの際にシャロンを頼むと頭を下げる。

「……やめてくれよ」

そんなニコラの態度もレウルスには理解できない。この世界に生まれて十五年生きてきたが、ここまで潔く覚悟を決められるその精神がレウルスには理解できなかった。

魔物と戦えば命を落とすこともあるだろうが、ほぼ確実に殺される相手に立ち向かうことは無謀であり蛮勇でしかない。

もちろんバルトロもドミニクも、ニコラもシャロンも、キマイラに勝つためにこの場所にいるのだ。今しがた話していたことはもしもの時の備えでしかないはずだった。

「もしもの話だってわかってる……でも、縁起でもないことを言わないでくれよ！」

それでも、バルトロ達が己の死を前提としているように感じたレウルスは思わず叫んでいた。自ら命を賭けることもできないというのに、命を賭ける他者を非難するように。

「おやっさんにはコロナちゃんがいるだろ！　あの子を一人にするのかよ⁉」

「そうだな……だが、俺は既に一線から退いた身だが、ニコラでも駄目だったとなると他に適任者がいない。バルトロの補助も務めきれずに死ぬだけだ」

淡々と語るドミニクに対し、レウルスは言葉に詰まってしまう。ドミニクが他に適任者がいないと言うのならば、それは嘘ではないのだろう。

「おい小僧、それ以上グダグダ言うなら一人で町に戻れ。キマイラの前で泣き言を聞いてる暇なんざねえんだよ」

レウルスが言葉を失っていると、バルトロが吐き捨てるように言い放つ。キマイラを警戒しているため視線は向けないが、その声色には硬いものが宿っていた。

「短いとはいえ、お前だってあの町で過ごしたんだろう？　もしドミニクが死んでも町全体でコロナを助ける。俺達はあぶれ者だが、だからこそ身内を助けて支え合うんだよ。その環境を守るために俺達はここにいるんだろうが」

「あの町と……今の暮らしを守るために、か？」

「ああ、そうだ。それ以外に優先すべきことは何もねえ」

それが当然だとバルトロが断言する。

ラヴァル廃棄街の在り方はレウルスとて理解していた。身内には過ごしやすく、余所者には冷たいあの町のことを、レウルスなりに理解していたのだ。

強力な魔物が現れたというのに、すぐ傍のラヴァルの町から救援すら送られない見捨てられた町。そんな町を守るためにバルトロ達は命を賭けると言う。

（……結局、俺の決意なんてその程度でしかなかったわけか）

レウルスとてこの世界では何度も命を賭けて生き延びてきた。それは一日でも長く生きるためで、根底にあるのは二度も死にたくはないという恐怖からである。

そんなレウルスにできることは、ドミニクやコロナに対する恩義で命を賭けるのが精々だ。しかし、バルトロ達はラヴァル廃棄街という一つの集団のために命を賭けている。

レウルスにもそれができるかと言えば――。

「難しく考えることはない。俺達はラヴァル廃棄街の……家族のために命を賭けるだけだ。それは当然のことだろう?」

するりと、ドミニクの言葉が滑り込んでくる。

今世において、レウルスの家族は既に存在しない。両親は幼い頃に死に、他の親族がいると聞いたこともなかった。それどころか友人と呼べる者すらいた記憶がない。

――家族のために命を賭ける。

それは前世において日本という国で生まれ育ったレウルスにも理解しやすく、共感しやすく、納得もできる理由だった。

問題があるとすれば、レウルスにとってラヴァル廃棄街の面々が家族なのかどうかだが。

「お喋りはそこまでだ……向こうも様子見は止めるつもりらしい」

バルトロが声を発した直後、木々の合間から悠々とした足取りでキマイラが姿を見せる。

獅子に似た姿の、三メートルを超える体長。二つの頭を持ち、額には頑丈そうな角が生えている。三本の尻尾や黒い外殻に覆われた四肢はレウルスが以前見た時と変わりがない。

何か違いがあるとすれば、体のあちらこちらに傷が出来ていることか。数はそれほど多くないが、何かに抉られたような痕が刻まれていた。

「ボクと兄さんが戦ったキマイラに間違いない……怪我が治りきってないのは好機かな」

その傷は、キマイラと交戦したニコラとシャロンによって与えられたものである。ただし、傷の多さに反してキマイラの動きに淀《よど》みはなかった。

「手負いの魔物か……気が抜けんな」

「まったくだ」

ドミニクが大剣を構え、バルトロが戦斧を構え直す。シャロンは杖を構えて『詠唱』の態勢に入り、レウルスとニコラはシャロンを守るべく剣を構える。

そうして、レウルスにとって確固たる決意が定まらぬまま、キマイラとの戦いの幕が上がるのだった。


『ガアアアアアアアアアアアアアァァッ！』

周辺の大気全てを震わせるような、キマイラの咆哮。その咆哮は物理的な圧力さえ伴い、暴風のような衝撃と共にレウルスの全身を震わせた。

「いくぞドミニク！」

「ああ！」

しかし、キマイラの咆哮で足を竦ませたのはレウルスだけである。戦斧を両手で構えたバルトロが飛び出すと、それに応じるように大剣を担いだドミニクが地を駆けた。

重量のある武器を構えているにも拘わらず、両者の動きは速い。以前レウルスが見たニコラと同等か、それ以上の速度でキマイラとの距離を縮めていく。

「――氷の精霊よ」

その動きに驚くレウルスの耳に、今度はシャロンの声が届いた。慌てて視線を向けてみると、そこには杖を両手で握り、何かに祈るよう目を閉じたシャロンの姿がある。

それは話に聞いていた『詠唱』なのだろう。言葉を紡ぐシャロンの体からは見えない何か――魔力と思われる不可視の力が放たれているのを感じ取り、レウルスは息を飲んだ。

「さあて、あとはおやっさん達が上手く時間を稼いでくれることを祈るしかねえ……ボケッとしてんなよレウルス。こっちはこっちで周囲の警戒だ」

剣を杖代わりにしているニコラが周囲を見回しながらそう言う。それを聞いたレウルスは剣の柄に手をかけると、ニコラに倣《なら》うよう周囲を見回しながら口を開いた。

「……全部上手くいけば、キマイラにも勝てるのか？」

「そんなことわかるかよ。前にも話したが、同じ種類の魔物でも強さにばらつきがあるんだ。アレがキマイラの中でも弱い方ならどうにかなる……と思いてえところだな」

戦いは水物で、大きな力の差がない限り結果を予想することは困難だ。それはレウルスにも理解できたが、キマイラとの戦いを他者に任せている身としては落ち着かない。

周囲を警戒しつつも視線を巡らせてみると、そこにはキマイラへ接近するなり二手に分かれたドミニクとバルトロの姿があった。

「合わせろ！」

「オオッ！」

四足歩行のキマイラを挟み、二人は左右から同時に斬りかかる。バルトロは巨大な戦斧を真横に振るい、ドミニクは長大な大剣を真っ向から振り下ろした。

バルトロもドミニクも、レウルスが見てきたこの世界の人間の中では最大と言えるほどに筋骨逞《たくま》しい長身を持つ。

三メートルを超えるキマイラと比べればさすがに劣るが、十キロを超えるであろう重量級の武器を過不足なく操り、『強化』で増幅された身体能力から斬撃を繰り出すのである。

それは例え金属製の全身鎧で身を固めていようとも容易く叩き斬る、あるいは押し潰すほどに強力な一撃であり――その一撃は、硬質な金属音と共に弾き返された。

「…………は？」

それを見たレウルスは、思わず呆然とした声を漏らす。ドミニクとバルトロの斬撃はキマイラの体に届くことなく、キマイラが振り回した前肢によって防がれたのである。

キマイラが取った行動は極めて単純だった。ドミニクとバルトロが左右に分かれて斬りかかるなり後肢だけで立ち、黒光りする外殻で覆われた前肢を振るったのだ。

いくらドミニクとバルトロでも、キマイラの身体能力には及ばない。それに加え、キマイラの前肢を覆っている外殻にはドミニク達の斬撃を弾けるだけの硬度があるのだ。

例えるならば、金属で覆われた丸太で横殴りにされたようなものである。武器を手放すことなく、刃を弾かれただけで済んだドミニクとバルトロこそを褒めるべきだろう。

僅かに乱れた体勢を即座に立て直すと、バルトロはキマイラの前に立って気を引くように斬りかかった。ドミニクはそれに合わせてキマイラの背後を取り、鞭のように蠢《うごめ》いている三本の尻尾を切り落とそうと大剣を振るう。

だが、それでも届かない。

二つの頭を持つキマイラは両者の動きをそれぞれの頭で見切ると、バルトロの戦斧を前肢で弾き、ドミニクの大剣を三本の尻尾で叩いて逸らす。その動きは獣というよりも武芸を学んだ人間のようでもあり、それを見ていたレウルスは音を立てて唾を飲み込んだ。

「なんだよ、オイ……魔物のくせに動きが……」

ドミニクは冒険者を引退していたらしいが大剣を振るう姿には無駄がなく、キマイラの攻撃も的確に捌いていた。バルトロも戦斧を振るう姿がサマになっており、右目だけでキマイラの動きを見切って攻撃を回避している。

キマイラを相手に互角の戦いを演じており――それ以上には至らない。

常に相手を挟むよう立ち回るドミニクとバルトロに対し、キマイラの守勢は崩れなかった。二人の動きから最適な行動を見抜き、迫りくる戦斧と大剣を防ぎきっている。

「強力な魔物は高い知能を持っていることが多い。あのキマイラもそうなんだろうさ」

「……援護しなくても良いのか？　その、石でも投げて意識を逸らすとか」

ドミニク達の戦いを冷静に見ていたニコラの言葉に対し、レウルスはせめて何かできないかと思考を巡らす。しかしニコラは首を横に振り、その口元を苦々しく歪めた。

「やめとけ、余計な真似をするんじゃねえ。このまま二人が時間を稼いでくれりゃそれでいいんだ。

魔法を撃つ隙も与えてねえしな」

そう言ってシャロンを見るニコラ。戦いが始まってそれほど時間は経っていないが、レウルスからすればいつシャロンの『詠唱』が終わるのかと焦燥を覚えてしまう。

ニコラの言う通り時間稼ぎは成功している。キマイラの戦い方は魔物と思えないほどだが、それだけで終わるように思えないのはレウルスの錯覚なのか。

何もできない自分自身に歯噛みするレウルスの耳に、シャロンの『詠唱』が響いていく。

「吹き荒ぶ氷雪よ。炎にも融けず、風にも揺るがず、雷にも砕けぬ氷塊《ひょうかい》よ」

静かに、落ち着いた様子で言葉を紡ぐシャロン。『詠唱』が進むにつれて周囲の気温が下がり始め、レウルスも背筋が粟立つような奇妙な感覚を覚える。

『詠唱』にどれほどの効果があるのかレウルスは知らない。しかしながら少しずつ周囲の空気が変わっているのを感じ、大きな効果があるのだと察せられた。

(今のところは問題もなさそうだけど……)

キマイラを牽制するドミニクとバルトロは互いに怪我もなく、キマイラに魔法を撃たせることすら許さずにしっかりと抑え込んでいる。

だが、戦いを見ているだけでも酷く緊張するのだ。実際にキマイラと戦っているドミニクとバルトロの負担は、一体どれほどか。

「シャアアアァッ!」

「オオオオォッ!」

目にも留まらぬ速度で地を駆け回り、裂帛《れっぱく》の気合いと共に斬撃を繰り出す。キマイラは二人の動きに応じて両の前肢を振るい、鞭のように尻尾を振り回し、直撃を許さなかった。

『グルウゥッ！　ガアアアァッ！』

それでも、このままでは埒《らち》が明かないと判断したのだろう。その場で一回転することで尻尾を振り回し、ドミニクとバルトロを強制的に弾き飛ばす。二人はそれぞれの得物を盾にすることで直撃を避け、衝撃に逆らわず後方へと弾かれた。

十メートル程度とはいえ、距離が開いた。それを悟った瞬間キマイラが地に伏せ、双頭に生えた角を空へと向ける。

『オオオオオオォォンッ！』

膨れ上がる魔力に、何をするつもりなのかとレウルスが目を見開く。

「まずいな……」

小さく呟かれたニコラの言葉。それが何を意味するのか確認するよりも先にニコラが動き、シャロンとキマイラの間に立つ。

「レウルスは俺の後ろに立て！　もしも俺が倒れたら後は頼む！」

「何を……ってなんだありゃあ!?」

言われるがままにシャロンの前に立ったレウルスだったが、キマイラを確認して思わず目を見開く。キマイラの角から紫電が迸《ほとばし》り、バチバチと音を立てていたのだ。

ニコラはキマイラの雷魔法を防ぐための盾になるつもりなのだろう。自分達を狙うかはわからないが、背後で『詠唱』を続けるシャロンを守るために。

そしてそれはキマイラの傍にいたドミニクとバルトロも同様である。キマイラが紫電を発しているのにも構わず、武器を振りかぶって一気に距離を詰めていく。

「ぬうっ⁉」

「ぐっ⁉」

そして、二人から苦悶《くもん》の声が漏れた。斬りかかったものの、周囲に放たれているだけの紫電で全身に痛みと痺れが走ったのだ。

それでも二人は得物を振り切り、魔法の発現に集中していたキマイラに斬撃を叩き込む。ドミニクはキマイラの左胴を、バルトロは右肢を斬り付け、血しぶきが宙に舞った。

戦闘不能に追い込むには小さすぎる傷。たったそれだけの傷を与えるのに払った代償は、キマイラからの痛烈な反撃である。

『ガアアアアアアアアアアァァッ！』

咆哮と共に迸る雷。周囲を舐めるように放たれた雷光がカメラのフラッシュのように瞬き、得物を振るって即座に離脱しようとしていたドミニクとバルトロを狙う。

放たれた雷光は速く、視認もできないほどだ。それでもバルトロは戦斧を地面に突き立てて手放し、避雷針《ひらいしん》代わりにすることで直撃を回避する。しかしドミニクは武器を手放すのが間に合わず、真正面から雷光の直撃を許す。

「おやっさん⁉」

目の前で起きた光景に、レウルスは思わず悲鳴を上げる。

電圧や電流がどういった意味を持つのか、レウルスも明確に思い出すことはできない。だが、強力とは呼べない程度の電気で感電死を起こすことだけはしっかりと覚えていた。

下手すればドミニクが死んだかもしれない。その事実にレウルスは身を震わせ――。

「はああああああぁっ！」

雷撃が直撃したはずのドミニクが、気合いの声と共に大剣をキマイラに繰り出していた。

カン、という澄んだ音が響く。何事かとレウルスが驚いていると、根本から叩き斬られたキマイラの角が宙を飛び、離れた場所へと落下する。

「あ……え……は？　い、今、雷が直撃した……よな？」

思わず、といった様子でレウルスがニコラに尋ねた。たしかに雷光が直撃したと思ったのだが、もしかすると極度の緊張が見せた幻だったのかもしれない。

「おやっさんの武器は魔法具でな……魔法への耐性がある上に頑丈なんだ。完全に防げるわけじゃねえが、あれぐらいの魔法なら盾代わりにすればある程度は耐えられるんだよ」

「先に教えてくれよ！　おやっさんが死んだかと思ったじゃねえか！」

思わず叫ぶレウルスだったが、内心では安堵していた。元上級の冒険者は装備も優れていたらしく、ブランクを感じさせないドミニクの動きに光明を見出す。

バルトロは武器を手放しているが、ドミニクの反撃によってキマイラは角を一本切り落とされている。これで少しは有利になるのではないか。

そう考えたレウルスとは対照的に、ニコラの表情は渋さを増す。

「少し……いや、かなり厳しいか……昔のおやっさんなら首を落とせただろうに」

その視線の先にいたのはドミニクである。キマイラは頭が二つあるため即死させることは不可能だろうが、片方切り落とすだけでも大きな勝機になったに違いない。

それはブランクに因るものか、それとも直前に受けた雷魔法の影響か。ドミニクの動きが戦闘開始時と比べて精彩を欠き始めているのだ。

それを見抜いたのかキマイラもドミニクを集中的に狙っており、防戦一方の状況に追い込まれていく。腰に下げていた手斧を抜いたバルトロがそのフォローに回っているものの、戦斧の時と比べて間合いの広さも威力も落ちているためキマイラを止めるには至らない。

バルトロの手元に戦斧があれば話が別なのだろうが、雷魔法を防ぐための避雷針代わりに使用した結果、魔法が直撃した衝撃で遠くへと弾き飛ばされていたのだ。

攻撃力が落ちたバルトロと機動力が落ちたドミニクではキマイラを傷つけることができず、徐々に手傷が増えていく。時間を追うごとに、劣勢へと追い込まれていく。

「ニコラ先輩！」

居ても立っても居られず、レウルスは剣を抜こうとした。キマイラが相手では役に立つとは思えない。それでも気を引くことぐらいはできるだろう、と。

「動くな！　あの二人ならまだ耐えられる……だから待て」

しかしニコラが即座に止め、悔しそうに歯噛みする。

一度キマイラと交戦したニコラだからこそ、ドミニクとバルトロならばまだ時間が稼げるとわかっていた。それでも、レウルスを止めるニコラの声にも苦渋の色が滲んでいる。

そんなニコラの様子にレウルスは強く逡巡した。仮にレウルスがキマイラに斬りかかっても逆にドミニク達に隙が出来かねず、時間を稼ぐどころの話ではなくなるかもしれない。

だが、ドミニクには恩があるのだ。ニコラは〝まだ〟大丈夫だというが、このままではブランクがあるドミニクが命を落とすのではないかという恐怖があった。

（ああ……くそ……俺って弱いなぁ、おい）

キマイラに対する恐怖。ドミニクが命を落とすかもしれないという恐怖。そして何よりも、この状況で何もできない自分自身に対する苛立ち。

冒険者として活動するようになって少しは強くなったと思った。借り物の武器と防具を使ってだが、魔物を倒すことができて少しは強くなったのだと、そう思っていたのだ。

そんな自信など、キマイラが相手では何の役にも立たない。レウルスから見て凄腕だと思えるドミニクとバルトロでさえ、キマイラ相手には足止めしかできないのだ。

遠目に見るだけでもキマイラの恐ろしさは伝わってくる。仮に自分が百人いても蹴散らされるだけだろうとも思う。雷魔法を撃たれ、それで呆気なく終わると理解できてしまう。もしかすると雷魔法を使うことなく肉弾戦だけで蹴散らされるかもしれない。

キマイラを相手に戦える技量もなければ度胸もない。装備も心許《こころもと》なく、ニコラ達のように魔法が使えるわけでもない。この状況を逆転させるような知略があるわけでもない。

ないない尽くしの自分に嫌気が差すレウルスだったが、そんなレウルスの心境に気付いたのだろう。それまで厳しい表情をしていたニコラは小さく笑う。

「悔しいと思うなら強くなれよ。お前がいた村のことは聞いたが、今いるのはラヴァル廃棄街だ。強くなりたいんなら自分次第でどうにでもなる……そんな場所だぜ？」

ニコラも現状が厳しいことを理解しているが、その上でキマイラに勝つことを信じているのだろう。レウルスを励ますように言うと、ニヤリと口の端を釣り上げた。

「それに、だ。お前はこのまま俺達が負けることを心配してるみたいだが……シャロンの『詠唱』が終わるぞ」

その言葉にレウルスは振り返る。キマイラの動きを注視していたため意識から外れていたが、その間にもシャロンの詠唱は続いていたのだ。

レウルスが見たのは、閉じていた目を開けて杖を振り上げたシャロンの姿。『詠唱』がほとんど終わっているのか、シャロンを中心として魔力が渦巻いているように感じられる。

ソレは圧迫するように押し寄せつつも、同時に冷たさを覚えさせる異質な感覚だった。

シャロンの状態に気付いていたのか、それまで防戦に徹していたドミニクとバルトロが己の身の危険を顧みず強引な攻勢へと転じる。

シャロンが魔法を放つまでかかる時間は、残り僅かだと思われた。だからこそドミニクとバルトロは全力でキマイラに挑んでいく。

時折放たれる雷魔法に体を痺れさせながらも強引に大剣を振るうドミニクと、そんなドミニクを補佐するように外殻で覆われていない関節を狙って手斧を繰り出すバルトロ。

二人の攻撃は短時間でキマイラを倒せるほど強くはないが、放置できるほど弱くもない。そのためキマイラは二人を無視することができず、足を止めることとなった。

たしかにキマイラは強いのだろう。ドミニクとバルトロの二人を相手にしても互角以上に戦える。ドミニクがもう少しだけ打たれ弱ければ勝敗は既に決していたに違いない。

だが、現実はそうはならなかった。有利に戦いを進めていても決定打が打てず、シャロンが『詠唱』を終えるだけの時間を与えてしまった。

この状況に至り、レウルスは何故ラヴァル廃棄街の面々に悲壮感がなかったのかを悟る。

キマイラが相手でも最善を尽くせば打倒できる――そう信じていたからだろう。

レウルスはラヴァル廃棄街の戦力を知らず、彼らはそれを知っていた。その違いが対応を分けたのだ。

「氷の精霊よ――」

それを証明するように、シャロンの力強い声が響く。振り上げた杖の周囲に蒸気にも似た白い冷気が渦巻き、ピキピキと凍るような音と共に氷が生み出されていく。

『詠唱』が終わったのか、それとも終わる直前なのかレウルスにはわからない。それでも、シャロンの魔法が非常に強力だということは魔法を使えない身でも理解できた。

多少距離があるレウルスの元にも届くほどの冷気。その冷たさは思わず身を震わせるほどで、空中に生み出された氷の物騒さは寒さとは別の意味で身が震えてしまうほどだ。

シャロンが空中に生み出した氷は最早柱とでも呼ぶべきものである。太さはおよそ五十センチ、長さは三メートルを超えるだろう巨大な氷の柱だ。

——恐るべきは、そんな氷の柱が八本も宙に浮いていることか。

「なんだ、アレ……」

その光景を見たレウルスは、思わず呆然と呟く。『詠唱』の効果がどれほどあったかは知らないが、見た目だけでもレウルスの度肝を抜くには十分だ。

冒険者の階級と同様に、魔法の威力にも階級が存在する。魔法が使えないレウルスにとっては単なる情報に過ぎないが、シャロンの操る魔法はどれだけの威力があるのか。

少なくとも下級ではないだろう。見たことがないため判断ができないが、仮に中級と呼んでしまえば上級以上の魔法の想像ができないほどインパクトが強い。

(おやっさん達がシャロン先輩の安全を最優先にするわけだ……)

その時はシャロンが一番年下で魔法使いだからだと納得したが、ここまで強力な魔法を操れるのならば納得の度合いも強まるというものである。

だが、これだけ強力な魔法だ。ノーリスクで操れるわけでもないらしく、杖を掲げたシャロンの表情は苦悶に歪んでおり、額から流れる汗が頬を伝うよりも先に凍結していく。

それでもシャロンは揺れることなくキマイラを見据えていた。ドミニクとバルトロが離脱する瞬間を狙っているのか、空中に生み出された氷の柱に動きはない。

「オオオオオオオオオォォッ!」

シャロンの準備が整った。そう判断したドミニクが咆哮して大剣をキマイラに叩きつける。防御を考えずに大きく踏み込み、キマイラの右前肢を深々と切り裂いた。

『ガアアアアアアアァッ!?』

その斬撃は前肢を切断するには至らないが、激痛を与えることには成功した。キマイラは悲鳴を上げながら尻尾を振るい、動きを止めていたドミニクを弾き飛ばす。

「シャロン！」

ドミニクが弾き飛ばされたのを見るなり、バルトロは手斧をキマイラの顔面目がけて投擲する。それと同時にシャロンに向かって叫ぶとその場から離脱し、手斧を投擲したことで開いた両腕でドミニクを抱え上げた。

ドミニクがキマイラの足を傷つけ、わざと弾き飛ばされることで間合いを開ける。その上でバルトロがキマイラの動きを止めるために手斧を投擲した――レウルスがそう理解したのは、シャロンが纏う魔力が一段と膨れ上がったその瞬間だった。

シャロンだけでなく、空中に浮かぶ氷の柱も白い冷気を纏っている。『詠唱』による魔力の制御が限界を超えているのか、杖を握るシャロンの腕にも氷が纏わりついている。

それでもシャロンは己の状態に構わず、動きが鈍ったキマイラへと鋭い視線を向けた。

「――彼の敵を、何者も逃れ得ぬ冷たき眠りの世界へ誘いたまえ！」

『詠唱』が終わり、掲げていた杖が振り下ろされる。その動きに合わせるように氷の柱が放たれ、キマイラのもとへと飛来した。

風を切って放たれる、八本の氷の柱。その勢いも然ることながら、数百キロはありそうな重量物が直撃すればさすがのキマイラとてただでは済まないだろう。それを理解しているのか、キマイラは迎撃ではなく回避を選択する。

ドミニクに斬りつけられた前肢を庇いつつも的確に、飛来する氷の柱の軌道を見切って最小限の動きで八本の氷の柱を避けていくキマイラ。地面に着弾する度に地面が揺れるがそれに構わず、惑わされることもなく、次々に回避してみせた。

氷の柱が同時に着弾したのならば回避は難しかっただろう。だが、空を飛ぶ氷の柱には僅かとはいえ時間差が存在していた。

いくら手傷を負っていてもキマイラの身体能力を以ってすれば回避することは可能であり、氷の柱が全て回避されたのを見たレウルスは悲鳴に近い声を上げる。

「おいっ⁉　全部避けられたぞ⁉」

シャロンの使った氷魔法は確かに強力だった。もしもレウルスに向けて放たれていたのならば避けられずに押し潰されたに違いない。だが、相手はキマイラであり、レウルスの何倍もある巨体でありながら一発たりとも被弾することなく避け切っていた。

その光景にレウルスは絶望しかけるが、氷魔法を回避されたシャロンに慌てる様子がない。そのことにレウルスが疑問を覚えるより早く、シャロンが言葉を紡いだ。

「――凍れ」

厳かに、怜悧《れいり》な眼差しと共に放たれた言葉。そんなシャロンの言葉に応えるように、キマイラの周囲に設置された氷の柱から莫大な冷気が溢れ出す。

『グルアアアアアアアアアァッ⁉』

キマイラがシャロンの意図に気付くが、最早間に合わない。降り注いだ氷の柱を基点とし、その内部にいたキマイラを強力な冷気が凍りつかせていく。

「………すげぇ」

その魔法は、レウルスが感嘆の声を漏らすほど強力だった。氷の柱で歪な円を描くように作られた空間がキマイラごと完全に凍り付き、巨大な一つの氷へと変貌したのだ。

離れた場所にいたレウルスの元にも届くほど強烈な冷気。その中心にいたキマイラはひとたまりもなかっただろう。それまでの猛威が嘘のように凍結し、動きを止めていた。

「ふぅ……もう……限界……」

キマイラが完全に動きを止めたのを見て、シャロンが杖を下ろす。そして深々と息を吐くなりその体が斜めに傾き始めた。

「シャロン先輩⁉　おい、大丈夫かよ……って冷てぇっ⁉」

レウルスは慌てて駆け寄り、地面に倒れ込もうとしていたシャロンの体を受け止める。そしてシャロンの体が氷のように冷たくなっていることに気付いて驚きの声を上げた。

受け止めた際に気付いたが、シャロンの体は様々な部分が凍り付いていたのである。杖を握っていた両腕が一番酷いが、髪の毛から爪先に至るまで薄く張った氷が目につく。

シャロンは魔力を使い果たしたのか気絶しており、冷気によって死人のように顔が白くなっていた。慌てて呼吸を確認するとか細い呼吸音が聞こえ、レウルスはほっと息を吐く。

「まったく……よくやったもんだぜ」

レウルスがシャロンの容体を確認していると、安堵した様子のニコラが近づいてきた。そしてシャロンの顔を覗き込んで褒め称えるように笑う。

「威力は上級に届かねえだろうが、キマイラを仕留められるならなんでもいい。ちぃとばかし無理をさせたけどな」

「キマイラといい今の魔法といい、上級ってとんでもない世界だな……」

今の氷魔法でも上級には届かないようだ。そうだとすれば上級以上の魔法はどれほどの威力があるのか——想像することすらできず、レウルスは頭を振って思考を打ち切った。

そんなことを考えている暇があればシャロンを介抱するべきだろうし、キマイラと直接戦っていたドミニクとバルトロの手当てをするべきだった。

視線を向けてみると、ドミニクはバルトロの手を借りて立ち上がっている。最後にわざとキマイラに弾き飛ばされていたが、その時に体のどこかを痛めてしまったのだろう。

それでも全員が生きている。シャロンの容体が気がかりだったが、ニコラの様子を見る限り命の危険はないようだった。

「はぁ……結局騒いでるだけで役に立たなかったな、俺……」

最悪の事態に至らなかったことは喜ばしいが、これではキマイラとの戦いを見学するためだけにこの場に来たようなものだ。無論、レウルスは自分が弱いことを知っているためそのことに文句はない。ただ、少しばかり拍子抜けしただけであり——。

「…………？」

チリッ、と微弱な悪寒が首筋を撫でた。シャロンが放った氷魔法の余波で周囲の気温が下がっているが、それで体が冷えたのだろうかと首を傾げる。

もしかするとキマイラ以外の魔物が近くに寄ってきているのかもしれない。そう考えたレウルスは油断を戒めて周囲を見回し――思わず絶句した。

キマイラを凍りつかせた氷の檻。その中でフラッシュのように光が点滅し、一本だけ残ったキマイラの角を中心として光が溢れようとしていた。

「おやっさん！　逃げろおおおぉぉっ！」

反射的に叫ぶレウルス。しかし、そんなレウルスの叫び声が届くよりも早く、キマイラを覆い尽くしていた氷の檻にヒビが入る。

『ゴアアアアアアアアアアアアァァァァッ！』

次いで響き渡る、キマイラの咆哮。それと同時に落雷のように電撃が周囲に降り注ぎ、氷の檻を粉々に砕いていく。

その雷撃は地面を揺るがし、キマイラ自身を巻き込みながらも氷の拘束を粉砕した。

「おいおい……」

その光景を見ていたニコラが呆然と呟くが、レウルスとしても同じ心境だった。キマイラは自傷することに躊躇せず、最適な手を打ってきたと言えるだろう。

たしかに死ぬよりはマシだが、自分を巻き添えにして雷魔法を撃つなど思い切りが良すぎる。強力な魔物は相応の知性があると聞いていたレウルスだが、ここまで的確な判断を下されると驚きよりも呆れの方が勝ってしまった。

だが、いつまでも呆けているわけにもいかない。作戦は失敗に終わったのだ。

レウルスは驚愕に反して冷静さを取り戻しつつある思考で現状を整理する。

シャロンは気絶し、キマイラの足止めをしていたバルトロとドミニクは満身創痍《まんしんそうい》。ニコラは最初から半死人に等しく、万全に近いレウルスはこの中で最も弱い。

視線を向けて確認してみれば、今しがたキマイラが放った電撃に巻き込まれたと思しきドミニクとバルトロの姿がある。電撃で体が痺れたところに砕け散った氷の破片が襲い掛かったのか、先ほどと比べて傷の数が増えていた。

シャロンが造り出した氷の檻から抜け出したキマイラも、無傷とは言えない。自身に向けた放った雷魔法で体のあちらこちらが黒く焦げていた。

――それでも、この場の全員を殺せるだけの余裕はあるだろう。

キマイラは砕けて地面に落ちた氷を踏み潰しながら周囲を見回す。二つの頭がそれぞれドミニク達とレウルス達を見据え、余力を探るように目を細めていた。

『ゴアアアアアアアアアアァァァッ！』

そして、勝利を確信したように咆哮する。それだけでレウルスの肌がビリビリと震え、支えていたシャロンを手放しそうになった。

「は、はは……絶体絶命ってのは、こういうことを言うんだろうな」

極限の恐怖からか、冷や汗すら浮かんでこない。レウルスは強がるように言葉を発してみたが、その声は大きく揺れていた。

「……レウルスはシャロンを担いで逃げろ。俺はおやっさん達と可能な限り時間を稼ぐ」

ニコラは険しい顔をしながら剣を握り、構えを取る。しかしその動きはゆっくりとした緩慢《かんまん》なものであり、レウルスから見ても戦える状態ではないと窺えた。

ドミニク達に改めて視線を向けてみると、ドミニク達もキマイラを足止めするべく立ち上がっている。ただしバルトロは手元に武器がなく、ドミニクは大剣を持ち上げることすら困難なようだった。キマイラの尻尾で殴り飛ばされた際、腕を痛めたらしい。

レウルスに与えられた役目に従うならすぐさまこの場から離れるべきだろう――ラヴァル廃棄街に辿り着く前にキマイラに追いつかれそうだが。

いくらシャロンが小柄とはいえ、人ひとりを抱えて移動すれば速度も落ちる。ニコラ達が時間を稼ぐとしても、稼げた時間で無事に逃げ切れるだろうか。

ぐるぐると空転する思考。キマイラに対する恐怖を思えば、今すぐこの場から逃げ出したい。幸いと言うべきかシャロンという免罪符もあるのだ。

シャロンの体は冷たく、早急に医者に見せる必要がある。『詠唱』していたとはいえ、あれほど強力な魔法を使えるシャロンはラヴァル廃棄街にとっても重要な存在のはずだ。そんなシャロンを連れての撤退ならば、周囲もレウルスを咎めはしないはずである。

（そうだよ、な……できることがないのなら、せめてシャロン先輩を助けるために……）

思考はこの場からの離脱を声高に叫んでいた。このままこの場に留まっても全滅するだけで、それならばシャロンと自分だけでも助かるべきだと。

己の安全だけを考えるのなら、自分一人で逃げても良い。シャロンを連れて離脱し、途中でシャロンをキマイラへの囮にする。そうすれば助かる可能性はさらに高まるはずだ。

何せ命がかかっているのである。これは死なないために選ぶ当然の行動で、卑怯だなんだと言われたとしても死ぬことと比べれば比較にならないほど生ぬるい。

一度死んだ身だからこそ、レウルスは死ぬことが恐ろしいのだ。

(逃げる……逃げる、か……逃げるしか、ないのか……)

思考の大半は逃げることに賛成しているが、迷う気持ちも残っている。それでも迷いを振り切るようにレウルスがシャロンを両腕で抱えると、ニコラは満足そうに頷いた。

「可能な限り粘るが、あんまり期待すんなよ？　できるだけ早く街まで辿り着いてくれ。あと、シャロンを頼む。弱くて馬鹿な兄貴で悪かったって伝えといてくれや」

レウルスが逃げることを選択しても、ニコラは責めずに安心した様子で笑う。

「その駄賃《だちん》に、俺が昔使ってた装備は全部やるよ。この前捨てちまったやつ以外にも、お前なら使えそうなのを色々持ってるからな……だからシャロンを頼んだぞ、レウルス」

ニコラはシャロンの頭を一度だけ撫でると、決別するように背を向けた。レウルスはドミニク達を見るが、ドミニク達はキマイラの攻撃を回避しながらも咎める様子がない。

前言通り、レウルス達が逃げるための時間稼ぎに徹するようだ。ドミニクは痛む腕を無視して大剣を盾代わりにして耐え、バルトロは隙を見て戦斧を回収しようとしている。

「早く行け。時間が惜しい」

迷ったまま動けないレウルスを急かすようにニコラが言う。レウルスが迷えば迷うだけ時間が減り、キマイラに追いつかれる可能性が増えていくのだ。

現にドミニクは限界が近いらしく、キマイラの猛攻に押され始めている。ドミニクが死ねばバルトロも遠からず命を落とし、ニコラもそれに続くだろう。

そんなドミニク達を見捨てて、レウルスはこれから逃げるのだ。

シャロンを担いで逃げて、ラヴァル廃棄街まで逃げて、逃げて、逃げて、これまでと同様に逃げて——。

「……あー……やっぱ、馬鹿だなぁ俺……」

呆れたような、深々としたため息が零れた。それに続いてレウルスの体が動く。ただしそれは逃げるためではない、ニコラに近づくためだ。

「……レウルス？」

逃げるのではなく近づいてきたレウルスに対し、ニコラは怪訝そうな顔をした。そんなニコラに対し、レウルスは両手で抱えていたシャロンを手渡す。

「俺じゃあシャロン先輩を担いだまま逃げ切れる自信がないしな……途中で他の魔物に出会ったら死ぬだろうし、ここは先輩に任せるよ」

満身創痍とはいえ、『強化』を使えるニコラがシャロンを担いで逃げた方が早い。仮に魔物に遭遇しても、レウルスと比べれば自力で切り抜けられる可能性は高いはずだ。

シャロンをニコラに託したレウルスは、頬を引き攣らせながら泣くように笑った。

「死にたくない、けど……逃げてどうするんだって話だよな」

馬鹿なことをしている、馬鹿なことを言っている。それは重々承知で、レウルスは言う。

今この場から逃げて、一体何になるというのか。死にたくないと訴えかける本能に従うべきだろうが、逃げ出して何になるというのか。

「それに、おやっさんを置いて逃げられるかよ。俺、まだ恩を返してないんだぞ？　コロナちゃんにおやっさんを見殺しにして帰ってきたなんて、口が裂けても言えねえよ」

できるのなら逃げたい。だが、この場に留まるに足る理由を思い出してしまった。

一宿一飯の恩――命を助けられた恩をまだ返していないのだ。それだというのにドミニクを置いて逃げ出すなど、恩返しどころか恥の上塗りもいいところである。

前世ではそこまで義理堅い性格ではなかったのだが、とレウルスは苦笑した。

自分では戦うことすら困難だと理解していても、逃げることだけは許容できない。

ニコラとシャロンを逃がし、ドミニクも逃がす。バルトロには悪いが、一緒に死んでくれと思った。残念だが、ドミニクには大恩があってもバルトロには何もないのである。

「つーわけで、じゃあな先輩。兄貴らしくシャロン先輩をちゃんと守ってやれよ？」

それだけを言い残し、レウルスは駆け出した。背後からニコラの驚くような声が聞こえたが、それを気にする余裕はない。

ある程度までキマイラに近づくと、それまで抜くことがなかった剣を抜いて左手に持ち替える。続いて石を拾い上げると、キマイラの気を引くように投擲した。

「おいこら犬っころ！　こっち向け！　背中向けてるとケツの穴に剣ブッ刺すぞ！」

恐怖を抑え込むために敢えて罵倒するように叫ぶ。キマイラが人語を理解しているかわからないが、石を投げつけるだけでも挑発の意図は伝わるだろう。

キマイラは頭の片方をもたげてレウルスに視線を向けるが、脅威ではないと判断したのかすぐにドミニクとバルトロに視線を戻してしまった。

それを見たレウルスは有言実行で剣を突き刺してやろうと思ったが、キマイラには鞭のようにしなる三本の尻尾がある。馬鹿正直に突撃しても弾き飛ばされるのがオチだろう。

「何をしているレウルス！　シャロンを連れて早く逃げろ！」

ドミニクが焦ったように叫ぶが、その叫び声に対してレウルスも負けじと叫び返す。

「おやっさんに恩を返さないまま逃げられるか！　おやっさんこそ早く逃げろ！」

それだけを叫んでレウルスは駆け出す。このまま手をこまねいていても状況は好転しない。それならば少しでも動き、少しでもキマイラの注意を引くべきだと思ったのだ。

剣を構えて距離を詰めるレウルスに対し、キマイラは振り返ることすらせずに尻尾を振るった。それも三本全てではなく、一本だけである。

風を切って迫り来るキマイラの尻尾。長さは体長と同じく三メートル近いが、弧を描きながら高速で迫る尻尾は鞭と比べても威力で勝るだろう。

「くそっ、舐めんな――ッ!?」

それでも目で追えている。体も意識についてきている。それ故にレウルスは尻尾を叩き斬ってやろうと剣を振り下ろし――剣を手放しかねない強烈な衝撃に息を呑んだ。

走り寄った勢いと共に振り下ろした剣だったが、尻尾に食い込ませることすらできなかった。鞭のようにレウルスを打ち据えようとした尻尾へのカウンターという形になったというのに、一方的にレウルスが押し負けたのである。

剣を握っていた両手が腕ごと上方へと弾かれる。その衝撃はレウルスの体を浮かせるほどだったが、辛うじて剣は手放さなかった。

その代償に、隙だらけの胴体を晒す羽目になったが。

「ガッ!?　ゴ……ギ、ィ……」

それまで動いていなかった尻尾が振るわれ、レウルスの胴体を強かに打ち据える。革鎧越しの衝撃が臓腑を貫き、レウルスの口から強制的に空気が吐き出された。

その一撃だけでレウルスの体が後方へと弾き飛ばされる。揺れる視界の中でレウルスが見たのは、相変わらず視線すら向けないキマイラの姿だ。

キマイラはレウルスのことを歯牙にもかけていない。背中を向けていても、尻尾だけでも容易に倒せると思っている。

そして、それは事実だろう。現にレウルスの攻撃は通じず、戯《たわむ》れに放たれた尻尾の一撃だけで大打撃を受けているのだから。

「ごほっ！　づ、つぅ……く、そったれめ……」

鉄球でも直撃したのかと思うほどの衝撃だった。空気だけでなく胃の中身まで吐き出しそうになったものの辛うじて耐え、足から着地して砂埃を上げながら急制動をかける。

レウルスはすぐさま駆け出そうとしたが、腹部から伝わる激痛でその場に膝を突いてしまった。骨は折れていないようだが、内臓が激しく掻き回されたように痛む。

吐き気を伴う激痛が全身を駆け巡り、泣きたくもないのに勝手に涙が浮かんでくる。レウルスは剣を杖代わりにして立ち上がるが、勝手に膝が震えてすぐには動けそうにない。

（こんな化け物相手に……よく戦えるな……）

荒い呼吸を繰り返してなんとか痛みを抑えようとするレウルスの脳裏に過ぎったのは、キマイラ相手に渡り合ったドミニクやバルトロへの賛辞だった。

レウルスはたった一撃で動きを止められてしまった。防具の質の違いもあるのだろうが、ドミニクもバルトロもこの程度では止まらないはずである。

キマイラが危険視しないのも納得できる実力差だった。放置していても問題にならず、仮に向かってきても片手間で倒せると判断されているのだ。

キマイラの気を引くことも、ドミニクを逃がすこともできない。むしろ邪魔をしただけだとレウルスは歯を噛み締め、自分への怒りで全身を駆け巡る痛みを強引に無視する。

「小僧！　俺の斧を拾ってこい！」

そんなレウルスの元に、バルトロの声が届く。それを聞いたレウルスは一体何事かと眉を寄せたが、バルトロは無手のままだ。しかし戦斧があればまだ話は別だろう。そのことに思い至らなかった自分自身に苛立ちを覚えるが、黙ってその指示に従う。

キマイラに背を向けると、離れた場所に転がっている戦斧を拾うべく駆け出した。

「っ⁉」

だが、戦斧を拾われるのはキマイラとしても面白くないのか。駆け出した瞬間嫌な予感が――魔力が放たれていることに気付き、レウルスは横っ飛びに地面を転がった。

そして次の瞬間、レウルスが進んでいれば通ったであろう場所に雷が降り注ぐ。放たれた雷はその衝撃で地面を砕き、焦げ跡を残すほど強力だった。もしもレウルスに命中していれば、それだけで即死していただろう。

「はぁ、はぁ……くそっ、洒落になってねえぞオイ……」

命中はしていないが、雷が着弾した余波で手足に軽い痺れを感じる。その事実がキマイラの雷魔法の威力を痛感させ、レウルスは身が震える思いだった。

だが、雷撃を回避したことがキマイラの気を引いたのだろう。片方の頭がレウルスへと向けられており、レウルスの動きに対して違和感を覚えていることが伝わってくる。

「は……どうした犬っころ！　ご自慢の雷が当たってねえぞ！」

そのためレウルスは挑発するように声を張り上げた。続いて戦斧に向かって駆け出し、更にキマイラの気を引こうとする。

「っ、もう、一発っ！」

先程よりも明確に魔力を感じ取り、レウルスは剣を鞘に収めながら腰に下げていた短剣を引き抜いた。キマイラの狙いは落雷による点での攻撃ではない。今度はレウルスを飲み込むよう放射状に雷撃が放たれる。

それを察したレウルスは短剣を背後に放り、飛び込むようにして前方に飛んだ。すると放たれた雷撃が引き寄せられるようにして短剣に命中し、雷撃を四散させて威力を削ぐ。

それでもレウルスの体に強烈な痺れが走ったが、地面に手をつけて電気を逃がすことで辛うじてやり過ごすことができた。

（ぐっ……絶対体に悪いな、コレ……）

舌先まで痺れそうだが、この場に留まっていては追撃の電撃で感電死するだろう。その恐怖感がレウルスの体を動かし、前へと進ませた。

死なないレウルスに業を煮やしたのか、続け様に雷撃が放たれる。それでもレウルスは電撃を掻い潜って戦斧の傍まで駆け寄ると、両手で戦斧の柄を握って持ち上げようとした。

「っ……お、重てぇ……」

巨漢のバルトロが使うだけあり、戦斧も相応の重量があった。レウルスでは持ち上げるのが精一杯で、バルトロのところまで運ぼうとすれば雷撃の餌食《えじき》になるに違いない。

ドミニクとバルトロがいる場所まで四十メートルは離れている。一気に距離を詰めるには戦斧が重すぎて、投げて渡すことも当然ながら不可能だ。

『ガアアアアアアァァッ！』

そんなことを考えていた矢先だった。それまでドミニク達の相手をしていたキマイラが突如として身を翻《ひるがえ》し、レウルスへ向かって突進してくる。

「レウルス！　ぬっ⁉」

キマイラを追おうとしたドミニクだったが、置き土産のように放たれた雷撃に足を止められてしまう。それはバルトロも同様であり、レウルスの救援が妨げられてしまった。

「チィッ！　ここでこっちに来るのかよ！」

魔法が回避されるのなら、直接殴れば良い。キマイラはそんな単純な結論を下したのだろうが、レウルスにとっては致命的とも言える手だった。

魔法ならば辛うじて回避ができるが、キマイラの巨体から繰り出される打撃は回避できない。ダンプカーのように突っ込んでくるキマイラに撥《は》ねられるだけでも死にそうだ。

「ぬうううぅぅんっ！」

背を向けたキマイラに対し、ドミニクが大剣を振りかぶる。そして真横に振るうなり手を離し、キマイラ目掛けて大剣を投擲した。

『グルゥッ⁉』

さすがに武器を手放すとは思わなかったのだろう。キマイラは驚いたような声を上げ、回転しながら迫る大剣を尻尾で跳ね上げようとする。

だが、ドミニクが全力で投擲した大剣はそう簡単には止まらない。跳ね上げようとした尻尾の内一本を斬り飛ばし、キマイラに苦悶の声を上げさせた。

問題があるとすれば、キマイラが直進を止めなかったことだろう。尻尾を斬られながらもレウルスとの距離を詰め、間合いに入るなり前肢を振り抜いたのだ。

それは、キマイラにとって邪魔な虫を殺すための一撃。魔法を回避したレウルスに対する苛立ちを込めた一撃だった。

丸太のように頑丈で太い前肢が風を切って迫り、レウルスは咄嗟にバルトロの戦斧を構えた。金属でできた戦斧を盾にして少しでも被害を小さくしようとしたのだ。

レウルスは戦斧に手を当てながらキマイラの攻撃を受け止める。

「ッ!?」

――ことなどできるはずもなく、鈍い破断音と共に激しい衝撃がレウルスの体を襲った。

真横から車がぶつかってきたような衝撃と共に足が地面から浮き、そのままボールのように弾き飛ばされる。宙に浮いたまま十メートル、二十メートルと滑空し、山なりの軌道でレウルスは地面に叩きつけられることとなった。

レウルスは反射的に体を丸めて衝撃を和らげようとしたものの、それにも限度がある。魔物の攻撃から身を守るための革鎧が、この場合は仇となる。肉体よりも硬い革鎧と共に地面に激突したことで、体のあちらこちらから激痛が巻き起こった。

「ガ……ギィ……」

体中を駆け巡る激痛により、勝手に息と声が漏れる。尻尾で腹を殴られた時とは比べ物にならない痛みで全身が痙攣し、指先一本動かすこともできそうにない。

骨が一本か二本、下手すればそれ以上折れているのだろう。あまりの痛みに意識が遠退き、強制的に意識を落とそうとする。

「は、ぐ……あ、ああ……」

それでも辛うじてつなぎとめた意識の中でレウルスが見たのは、咆哮と共に角から紫電を生み出すキマイラの姿。油断などすることなく、即座にとどめを刺すつもりらしい。

その事実にレウルスは笑いたい気持ちになり――バチバチと音を立てる巨大な電光が視界を白く染めた。

――意識が遠退く。

白く染まった視界は何も映さない。一秒後には雷撃が命中し、自分は息絶えるだろう。

それを他人事のように捉えたレウルスの思考は急激に加速し、迫り来る雷撃の速度すら超えて脳裏に様々な光景を呼び起こさせた。

それは死に直面した人間が見る走馬灯か、あるいは何かしらの奇跡か。一秒という時間が引き延ばされ、永遠とも思える思考時間をレウルスにもたらす。

『………』

最初に脳裏に浮かんだのは、前世での記憶だった。

モザイクがかかったように顔が潰れて見える何者か――おそらくは女性が無言で自分を見詰めている。

その姿を見たレウルスは以前夢で見た前世の光景を脳裏に描いた。

かつての自分が過ごしていた家の中と、その家の中で共に過ごす女性。

声は聞こえずとも言い争っていることがわかる光景。

それらがレウルスの心を波立たせる。哀愁のように胸を軋《きし》ませ、締め付けてくるのだ。

『…………』

思考が切り替わり、脳裏に描いていた光景も切り替わる。

そこにあったのは、道行く人波を掻き分けて前に進むかつての自分の姿だった。

朝の通勤ラッシュに巻き込まれているのか、フラフラと進むその姿はまるで幽鬼のようで、頬肉が削げ落ちた顔は死人のようでもあった。目の下には濃い隈が浮かんでいるというのに、前を見る目だけはやけにギラギラとしている。

それでも、この後に起こることをレウルスは知っていた。

いくら時間が経っても忘れられない、忘れられるはずもない、かつての自分が終わる瞬間だ。

それを証明するようにかつての自分の体が大きく揺れる。続いて踏み出していた足から崩れ、前のめりに倒れていく。

その動きがやけにスローモーションに見えたのは、体験した自分自身がそう感じていたからだろうか。かつての自分がアスファルトの地面に倒れ伏したのを見届けたレウルスは深々とため息を吐き、頭を振る。

死ぬ間際にかつて死んだ時のことを追想するなど虚しいにもほどがあった。加えて言えば、二度死ぬことも腹立たしい。

結局、新たな人生はロクなものではなかった。何の意味もない、疲れるだけの人生だった。これからだという時に終わりを迎えた、腹立たしい人生だった。

ラヴァル廃棄街で過ごした日々は悪くなかった。これから先、未来に希望を持てる輝かしい日々だった。

悔いが残るとすれば、コロナとドミニクに恩返しが出来なかったことだろう。

自分がそこまで義理堅かったことに驚くが、命を救われたのだから仕方がない。それほどまでに嬉しくて、あの時食べた塩スープはそれほどまでに美味しかったのだ。

——死にたくない。

直前に死が迫った今だからこそ強くそう思う。

今から、これからなのだ。好きに生きられる、自分の意思で道を選んでいける、そう喜んだ矢先なのだ。

前世の自分が見れば顔をしかめる環境だろう。あるいは鼻で笑い飛ばすかもしれない。過酷で劣悪な環境であることはレウルスも認めるが、それでも充実感を覚える日々だった。

冒険者という己の腕一本で生き抜く生活も、慣れさえすれば悪くない。命をチップに自身の未来を切り拓いていくなど、前世の自分にはできなかったことだ。命を磨り減らすように働きはしたが、そこに充実感などなかった。

——死にたくない。

よりいっそう、強く願う。この場で死にたいと願う程、人生に絶望していない。畳の上で大往生とは言わないが、せめて満足しながら死にたいのだ。

そう考えている間にも雷撃が迫る。残された時間は僅かで、その長さは一瞬か、ほんの刹那《せつな》か。

それが過ぎれば雷撃で死に絶えるだろうが、そんな結末は許容できなかった。

死を目前にしてレウルスに宿ったのは、純粋な生への渇望《かつぼう》。この窮地《きゅうち》を潜り抜け、未来を掴むという強烈な意思。

無論、意思だけで窮地を脱することなどできない。必要なのは雷撃を耐え切るだけの耐久力か、回避できるだけの速度。

その上でキマイラを倒せるだけの力が必要で——ガキン、と歯車が噛み合う音を聞いた気がした。

眼前まで迫っていた、視界を埋め尽くすほどの雷撃。確実に命を刈り取るであろうその一撃は、いつまでたっても命中しなかった。

自分が未だに生きている。その事実が理解できず、レウルスは目を瞬かせた。

雷光で白く点滅する視界を巡らせると、僅かに離れた場所で雷撃が地面を焦がしているのが見えた。それは今までレウルスがいた場所で、避けなければ死んでいただろう。

——そうか、避けたのか。

ぼんやりと、他人事のような思考の中でそんなことを考え、レウルスは雷撃を放ったキマイラへと視線を向ける。キマイラとしても今しがたの雷撃は必中だと思ったのだろう。しかしレウルスが回避して生き延びたことに驚き、戸惑っているようだった。

その困惑は当然のものだろう。なによりもレウルス自身が困惑しているぐらいだ。

これまでも回避していたが、先ほどの雷撃は回避しようがなかった。キマイラに殴り飛ばされ、地面を派手に転がり、全身を激痛が苛んでいたのだ。回避できる状況ではない。

だが、結果としてレウルスは回避していた。死に至るであろう雷撃を回避し、今も生を繋いでいるのだ。

この状況を一番信じることができないのはレウルスだろう。もしかすると雷撃が直撃しており、死ぬ間際に幻想でも見ているのかもしれない。そう思うほどに現実味がなかった。

『ガアアアアアアアアァッ！』

キマイラが困惑していたのはほんの数秒だけだった。雷撃が回避されたのならばと地を蹴り、一気に距離を詰めてくる。その勢いは走るだけで風が起こるほどだったが、レウルスは突進してくるキマイラをぼんやりと眺めていた。

先程まではキマイラがとても恐ろしく、その動きもロクに追えなかった。それが今では奇妙なほどに恐怖を感じず、キマイラの動きもしっかりと見える。

突進してきたキマイラはその途中で跳躍すると、黒い外殻で覆われた前肢を振り上げながらレウルスへと迫る。

それを見たレウルスは背後へと跳ぶ。馬鹿正直に真正面から受ければ挽き肉になる。あるいは車に轢《ひ》かれた蛙のように叩き潰される。

故にレウルスは背後へと跳ぶ。そして思わず目を見開いた。

体が軽い――軽すぎる。

先程まで全身を駆け巡っていた激痛も不思議と消えているが、体の反応と意識のズレが酷過ぎて自分の体とは思えないほどだ。一メートル後退したつもりが五メートル近く距離を開けてしまっている。

あまりに勢いが良すぎて地面の僅かな起伏に足を取られるが、転ぶことを拒むように地面を蹴り付けると勢いをそのままに後方宙返りを行う羽目になった。

「………………」

後方への跳躍と、意図せぬ後方宙返り。それだけでキマイラとの距離が十メートルほど開き、レウルスは無言のままで困惑を強める。

まるで自分の体ではないようだ。繰り返しそう思うが、今この時、この場においては有り難いことこの上ない。

自分の体とは思えないほど速く動ける――これは良い、なんとも便利だ。

自分の体とは思えないほど力が湧いてくる――今ならどんな武器でも振るえそうだ。

自分の体とは思えないほど思考が冴え渡っている――キマイラの困惑すら読み取れるほどだ、問題はない。

「は……ははは っ」

レウルスの口から思わず笑い声が漏れた。

視界から飛び込んでくる情報の量が今までとは桁違《けたちが》いに多い。しかしそれを処理する能力も上がっているように感じられる。

自分自身の体の状態。キマイラの動き。遠くで呆然としているドミニクとバルトロの顔。吹き付ける風。空気の湿り具合。その全てを同時に把握できる自分自身に笑いたくなった。

何が起きたのかはレウルスにもわからない。レウルスにとっても初めてのことで――。

「ああ……そういえば初めてじゃねえや」

思い出すのは、ドミニクとコロナへの恩返しのために森へ出かけた時のことだ。その時遭遇した角兎を石で撲殺したことがある。

今の感覚は、その時に似ている。回避しようがなかった角兎の突撃を回避した時の、あの感覚に。あの時も何が起きたのか理解できなかった。それは今でも同じだ。自分の身に何が起きたのか、正確には理解できない。

現状でわかっているのは、あの時よりも長く今の状態が続いていること――そしてそれがいつまで続くかわからず、決して楽観ができないということだ。

自身の状態に驚愕する一方、冷静に思考できる気持ち悪さ。それを感じつつもレウルスは視線を巡らせる。

今ならばこの場から離脱することもできるだろうが、それは却下だ。自分一人では逃げ出せないと、ドミニクを見捨てられないと思ったからこそこの場にいるのである。

最初に浮かんだのが逃げの一手であることにレウルスは苦笑する。それと同時にキマイラの様子を窺うが、レウルスが見せた動きを警戒したのか唸り声を上げるだけだった。

――冷静に見てみると、キマイラも万全には程遠い。

ドミニクが全力で斬り付けた右前肢からは未だに血が溢れており、体のあちらこちらに小さいながらも切り傷が刻まれている。

その全てがドミニクとバルトロの足止めの結果だ。それらに加え、シャロンが放った氷魔法もまったく効果がなかったわけではない。凍傷を負ったのか壊死したのか、キマイラの後肢が不自然な動き方をしている。

「おやっさん……この剣借りるよ」

ドミニクがレウルスを助けるために投擲した大剣。前世の知識で例えるならば鯨包丁に似た片刃の大剣の場所へと瞬時に駆け寄り、両手で拾い上げる。

普段ならば持ち上げるのが精一杯だろう。しかし、今の状態ならば片手でも振るえそうなほど軽く感じた。

いつまで今の状態が続くかわからない。だから時間をかけずに仕留める。仕留めきれなければ死ぬが、つい先ほどまで死に掛けていたのだ。

今更怖いとは思えず、大剣を振りかぶりながらレウルスは駆け出した。

「おおおおおおおおおおおおおおおぉぉぉぉっ！」

レウルスは自分を鼓舞するように声を張り上げ、一直線にキマイラへと突撃をする。剣術など学んだこともなく、愚直に、馬鹿正直に、真正面から斬りかかった。

――それでも、爆発的な身体能力が加われば愚策とは言えない。

『ガアアアアアアアアァッ！』

真っ直ぐ飛び込んできたレウルスに対抗するよう、キマイラが吠える。上半身を起こして二足で立ち、黒光りする外殻で覆われた前肢を勢い良く振り下ろす。

正面から踏み込んだレウルスは、振り上げていた大剣を叩きつけるようにして振り下ろした。二足立ちになったことで、キマイラの方が高い位置から前肢を振り下ろしている。その前肢を迎え撃つよう、レウルスは正面から大剣を叩きつけた。

甲高くも重厚な、金属同士がぶつかるような音が響き渡る。体格と体重差、そこに高い位置からの振り下ろしという有利さを加えたキマイラの打撃。それを正面から迎え撃ったレウルスの斬撃は、互いに後方へ弾かれるという結果で終わる。

レウルスの斬撃はキマイラの外殻を切り裂けず、キマイラの打撃はレウルスが振るう大剣を弾き飛ばすことができなかった。

「シイイイイイイィッ！」

いくら身体能力が上がったとはいえ、大きな体格差があるのだ。それを理解していたレウルスは斬撃が弾かれても驚かず、即座にその場で体を捻る。

後方に弾かれた大剣を右手だけで保持し、引き寄せるように真横に回転。途中で左手を柄に這わせ、打席に立ったバッターのように大剣を真横にフルスイングする。

すぐさま反撃に移ったレウルスとは対照的に、キマイラの反応は鈍かった。

キマイラとレウルスの体格を比べれば軽く五倍近い差がある。それだというのに、真正面からぶつかって引き分けたのだ。大剣とぶつかった前肢は、よく見れば外殻にヒビが入っている。その事実が余計にキマイラを混乱させる。

『ガアアアアアァァッ⁉』

故に、反応が遅れてしまった。真横に薙ぐよう振るわれた大剣が、立ち上がったことで剥き出しになっていたキマイラの腹部を切り裂く。

レウルスの踏み込みが浅かったからか、胴体を両断することはなかった。それでも頑強なキマイラの毛皮を切り裂き、肉を断ち切り、派手に血が噴き出す。

その激痛にキマイラは絶叫し、咄嗟に尻尾を振るう。レウルスを追い払うよう、嫌がるように尻尾を叩きつけた。

だが、それに気付いたレウルスは即座に背後へと跳ぶ。

キマイラの尻尾は前肢の外殻と比べれば遥かに脆《もろ》いだろう。大剣で斬り付ければ切断できるだろうが、鞭のように弧を描いて迫る尻尾を両断できる自信がレウルスにはなかった。

それ故に距離を取って体勢を立て直すことを優先した。しかし、距離が開くということはキマイラにも体勢を立て直す時間を与えるということである。

キマイラは起こしていた上体を地面に下ろし、四足でしっかりと大地に立つ。そして双頭でレウルスを睨み、角を中心として紫電を発生させた。

もっとも、当初と比べて雷の威力が落ちているように見える。さすがのキマイラといえど、無尽蔵に雷魔法を行使できる魔力を持っているわけではないのだ。

――アレは斬れる。

威力が弱まった電撃を見たレウルスの脳裏に、根拠のない直感が過ぎった。それでもその直感を疑うことはない。普段ならば信じられないような身体能力を発揮しているのがこの現状なのだ。今更己の直感を疑う必要はなかった。

大剣の柄を両手で握り、右肩に担ぐように構える。前傾姿勢を取り、全力で地を蹴る。それを見たキマイラが雷撃を放つが、躊躇することなく弾丸のように突っ込んでいく。

「ああああああああああああぁぁっ！」

突進の勢いを乗せたままで大きく踏み込み、絶叫と共に大剣を振り下ろす。踏み込みの力が強すぎたのか地面が凹んだがそれに構わず、雷撃へと斬撃を叩き込む。

大きな衝撃と抵抗。両腕を通して僅かに痺れたもののレウルスは止まらない。振り下ろした大剣が雷撃を切り裂き、勢い余って地面へと叩き込まれる。

ドミニクの大剣は業物だったのだろう。レウルスの膂力《りょりょく》と相まって刀身のほとんどが地面に埋まってしまった。

「ううううう――らあああああああああああああぁぁっ！」

強引に、無理矢理に、周囲の地盤ごと引っくり返すつもりで大剣を引き抜く。その余波で土砂がキマイラへと降り注ぎ、突撃を仕掛けようとしていたキマイラの気勢を殺《そ》いだ。

「ああっ、くそっ！　ちゃんと動け！　動きすぎなんだよ！」

地面から引き抜いた大剣を肩に担ぎつつ、吐き捨てるようにレウルスは叫ぶ。

普段と比べれば動きの速さ、力の強さは雲泥の差がある。思考の速度も同様だ。しかし、その差異があまりにも大きすぎる。

雷撃を斬れるとは思ったが、そのまま地面まで切り裂くつもりはなかった。もしも大剣が抜けていなければ手痛い反撃を受けていただろう。

何ができるのかわからない。冗談のような性能を発揮しているが、どこまでもつかわからない。火事場の馬鹿力のようなものだろうが、長続きするとも思えなかった。

時間の経過は不利でしかない。そう判断したレウルスは再び前へと出ると、雷撃を放った直後のキマイラへと肉薄する。

いくらキマイラとはいえ、首を刎ねれば死ぬはずだ。問題は頭が二つあることだが、それならば両方落とすだけである。

雷撃は切り捨てる。尻尾は切断する。体当たりは避ける。殴りかかってくるなら正面から弾き返す。レウルスにできることはそれだけだが、キマイラを殺し切るには十分だ。

先程の雷撃で魔力が底を突いたのか、キマイラが再び雷を身に纏うことはなかった。その代わりレウルスを正面から迎え撃ち、外殻で覆われた前肢を振るってくる。

再び二足で立ち上がり、左右から叩くようにして前肢が振るわれる。いくら身体能力が上がっているとはいえ、金属並に硬いキマイラの外殻で左右から挟まれれば死ぬだろう。

――それならば、当たらなければ良い。

迫るキマイラの前肢を視界の端で捉えつつ、レウルスは更に前へと出る。固い金属同士がぶつかり合う轟音を背後にしつつ、レウルスはキマイラの懐へと飛び込む。

そしてそこから放つのは、掬い上げるような刺突。キマイラの前肢の間を通し、レウルスの動きを見切ろうと観察していた右の頭部へと大剣の切っ先を突き込む。

『グルゥッ⁉　ガアアアアアアアアァァッ⁉』

瓦を叩き割ったような感触に続き、柔らかい何かを突き刺したのが柄越しに伝わってくる。それはキマイラの頭蓋を突き割り、そのまま脳まで破壊した感触だった。

レウルスはキマイラの悲鳴を聞き、大剣を捻りながら引き抜く。そして激痛から勝手に開いたキマイラの前肢の右側、ドミニクが深く切りつけていた方へと大剣を振り下ろした。

血飛沫が舞う中、レウルスが得たのは丸太のように太いキマイラの前肢を断ち切る感触である。肉を斬る感触にレウルスは眉を寄せたが、勘に従って後方へと跳ぶ。

すると、片方の頭部を破壊されて右前肢も失ったキマイラが激痛から暴れ始めた。その動きに釣られて二本の尻尾も縦横無尽に振るわれ、まるで荒れ狂う暴風のようである。

「っ……ふぅ……はぁ……」

一度距離を取ったレウルスは大きく息を吐く。暴れ回るキマイラは傷口から大量の血を流しており、周囲に血が飛び散っている。その飛び散る血で視界を潰されないよう注意しながら観察していると、キマイラはバランスを崩してその場に倒れてしまった。

ただし、倒れたからといって息絶えたわけではない。残った頭がレウルスを睨み付けており、その視線に気付いたレウルスは思わず苦笑してしまった。

手負いの獣というのは非常に危険だが、何よりも危険視すべきなのはこの状況でありながらキマイラが冷静さを残していることだろう。少なくともレウルスならば痛みに屈して地面を転げまわるだけで、敵の様子を確認する余裕などなかったはずだ。

本来キマイラはレウルスには太刀打ちできない魔物である。優勢な状況でもその事実がレウルスに慎重さをもたらしていた。

そして、限界が近づいていることをレウルスは感じ取る。大剣が徐々に重くなっているように感じられ、忘れていたはずの痛みが全身を苛み始めたのだ。

「ああ……クソ、いってぇな……でも、これで終わりだ」

ギシギシと軋むように感じられる体を動かし、レウルスは大剣を肩に担ぐ。そして前傾姿勢を取ると、レウルスから少しでも距離を取ろうとしていたキマイラを見詰めた。

「お前には感謝してるよ。あの日、あの場所で、お前が馬車を襲ってくれなきゃ俺は今頃鉱山で鶴嘴を振ってただろうさ」

そんなキマイラの姿に、レウルスの口から零れたのは感謝の言葉である。

目の前のキマイラはレウルスにとって恐怖の象徴だったが、同時に、自分に自由をもたらしてくれた相手でもあったのだから。

だが、そのことに感謝はすれど容赦はしない。この場で逃がしても息絶えるだろうが、万が一にも生き延びれば厄介なことになる。

己の体に起こった奇跡が二度起こるかわからない。だからこそ、この場で確実に仕留めるべきだとレウルスは思った。

血を流し、体を引き摺るようにして距離を取ろうとしていたキマイラに向けてレウルスは駆け出す。その速度は先程までと比べて遅かったが、それでも十分だった。

苦し紛れに振るわれるキマイラの尻尾を斬り払い、大剣を振るうのに適した間合いへと踏み込む。

大剣を振り上げ、キマイラの首に狙いを定める。

「ありがとう――――じゃあな」

そう呟き、レウルスは大剣を振り下ろすのだった。

エピローグ：ラヴァル廃棄街のレウルス

――その時レウルスが感じたのは、激痛に似た空腹感だった。

「ごぉっ⁉　あっ、いだっ！」

かけられていた薄布を跳ね飛ばし、勢い余って木製の寝台から転げ落ちる。それでも寝台から転げ落ちた痛みよりも空腹の方が痛く感じられた。

「ちょっ、な、なん、何？　え？　ていうかここどこだよ⁉」

周囲を見回して思わず声を上げるレウルス。つい先ほどまでキマイラと戦っていたはずだというのに、気が付けば何処とも知れぬ一室で寝台に寝かされていたのだ。

部屋は六畳ほどの広さがあるが、寝台以外に目ぼしい家具が見当たらない。小さなテーブルが置かれているだけで、あとは壁に設けられた木製の窓があるだけだ。

「は？　え、あれ、俺ってキマイラと戦ってた……よな？」

レウルスは己の体を見下ろすが、確認しても目立つ傷痕や痛みはない。

もしかするとキマイラとの戦いは夢か何かだったのか。だがそれならばこのような部屋で寝ている理由も理解できず、レウルスの思考は混乱が強まる。

だが、混乱する思考は空腹感――飢餓感とでも評すべき腹部からの衝撃で遮られる。

（ぐ、は、腹が……な、何か食い物は……）

レウルスが強烈な飢餓感に頭を抱えていると、何やら小さな音が耳に届く。それは何者かが歩く音だったが、その音は徐々に早くなり、レウルスがいる部屋の前で止まった。

「……レウルスさん？」

扉が開けられ、顔を覗かせたのはコロナである。そしてレウルスが床に転がっているのを見ると、驚きから目を見開いた。

「コロナちゃん……あっ、まずは水を」

「お父さんっ、レウルスさんが目を覚ましたよ！」

状況が理解できないが、まずは水を飲ませてほしい。そう言おうとしたレウルスを遮るようにコロナが叫び、パタパタと足音を立てて走り去ってしまった。

レウルスは絶句してからなんとかベッドに這い上がるが、それ以上は空腹で動けそうにない。声を出すだけでも辛いほどである。

このままでは餓死しそうだ。そんなことを考えたレウルスは無理を承知で立ち上がろうとするが、再び足音が近づいてくるのが聞こえて動きを止める。

「……起きたか」

扉を開けて入ってきたのは、体のいたるところに包帯を巻いたドミニクだった。その後ろにコロナも続いており、水差しと陶器のコップが載せられたお盆を運んでいる。

「レウルスさん、お水です。落ち着いて飲んでくださいね？」

心配そうに眉を寄せ、コップに注いだ水を手渡すコロナ。レウルスは小さく頭を下げてからコップを受け取ると、一気に飲み干してから大きく息を吐いた。

「あー……生き返る……こんなに水が美味く感じるのは初めてだ……」

相変わらず空腹感が酷いが、水で腹を膨らませるとマシになった気がした。

コップをコロナに返したレウルスは、改めてドミニクを見る。そして数秒だけ悩み、現状で一番気になることを尋ねることにした。

「おやっさん、俺はどれぐらい眠ってたんだ?」

キマイラに最後の一撃を叩き込んでからの記憶がまったくない。間違いなくキマイラの首を刎ねたとは思うのだが、と首を傾げるとドミニクは小さく息を吐いた。

「三日だ。町まで運んでも起きなくてな……伝手《つて》を頼って治癒魔法で怪我の治療をさせた。あとは安静にしていれば目を覚ますと思ってウチで寝かせてたわけだ」

「てことは、この部屋は……」

キョロキョロと見回すが、間違っても今まで寝床にしていた物置ではない。

料理店の二階にはドミニクとコロナが居住するスペースがあるが、他にどんな部屋が何部屋あるのかもわからない。今自分がいるのはその一室なのだろうとレウルスは納得する。

「亡くなったお母さんの部屋なんです」

「重いってか使うのが申し訳ねえなそれ!?」

コロナの回答に思わずベッドから飛び降りようとしたレウルスだったが、コロナは気にしていないように微笑む。

「レウルスさんはお父さんの命の恩人なんですから、気にしないでください。お母さんが生きてたらお父さんの部屋を空けてでも寝かせてたはずですからっ！」

「おやっさん、奥さんの尻に敷かれてたの？」

つい気になってそんなことをレウルスが尋ねると、ドミニクはそっと目を逸らした。どうやら尻に敷かれていたらしい。

「あー……結局、キマイラはどうなったんだ？」

「キマイラのことなら心配するな。俺とバルトロで死んでいることを確認した。死体もバラして素材を取ってある」

「そっか……ちゃんと死んでたか……」

片方の頭を潰し、もう片方の頭は首を刎ねたのだ。ドミニクとバルトロが確認したのなら間違いはないだろう。その上で死体から素材を剥ぎ取ったというのならば完璧だ。

「にしても、いくらあんなに怪我したっていっても三日も寝込むなんてな。シェナ村での疲れが今になって出てきたのかねぇ……」

ラヴァル廃棄街に来て食生活と住環境が改善されたとはいえ、体に疲労が溜まっていてもおかしくはない。その疲労が今回の戦いで表に出たのではないか、とレウルスは思った。

「違う。怪我もあるだろうが、お前が昏倒したのは魔力切れが原因だ」

だが、その考えをドミニクが否定する。

「そっか、魔力切れねぇ……は？　魔力切れ？」

レウルスは一度頷き、数秒経ってから首を傾げた。魔力切れと言われても思い当たる節がない。怪我と出血多量で倒れたのではないのか、とレウルスは不思議に思う。

「怪我もそれなりに重かったが、問題は『強化』……に似たあの魔法が原因だな。あんな魔法があるのなら先に言っておけ」

ジロリとドミニクが見てくるが、レウルスとしては困惑することしかできない。魔法と言われても、本当にわからないのだ。

「魔法、魔法……アレって魔法？」

レウルスは魔法のことなどほとんどわからず、レウルスとしてはいまいち実感が湧かないが、キマイラを倒した火事場の馬鹿力は魔法の一種らしかった。

「おそらくは、だがな。寝ている間に『魔計石』を握らせてみても何の反応もなかったが……アレは魔法のはずだ」

魔法と言われても本当に意味が分からず、レウルスは首を傾げることしかできない。

「もう、お父さんったら……そんなことはどうでもいいでしょう？　他に言わなきゃいけないことがあるんだから！」

コロナが咎めるように頬を膨らませ、ドミニクがバツが悪そうに頭を掻く。

「そうだったな……ああ、そうだった。レウルス」

「……なんですか？」

ドミニクの真剣な声色に、レウルスは姿勢を正す。すると、ドミニクも姿勢を正してから頭を下げた。

「お前のおかげで生きて戻ることができた……感謝する」

「――――」

頭を下げ、感謝の意を示すドミニク。そんなドミニクの姿に、レウルスは絶句した。

「レウルスさん……お父さんを助けてくれてありがとうございました。本当に……本当に感謝しています」

ドミニクに続き、コロナも頭を下げる。その瞳には涙が滲んでおり、心の底から感謝していることが窺えた。

レウルスは二人の感謝の言葉に対し、何も言葉が出ない。

キマイラに立ち向かうと決断したのは、自分自身だ。そこには危機に陥ったドミニクを助けたい、逃がしたいという心情があったが、実際にそれが叶うとは思っていなかった。

ドミニク達の協力で弱っていたとはいえ、キマイラを圧倒したあの力。あれがなければ今頃は屍を晒していただろう。それを思えばレウルスの決断は無謀でしかなく、こうやって改まって感謝されると喜びよりも困惑の方が先に立ってしまった。

「頭を……上げてください」

頭の中が真っ白になったが、なんとかそれだけは絞り出す。自分の声が震えを帯びていたことに、レウルスは気が付かなかった。

「俺は、ドミニクさんとコロナちゃんに命を救われた……その恩を返そうと思っただけです。だから頭を下げられても、その、困ります。キマイラを倒せたのだって、偶然が重なっただけと言いますか……」

受けた恩を返す。そんな綺麗事だけでキマイラに立ち向かった訳ではないが、その感情が大きな部分を占めていたことは否定できない。

レウルスとしては笑い話にもならないが、前世と違って今世では他人の悪意に染まり過ぎた。否、シェナ村では相手に悪意もなかっただろう。彼らはそれを当然のことと思ってレウルスに命令し、危険な仕事を何度も割り振ってきた。

そんな環境で育ったレウルスにとって、ドミニクとコロナから与えられた恩は非常に大きい。故に、当のドミニクやコロナから感謝されることに現実感が伴っていないのだ。

「俺は……恩を返せましたか？」

自分は恩返しができたのだろうか。そんな思いが胸中を占める。

命を救われた恩を、命を救うことで返す。言葉にすればそれだけだが、そんなことを自分が成し遂げたというのか。

「お前は……いや、そうか」

レウルスの言葉に何を思ったのか。頭を上げたドミニクが僅かに表情を歪めていた。しかしすぐにいつものしかめ面に戻ると、コロナの背を叩いて顔を上げさせる。

「お前がどう思っているのか俺にはわからん。だが、俺が救われたのは事実だ。お前は恩を返すことに拘っていたようだが、それはもう十分返してもらった……ああ、十分だ。むしろ釣りが出るぐらいだ」

「そう、ですか……」

実感は湧かないが、ドミニクがそう言うのならばそうなのだろう。レウルスは深々と息を吐くと、言い表せぬ心情を持て余すように頭を掻く。

「そう、か……良かった……ああ、良かった……」

無茶をした意味が、命を賭けた甲斐があった。この世界に生まれ落ちてから、初めて誰かの役に立てたのだ。

それも命の恩人を救えたのならば、これまで生きてきた意味もあったというものである。

「レウルスさん……」

そんなレウルスの様子に、涙を浮かべたままのコロナが小さくその名を呼んだ。レウルスは小さく笑って表情を繕うと、何でもないと言わんばかりに頭を振る。

「何か食べたいものはあるか？　やっと目を覚ましたんだ。好きなものを食わせてやる」

ドミニクも何か思うところがあったのか、初めて出会った頃と比べれば柔らかい声色でそんな言葉をかけた。それを聞いたレウルスは心からの笑みを浮かべると、食べたい料理をリクエストする。

「――塩スープで」

それは、この街に来て初めて食べた料理だ。自分が命を救われた、思い出の料理だ。

その時は空腹だったことも相まって極上の味だったのである。そして今はとても腹が空いている。

気分も最高だ。

きっと、さぞ美味しく感じるだろうとレウルスは笑うのだった。


「実はね、坊やに渡した認識票には『魔法文字』で魔法が刻んであったのよ」

後日、冒険者組合に呼び出されたレウルスは受付のナタリアからそんなことを言われた。受付に置かれた椅子へと腰をかけると、紅茶らしきものを差し出される。

「へえ、そりゃどんな代物で？」

そういえば紅茶を飲むのは今世で初めてだったな、などと思いながら尋ねる。すると、ナタリアは紅茶を飲むレウルスに対し、ニコリと微笑んでから告げた。

「風の刃を生み出す魔法でね……発動すれば首から上が吹き飛んでいたわ」

「物騒過ぎる⁉」

思わず紅茶を噴き出したレウルスは即座に椅子から立ち上がり、冒険者の認識票を首から外して床に叩きつける。そして驚愕を含んだ眼差しをナタリアへ向けた。

「あ、姐さん？　な、なんでそんなことを……」

もしかして知らない内にナタリアを怒らせていたのだろうか。そう考えたレウルスに対し、受付から出てきたナタリアが認識票を拾い上げながら苦笑する。

「色々怪しいと思ったからよ。元農奴なのに言葉遣いがちゃんとしているし、常識は知らなくても頭が悪いわけじゃない。もしもに備えようと思うぐらいには怪しかったわ」

「言いたいことはわかるけど怖ぇよ！　くそっ！　道理でニコラ先輩達の認識票と違うって思った！」

ニコラやシャロンの認識票との違いには気付いたが、深く考えなかった。それでもナタリアがそれを明かしたという点に注目すると、悪いことではないのだろう。

「ごめんなさいね。この町の生まれならいざ知らず、他所から来た人を受け入れるとなると……ね？　認識票もそうだけど、シャロンに見張りを頼んでいたのよ」

門番のトニーやドミニクは本気で受け入れるつもりだったのだろうが、冒険者組合を運営するナタリアやバルトロはそれだけで済ませるわけにはいかなかったのだろう。レウルスがそう考えていると、受付の奥の扉からバルトロが姿を見せた。

「おう、坊主か。ナタリアから説明を受けたか？」

重たい足音を立てながらバルトロが近づいてくるが、初めて出会った時と比べて険が取れている。どうやらキマイラとの一戦で認められたらしい、とレウルスは思った。

「どうも、組合長。その途中だよ。下手すりゃ首から上が吹っ飛んでたってのは聞いた」

バルトロに視線を向けると、ドミニクと同じように全身に包帯を巻いている。治療を最優先したのはキマイラを倒したレウルスと魔法の扱いに長けたシャロンだけなのだ。

「すまんな。だが、この街を守るためには仕方なかった。それは理解してくれ」

「何を警戒してたのかわかるのが何とも言えねえ……で？　それを教えたってことは、疑いが晴れたってことでいいんだよな？」

前世の記憶があるせいか、己の行動にチグハグな部分があることはわかっている。そのため二人が警戒する理由も納得ができた。それ故にレウルスは水に流すことにする。

「シェナ村とラヴァルに手の者をやって裏も取れた。坊主を買った商人は死んでたからな、この町で過ごしても横槍が入ることはねえ。これで正真正銘この町の住人ってわけだ」

「あーそう……なんか疲れたよもう……」

首から上を吹き飛ばす危険な物体をずっと持っていたのだ。認められたことは嬉しいが、それ以上に精神的な疲労があった。

「い、いあの時坊主が見せた魔法については色々と聞きたいが……」

「俺の方が聞きてぇよ組合長。俺に魔力はないって姐さんが言ってたじゃんか……あれからうんともすんとも言わねえし、どうやれば使えるのか見当もつかねえよ」

恨みがましくナタリアに視線を向けるレウルス。改めて『魔力計測器』で魔力を測ってみても、何の反応もなかったのだ。

「まあ、それはこれから理解していけば良いだろう。これからはこの町の一員として、冒険者として生活するんだ。時間はいくらでもある」

そう言いながらバルトロは懐から何かを取り出し、レウルスへと放り投げる。レウルスは空中でキャッチすると、手の中の物体を見て眉を寄せた。

「認識票か……」

そう呟き、レウルスは金属板に刻まれている文字が光っていないか反射的に確認する。

「これ、『魔法文字』じゃないよな？　首から上を吹っ飛ばしたりしないよな？」

「安心しろ、それが正式な認識票だ。坊主を下級中位の冒険者として認める証だ」

「それなら安心……って、下級中位？」

キマイラ退治で昇進したのだろうか。首を傾げていると、ナタリアが苦笑を向ける。

「これは異例のことよ？　普通なら一年は下級下位のままだもの。一年で一階級上がれば良い方で、この町に来て一ヶ月も経たずに昇級するのは極めて稀なことなんだから」

レウルスが訝しんでいると、ナタリアが微笑みながら説明してくる。どうやらそれほどまでにキマイラを倒した功績が大きかったらしい。

「……この認識票と一緒についてる金属板は？」

レウルスが渡されたのは、認識票だけではない。認識票よりも簡素で薄い造りだが、表面に何かしらの文字が刻まれた金属板が三枚ほど渡された。

「坊やも見たことがあるでしょう？　推薦状よ」

「推薦状……ああ、トニーさんがくれたやつか」

よくよく見てみると、かつて門番のトニーから渡されたものに似ていた。

「坊やがこの町に受け入れても良いと思った人がいたら渡しなさい。ただし、それだけで受け入れるわけじゃない……それはわかるわね？」

「その後おやっさんのところに行ったっけ……一次審査の合格証みたいなもんか」

推薦状だけでなく、ドミニクのようにラヴァル廃棄街でも有名な人物からの推薦が必要なのだろう。そう理解したレウルスは首から下げると、使う機会があるのかと笑う。

「誰か良い奴がいたら推薦してみるよ。今日呼び出した用件はこれで終わりか？」

それならばドミニクの料理店に行って食事をしたかった。キマイラを倒して以来、どうにも腹が空いて仕方がないのである。そんなことをレウルスが考えていると、ナタリアが布袋を差し出してくる。

「……これは？」

「キマイラ討伐の報酬よ。これは坊やの取り分」

布袋を手に取ってみると、ずしりと重い。初めて報酬を得た時も重く感じたが、今回は物理的に重いのだ。恐る恐る布袋の口を紐解いてみると、中には金色の物体が入っていた。

「……金貨じゃねえか!?」

驚きから布袋を放り投げそうになったが、ギリギリのところで踏みとどまる。震える指先で中身を数えてみると、布袋の中には十枚の金貨が入っていた。

「えっと……金貨一枚で銀貨十枚だから、金貨十枚で……」

一万ユラ——一ユラが百円だと仮定すれば日本円で百万円になる。初めて得た報酬が七百ユラだったことも驚きだったが、今回の驚きはそれ以上だ。

レウルスが戦慄していると、ナタリアがからかうように微笑む。

「さて、坊やは一体何にお金を使うのかしら？」

「そんなの決まってるよ」

それは、初めて報酬を得た時にかけられた言葉に似ていた。そのため、レウルスも笑って返す。

「――まずはドミニクさんの店で腹いっぱいメシを食うさ」

無料の食事も美味いが、料理屋では金を払って食べるものだ。命がけで稼いだ金で食べる食事はさぞ美味しいだろう、とレウルスは心の底から笑うのだった。

書き下ろし短編

間章　キマイラの味

sechigara isekai tenseiki

「えっ？　キマイラの肉が残ってるんですか？」

キマイラとの戦いから三日後——気絶したレウルスが目を覚ました日の夕方。

大事を取ってベッドの上で休んでいたレウルスだったが、夕食のリクエストを聞きに来たドミニクの言葉に思わず首を傾げていた。

なんでもキマイラの肉が残っているらしく、主菜として提供することが可能だというのだ。しかし、その言葉にレウルスは疑問を覚える。

（キマイラを倒してから三日経ってるんだよな？　いくら春先でも、生肉は腐ってるんじゃ……）

レウルスはこの世界に生まれてから冷蔵庫など見たことがなく、生肉の保存は不可能だと思っていたのだ。冷蔵庫が存在する可能性は否定できないが、少なくとも今まで見たことがなかった。

「もしかして傷んでたり……いや、腐ってても食べますけどね？」

シェナ村にいた頃は肉を食べる機会などほとんどなかったため確認のしようもなかったが、もしかすると魔物の肉は腐るのが遅いのかもしれない。前世の知識がアテにならないのはこれまでの人生で学んでおり、保存状態の悪い生肉だろうと腐らない可能性もあった。

多少傷んでいたとしても、今世の肉体は胃袋が頑丈で腹を壊したことはない。そのため大丈夫ではないか、などとレウルスが考えていると、ドミニクが呆れたように言う。

「傷んだ食材で料理を作るわけがないだろう。食料を保存するための氷があってな……普段からシャロンの魔力が余りそうな時に氷魔法を使わせて氷を確保しているんだ。キマイラの肉も血抜きをして保存しておいた」

食料保存用の倉に氷を確保している、と述べるドミニク。それを聞いたレウルスは納得したように大きく頷いた。

（氷室を作ってるのか……あれ？　氷室だっけ？　そんなのがあったよな？）

前世での記憶に引っかかるものがあったが、大して重要ではないと即座に忘れる。今この時、最も重要なのはキマイラの肉が残っているという事実なのだ。

食べたいか食べたくないかで言うならば、食べたい。冒険者になったことで食生活も改善されているが、長年栄養失調だった体はいくらでも栄養を欲するのだ。

三日間眠り続けていたため胃が弱っているかもしれないが、肉が食べられるのならば迷うことなどしない。眠り続けた影響なのか、キマイラと戦って疲労を覚えた体が栄養を欲しているのか、酷く空腹なのだ。

目を覚ましてすぐに塩スープを始めとした食事を平らげてはいるが、既に消化してしまったのか突き上げるような空腹感を胃袋が伝えてきている。

今ならば胃に重たい料理でも問題なく食べられるだろう、とレウルスは自己判断を下した。

「でもおやっさん、倒したキマイラって組合で素材として買い取ったんじゃないんですか？　食べても良いのなら喜んで食べるけどさ……」

もしかするとキマイラの肉は自分に割り当てられた報酬だろうか、とレウルスは思考する。

冒険者としての収入は『冒険者組合』を通して初めて得られるものだ。魔物を倒した場合、倒したこと自体への報奨金と魔物から得た素材の買い取りによって金銭が払われる。

魔物の素材を売らずに報奨金だけを受け取ることもできるが、今回のキマイラ退治に関してはレウルス一人で成し遂げたわけではない。

とどめを刺したのはレウルスだが、ドミニク達もキマイラ退治に参加したのだ。貢献の度合いは低いだろうが、キマイラが現れたことで普段と違う行動を取った魔物の退治に駆り出された者、ラヴァル廃棄街の防衛に従事した者も無視はできない。

そんな冒険者達もキマイラ退治の報酬を得る権利があるはずである。他の冒険者へ支払う報酬も加味した上で、キマイラの肉というレウルスにとってはこれ以上ない報酬を渡そうというのか。

(肉……肉か。魔物の肉だろうと肉に違いはねえな……しかもおやっさんが料理してくれるのなら最高じゃねえか)

生まれ故郷であるシェナ村は論外だが、レウルスにとって天国に等しいラヴァル廃棄街でも肉は食べようと思っても食べられるものではない。

食用として飼われている家畜は少なく、魔物退治をした際に得られる角兎の肉などが一般的な食肉なのだ。当然ながら魔物と遭遇して仕留めることができなければ肉も得られず、ドミニクの料理店でも材料がなければ食べることはできない。

しかし、である。今回はキマイラという非常に食べ応えのありそうな魔物の肉を食べられるというのだ。ドミニクに疑問を投げかけたレウルスだったが、その顔は自然と緩んでしまう。

「何か勘違いがあるようだが、組合から払われる報酬とは別だ。キマイラから取れる素材の中でも肉は価値が低くてな……キマイラを仕留めた奴に渡す報酬としては相応しくないだろう」

「え？　それならなんで肉を食べさせてもらえるんですか？」

金や他の素材よりも、肉の方が嬉しい――そんな内心を隠しながらレウルスは尋ねる。

もちろん、金がいらないわけではない。金があれば肉に限らず好きなものをいくらでも食べられるのだ。

ただし、キマイラの肉となると話は別だろう。いかにも貴重そうで、金があっても現物がなければ食べられそうにない。仕留められることが可能かどうか以前に、遭遇できるかも運次第である。

「お前が眠っている間に調理してみたんだが、味が少し……な」

小さく眉を寄せ、渋い顔になるドミニク。

どうやら貴重だからといって味も良いというわけではないらしい。レウルスは味の悪さが素材の価値の低さに直結しているのだろうか、と首を傾げた。

「俺も初めて食べたが、癖が強くてな……好きな奴は好きなんだろうが、独特過ぎるというか……だが、お前なら喜んで食べるだろう？」

「大喜びしますよ。さすがおやっさん、よくわかってますね」

ドミニクは言葉の選択に困っているようだが、味の良し悪しなどレウルスは気にしない。もちろん美味しいに越したことはないが、まずは物理的に食べられることが第一なのだ。

「ちなみに価値が高い素材って何なんです？」

「キマイラの場合は毛皮と心臓だ。毛皮は防具の材料になるし、心臓は薬になる。他にも爪や四肢の外殻、頭の角が買い取りの対象だな……肉は一番安いぞ」

（あんなに巨大なら肉もたくさん取れると思うんだけど、それでも安いってことは……）

ドミニクの言葉を疑うわけではないが、本当に味に期待できないのかもしれない。ドミニクの腕をもってしても味の悪さをカバーできないのだろうか。

「というか、料理を作って大丈夫なんですか？　ドミニクさんは怪我が治ってないんでしょう？」

そこまで思考したレウルスは気遣わしげにドミニクを見た。キマイラとの戦いで負った傷は完治しておらず、料理をすることで傷口が開く危険性もある。

そんな心配を抱くレウルスに対し、ドミニクは小さく笑った。

「命の恩人に食わせるんだ。怪我なんぞで腕を揮《ふる》えない、なんて言わねえよ」

「…………」

ドミニクにそこまで言われてしまえば、レウルスに言えることなど何もない。レウルスが言葉を失って表情の選択に困っていると、ドミニクは視線を逸らしながら頭を掻く。

「できるならもっと美味いものを食わせてやりたかったんだがな……」

「いやいや、ドミニクさんが作ってくれるものなら何でも食べますし、嬉しいですよ」

その言葉に嘘はない。ドミニクが作る料理ならば全て残さず食べきれるだろう。腹の虫が盛大に空腹を訴えている現状、塩を振っただけの雑草だろうと笑顔で食べきれる。

空腹は最高の調味料で、料理をするのがドミニクならば文句のつけようなどなく――。

「滅茶苦茶腹が減ってるんで、期待してますね！」

レウルスは満面の笑みを浮かべてそう言うのだった。

そして三十分後。

ある程度下ごしらえを行っていたのか準備が整ったらしく、コロナがレウルスを呼びに来た。

「歩けますか？　きついなら肩を貸しますからね？」

「ありがとうコロナちゃん。でも、きついのは空腹だけだから自分の足で歩けるよ」

心配そうな表情を浮かべるコロナに対し、レウルスは苦笑を返す。

寝ている間に怪我の治療が行われており、歩く分には支障もない。問題があるとすれば、空腹が酷いことだけだ。それでもレウルスが体勢を崩した時に備えているのか、コロナはレウルスの隣から離れようとしなかった。

レウルスはそんなコロナを安心させるように、それでいて万が一にも転んだりしないようゆっくりと歩いていく。準備がしてある一階に向かうべく階段を降り——そこで声をかけられた。

「よう、レウルス。そっちは大丈夫みたいだな」

「ニコラ先輩！　それにシャロン先輩も！……って、むしろニコラ先輩の方が大丈夫なのか？」

食事をしにきたのか、それとも別件なのか。一階の食堂にはニコラとシャロンの姿があった。

二人ともテーブルを囲んで椅子に座っているが、ニコラは相変わらず全身に包帯を巻いている。キマイラとの最後の戦いでは戦闘に加わることはなかったものの、元々半死人としか呼びようがない状態だったのだ。

そんなニコラとは対照的に、シャロンには目立った怪我がない。偵察の時もニコラが守り、先日の戦いでも距離を取った状態で『詠唱』を使って魔法を叩き込んだだけなのだ。

『詠唱』によって発動した氷魔法の制御に失敗したのか体の一部が凍り付いていたが、レウルスが目視で確認した限りでは後遺症もないらしく、無表情ながらも軽く右手を振ってくる。

「結局、キマイラを倒す時は役に立たなかったからな。怪我が増えることもなかったし、元気が有り余ってるぐらいだぜ」

ニコラは己の怪我などなんでもないと言わんばかりに椅子から立ち上がるが、すぐに体勢を崩してしまった。するとすかさずシャロンがニコラを支え、椅子に座らせる。

「っとと……一週間前に飲んだ酒が抜けてなかったか？」

「いや、いくらなんでも無理があるし、痩せ我慢が過ぎるだろそれ……」

レウルスは思わずツッコミを入れるが、シャロンも同意見だったのか深々とため息を吐く。

「いくら言っても兄さんは聞かない……今回はボクも君に用があったから一緒に連れてきたけど、本当ならずっと安静にしていてほしい」

「『強化』にも限度がありそうだしなぁ……って、シャロン先輩が俺に用？　何かあったっけ？」

身体能力を向上させる魔法である『強化』が使えるといっても、怪我が治るわけではないだろう。

レウルスはシャロンの苦労を察したが、すぐに首を傾げた。

「キマイラを倒してくれたお礼を言いに来た。ボクの魔法で仕留めきれなかったものを君が仕留めてくれたから……ありがとう。本当に助かった」

立ち上がり、頭を下げて感謝を伝えるシャロンに対し、レウルスは首を傾げたまま動きを止める。

ドミニクとコロナに感謝された時の衝撃と比べれば劣るだろうが、シャロンにまで礼の言葉を言われるとは思わなかったのだ。

頭を下げるシャロンを見るなり、ニコラも椅子から立ち上がって頭を下げる。

「俺からも礼を言わせてくれ。助かったぜ、レウルス。お前がキマイラに向かっていった時はどうしようかと思ったが、お前のおかげで全員が助かったんだ。感謝しかねえよ」

「え……あ……っ、い、いや、アレもなんだかんだで命令違反というか、頭に血が上った結果というか……と、とりあえず二人とも頭を上げてくれよ！」

真面目な顔つきで頭を下げるニコラの姿に、レウルスは何故か動揺してしまった。

終わり良ければすべて良しというわけではないが、一歩間違えれば撤退したニコラとシャロンを除いて全滅していた可能性もあったのだ。レウルスとしては素直に喜ぶべきか迷ってしまう。

それでも、頭を上げようとしないニコラとシャロンを見たレウルスは、胸の内に沸々《ふつふつ》と感情が湧き上がってくるのを感じた。

それはドミニクとコロナに対して多少なり恩返しができたと思えた時に抱いた達成感に近く、レウルスは困ったように頬を掻く。

「……先輩達が無事で良かったよ。いや、無傷ってわけじゃないけどさ」

結局、レウルスに言えたことはその程度だった。それでも声色はどこか感慨深そうで、その声を聞いたニコラとシャロンは不思議そうに顔を上げる。

前世ならばまだしも、今世では他人から感謝されることがなかった。そのため違和感を覚えていたレウルスだったが、妙な雰囲気を感じ取ったのかドミニクが声をかけてくる。

「お前ら、そろそろ料理を運ぶから席につけ」

それと同時に食欲をそそる良い香りが届き、レウルスの腹の虫が盛大に鳴き声を上げた。

ググゥ、と多少距離があっても聞こえそうなその音にニコラが噴き出す。シャロンも口元を震わせており、それに気付いたレウルスは先ほどまでの空気を振り払うように椅子に座る。

「待ってましたよおやっさん。というわけで先輩方、お互い無事で良かったってことで飯にしようぜ。俺もう腹がペコペコなんだ」

「お前なぁ……いや、そっちのほうがらしいか」

ニコラは小さくため息を吐いたが、すぐに同意して着席した。シャロンもニコラに倣い、椅子に座って小さく苦笑を浮かべる。

「レウルスが目を覚ましたと聞いてお礼を言いに来ただけだったんだけど……兄さんに栄養のあるものを食べてもらう丁度良い機会」

「血が足りねえからなぁ……酒が飲みてえけど、傷が疼きそうだからやめとくか」

キマイラと交戦した際、大量に出血したニコラは遠い目をしながら呟く。

そんなニコラの言動にレウルスが苦笑していると、コロナが料理と陶器製のコップをテーブルに並べていく。続いて水差しを運んでくると、コップに水を注ぎ始めた。

「おやっさんとコロナちゃんは一緒に食べないのか？」

テーブルに並べられた食器は三人分だ。レウルスが疑問を呈すると、コロナとドミニクは視線を交わし合う。

「えっと……それじゃあわたしは一緒に食べさせてもらいますね」

「俺は料理が終わってからだ。料理が冷める前に食べ始めろ……最初の乾杯は付き合うがな」

そう言ってコップを持って近づいてくるドミニク。コロナもドミニクと同様にコップを用意すると、水差しから水を注いでレウルスの隣の椅子へと座る。

「乾杯の音頭は……最年長のおやっさんか？」

「キマイラを倒した奴が音頭を取らなくてどうすんだよ。おら、さっさとしろ」

年功序列で、とドミニクに振ろうとしたレウルスだったが、ニコラから呆れたような声を向けられてしまった。レウルスは困ったように周囲を見回すが、ニコラに同意見なのか誰も止めない。

そのためレウルスは椅子から立ち上がると、何を言えば良いのか頭の中で思考しながらコップを掲げる。

「んんっ……えー、いきなり振られて何を言えばいいかわからないけど、とりあえずみんなが無事で……無事じゃないけど、生き延びることができて良かった。それで、その……」

前世を含めても、乾杯の音頭など取った記憶がない。レウルスは何を言えば良いのかと迷ってしまい――細かい文言は放り投げた。

「こうやって生き延びておやっさんの料理を食えるのなら何も言うことはねえ！　乾杯！」

『乾杯！』

冒険者らしいというべきか、思うがままに叫んだレウルスに乾杯の言葉が唱和されたのだった。

「ん？　んんん？　あー……なんだろ、コレ……おやっさんの言いたいことがわかる味だな」

そして始まった祝勝会。

調理されたキマイラの肉を口に運ぶなり、レウルスは思わず呟いていた。

どの部位を使っているのかわからないが、香草で臭いを消し、直火で焼き上げて塩を振ったシンプルな焼き肉である。ジュウジュウと音を立てる手のひらサイズの肉を噛み千切って咀嚼するレウルスだったが、口内に広がる味は素直に美味いと言い難いものだった。

脂身がほとんど存在せず、筋張っているからか歯応えは硬く、それでいて噛めば噛むほど味が出てくるということもなく、香草の香りと消しきれなかった獣臭さが同時に鼻を突く。

味は雑味が強く感じられ、薄っすらとした塩の味に混じって苦みが舌の上に広がるようだった。

(肉食獣は美味しくないって前世でも聞いたような……でも不思議と腹が満ちるというか、力が溢れるというか……)

先ほどまで盛大に大合唱を繰り広げていた腹の虫も、ピタリと音を止めている。

直截《ちょくさい》に言えば美味くはない――が、味は悪くとも体に活力が漲るように感じられた。

「うん、イケるイケる。腹に溜まるというか、満ち足りるというか？」

冒険者になって以来、これまで何度か魔物の肉を食べてきた。その中でも美味だったのは角兎の肉で、キマイラの肉は味という観点では数段劣るだろう。

だが、角兎の肉以上に満足感がある。胃袋に落ちたキマイラの肉がどんどん消化され、血肉になっているように感じられる。味はともかくとして、腹の底から元気になれる不思議な感覚があった。

（シェナ村にいた頃は口いっぱいに肉を頬張るなんてできなかったしなぁ……この町に辿り着けて、冒険者になれて良かったよ、本当に……）

次から次へと、皿に盛られたキマイラの肉を片っ端から平らげていくレウルス。三日間眠っていた影響なのか、満足感の有無は別としていくらでも食べられそうだった。

「うっ……これは、ちょっと……ボクにはきつい……」

「わ、わたしも……」

だが、シャロンとコロナは早々に限界を迎える。一口齧って眉を寄せ、二口目で頬を引きつらせ、三口目には口元を抑えてしまった。

「……コイツはたしかに癖が強いな」

血が足りないからと肉を五切れほど皿に取っていたニコラも、半分も食べないうちに食事のペースが落ちてしまう。

テーブルにはキマイラの肉を使った料理だけが置かれているわけではなく、パンやサラダ、スープなども用意されている。コロナとシャロンはそちらに手を付け始め、ニコラも徐々にキマイラの焼き肉へと手を伸ばすことがなくなりつつあった。

主菜として用意されたキマイラの肉だが、コロナ達の口には合わなかったらしい。ニコラだけは血肉になるからと少しずつ齧っているものの、その表情は渋かった。

「えー……なんだよみんな、食べきれないなら俺が食べるぞ？」

そんな三人とは対照的に、レウルスは次々にキマイラの肉を平らげていく。フォークで肉を突き刺し、二口で食べきるなり再び手を伸ばす。

皿の上に山のように盛られたキマイラの肉はみるみるうちに量が減り、十分と経たずに全てがレウルスの胃袋へと姿を消してしまった。

「……シトナムを生で齧った時も驚いたが、お前の胃袋はどうなってるんだ？　いや、この場合は舌がどうなってるか尋ねるべきか？」

用意されていた五人分の焼き肉を一人で平らげたレウルスに対し、ニコラが頬を引きつらせながら尋ねる。それを聞いたレウルスは不思議そうに首を傾げた。

「カマキリと一緒にしないでやってくれよ。たしかに癖が強いけど、極端に不味いってわけじゃないしなぁ。腹に溜まる感じがするし、食べようと思えばいくらでも食べられそうな……あっ、これが癖になる味ってやつなのか？」

「馬鹿舌……でも味がわかっているなら正常？」

シャロンがぼそりと呟くが、レウルスは聞かなかったことにした。今世では幼少の頃からロクなものを食べられなかったため、自分の味覚が正常かどうかわからないのである。

「まさか全部食べきるとはな……肉はまだ残っているが、食べるなら焼いてくるぞ？」

キマイラの肉がなくなったためパンに手を伸ばすレウルスだったが、ドミニクが苦笑しながら尋ねてくる。その問いかけにレウルスは何度も頷いた。

「お願いします。まだ満腹には程遠くて……」

「そ、そうか。それなら少し待ってろ」

腹八分どころか、五分にも届かない。食べた端からどんどん消化しているのか、体に元気が漲ってはいるが満腹とは到底言い難かった。

「レウルスさん、良かったらこれも食べますか？　お父さんには申し訳ないですけど、ちょっと味が苦手で……」

レウルスが所在なげに腹をさすっていると、コロナがそんなことを言い出す。その手元には最初に皿に取ったものの食べきれなかったキマイラの肉が残っていた。肉は二切れあったが片方は手がついておらず、もう片方は半分ほどなくなっている。

（え？　それって間接キス……って、そんなことを気にする文化じゃないのか）

レウルスは気にする方ではなかったが、そもそも間接キスという概念すらないのかもしれない。そう判断したレウルスは笑顔で頷いた。

「ありがとう。それじゃあ食べさせてもらうよ」

そう言って皿を引き寄せ、キマイラの肉にフォークを突き刺す。まずは手が付けられていない方をあっという間に平らげると、続いて半分ほど残っていた肉片を口に放り込んだ。

「あっ……」

「えっ？」

コロナから突如として声が上がり、レウルスは何事かと目を見開く。すると、コロナの頬が徐々に赤く染まっていく。

「残したら勿体ないし、食べかけの方は、が、頑張って食べようと思ってたんです……けど……」

――どうやら間接キスの概念はあったらしい。

レウルスは口に放り込んだ肉を咀嚼して飲み込むと、深々と頭を下げた。

「ごめんなさい。食い意地が張っててごめんなさい」

確認してから食べれば良かった。そう思ったレウルスが謝罪すると、コロナも慌てたように手を振る。

「い、いえっ！　わたしが紛らわしい言い方をしちゃったから……」

赤く色づいた頬を両手で押さえるコロナ。その仕草に罪悪感が湧き上がるレウルスだったが、シャロンから視線を向けられていることに気付いてそちらへと視線を向ける。

「ボクの分も食べてほしい」

（シャロン先輩ってマイペースだよな……いや、うん、食べて良いなら食べるけどさ）

コロナと違い、手を付けていないキマイラの肉だけを差し出すシャロン。それを見たレウルスはこの状況でも平静を保つシャロンに深々とため息を吐き、差し出された肉を口に放り込む。

「追加の分が出来上がったぞ……おいコロナ、どうした？」

厨房でキマイラの肉を焼いていたドミニクが戻ってくるが、コロナの顔を見て眉を寄せた。レウルスは事情を説明しようとしたが、それよりも早くコロナが首を横に振る。

「な、なんでもないから気にしないでっ！」

「そ、そうか……」

思わぬコロナの剣幕に、ドミニクはたじろぎながら首を傾げた。そして『年頃の娘はよくわからん』と呟きつつ、レウルスの目の前にキマイラの焼き肉が盛られた皿を置く。

「とりあえず、ある分は焼いてきたが……全部食えるのか？」

山のように盛られたキマイラの焼き肉。それを見たレウルスは目を輝かせながら頷いた。

「今ならいくらでも食べられそうですよ。いやぁ、こんなにたくさんの肉が食えるなんて幸せだなぁ」

そう言ってレウルスはキマイラの肉を片っ端から平らげ始める。その表情は言葉通り幸せそうで、それを見たニコラが苦笑を浮かべた。

「そんなに食べられるのなら体調も問題なさそうだな……近いうちに組合に顔を出しとけよ。姐さんが気にかけてたし、今回のキマイラ退治の報酬を渡されるだろうしな」

「姐さんが？　わかったよ。ま、キマイラの肉以上に驚く報酬は早々ないだろうけどさ……」

満足のいくまで肉を食べられること以上に、喜ばしいことなどない。

そう言って笑い――後日、『冒険者組合』から呼び出されて金貨十枚もの報酬を渡されて驚愕することを、この時のレウルスは知らないのだった。

あとがき

初めましての方は初めまして、お久しぶりの方はお久しぶりです。Ｗｅｂ版からのお付き合いがある方はこのあとがきでもお会いできたことに感謝を。作者の池崎数也です。

本作にて人生二度目の書籍化になりますが、人生とは何があるのかわからないものだなぁ、と感慨に耽《ふけ》ることしきりです。物書きを始めて半生が過ぎましたが、こうして再び本という形で物語をお届けすることができて感無量です。

そして二度目の書籍化にも拘らず、作者は思いました。この小説を書いたの誰だよ……と。文章量が多すぎて書籍化作業で泣きを見ました。これも二度目です。

さて、あとがきらしく作品について触れたいと思います。

本作は主人公が現代社会から剣と魔法の世界に転生する、巷《ちまた》に溢れる異世界転生ファンタジーです。最近よく見ますよね、異世界転生ファンタジー。

主人公がチートでヒロインがたくさん出てきてハーレムになって……本作もそんな物語です。初っ端から主人公が子どもの死体を埋めてたり餓死しかけてたり過労死寸前だったりしますが、そんな物語です。ヒロインと触れ合うより命がけで魔物と戦っている時間の方が長いですが、そんな物語です。

タイトルにも『世知辛』の文字が含まれている通り、少しだけ厳しい世界観ではあります。魔法や魔物が存在しますが、魔力は宿屋で寝れば一晩で回復するわけでもないですし、魔物は一番弱い雑魚でも一撃必殺の攻撃方法を持っていたりします。

主人公であるレウルスも、最底辺の立場に生まれて最底辺の環境で育ちました。それでも生き延びて冒険者になり、最底辺から底辺ぐらいの環境までレベルアップしました。

これから先の物語ではそんなレウルスを成長させつつ世界観を広げてみたり、キマイラよりも危険な魔物と戦わせたりしたいです。

TOブックス様、編集担当様、イラスト担当のそゐち様、本作の出版に関わられた多くの方々。この場を借りて感謝申し上げます。特に、そゐち様には素敵なイラストを描いていただきました。重ねて感謝申し上げます。

そして「小説家になろう」様にて拙作を読み、応援してくださった読者の方々。前作もそうでしたが、更新の度に感想等をいただき本当に感謝しております。

それでは、次巻でまたお会いすることができれば幸いに思います。

二〇一八年七月某日　池崎数也

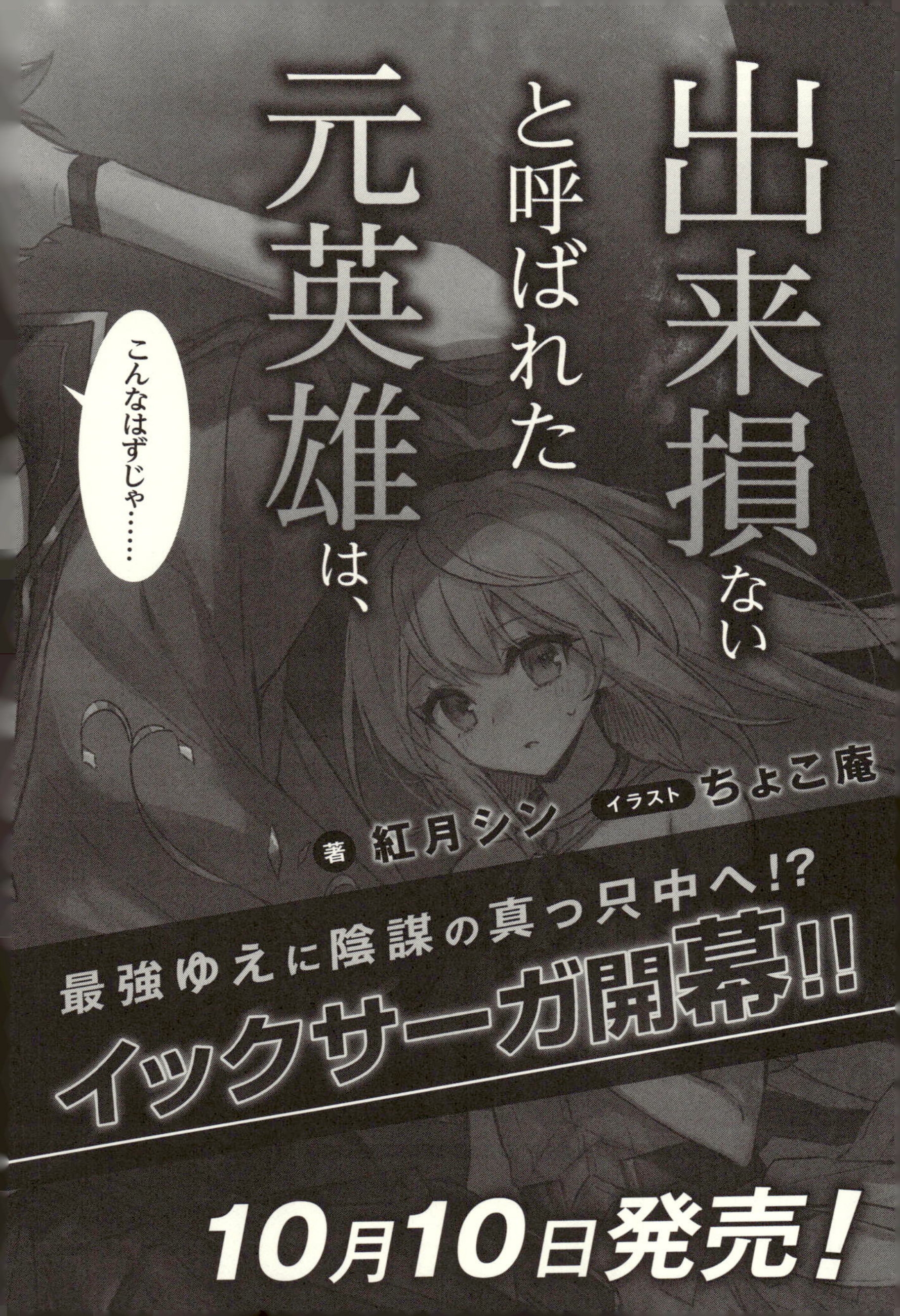

出来損ないと呼ばれた元英雄は、
こんなはずじゃ……
著 紅月シン
イラスト ちょこ庵
最強ゆえに陰謀の真っ只中へ!?
イックサーガ開幕!!
10月10日発売!

実家を追放されたので
好き勝手に
生きることにした
『元最強の剣士は、異世界魔法に憧れる』
(マイクロマガジン社刊)
著者の最新刊!
のんびりしたい少年。
望まぬヒロ

rlet Order
ダンス イン ザ
ヴァンパイアバンド
新連載
「A.S.O」
始動！
COMIC
コロナ
CORONA
TOcomics
「ニコニコ静画」
「pixivコミック」にて
月1連載中!

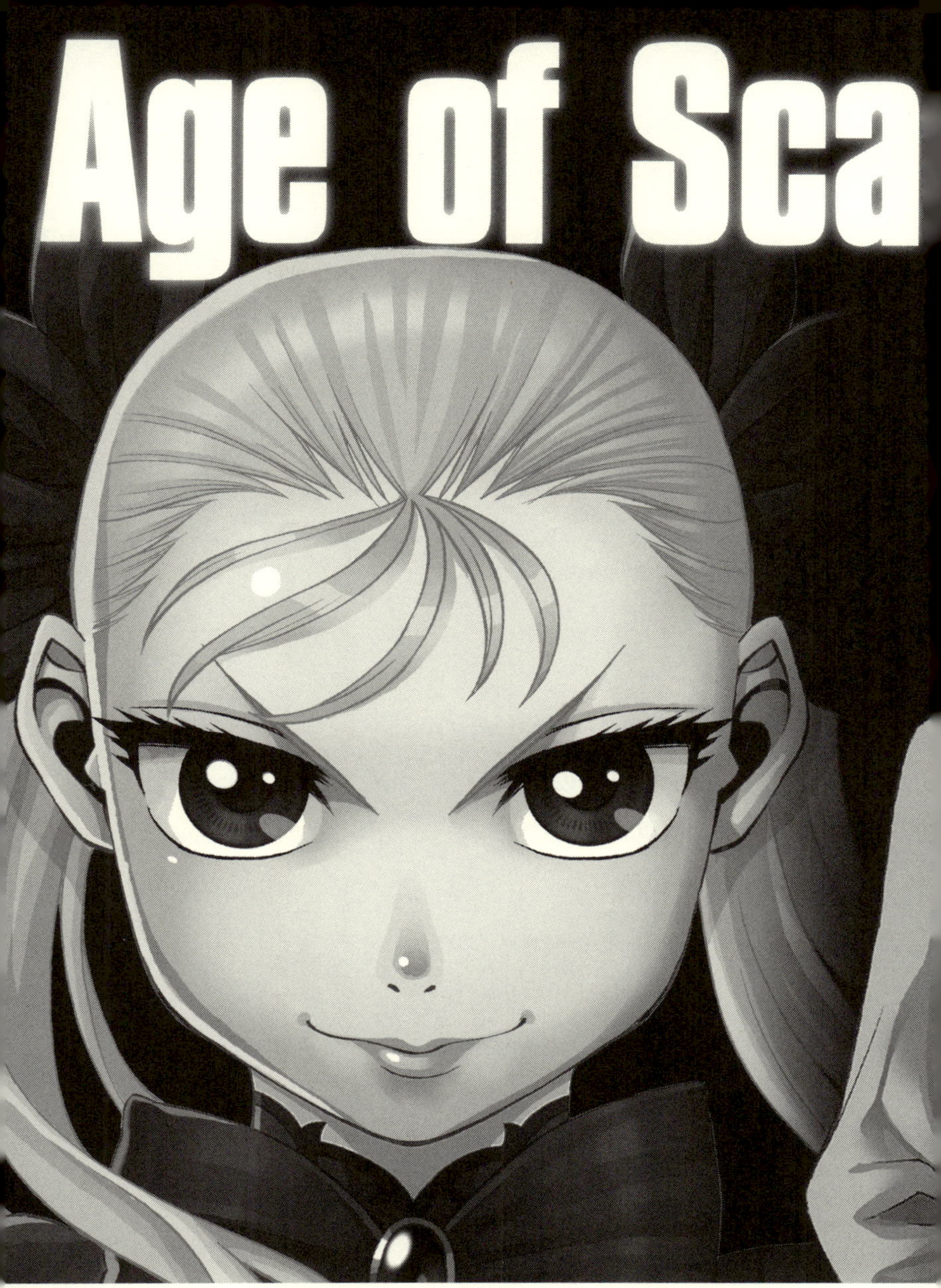

詳細は、「ダンス イン ザ ヴァンパイアバンド」Total Project 特設サイトをcheck!

世知辛異世界転生記

2018年10月1日　第1刷発行

著　者　池崎数也

編集協力　株式会社MARCOT

発行者　本田武市

発行所　TOブックス
〒150-0045
東京都渋谷区神泉町18-8　松濤ハイツ2F
TEL 03-6452-5766(編集)
0120-933-772(営業フリーダイヤル)
FAX 050-3156-0508
ホームページ　http://www.tobooks.jp
メール　info@tobooks.jp

印刷・製本　中央精版印刷株式会社

ISBN978-4-86472-727-3